Scrittori italiani e stranieri

Mattia Insolia

Cieli in fiamme

ROMANZO

MONDADORI

mondadori.it

Cieli in fiamme
di Mattia Insolia
Collezione Scrittori italiani e stranieri

ISBN 978-88-04-75624-8

Pubblicato in accordo con MalaTesta Lit. Ag. Milano
I edizione febbraio 2023

Cieli in fiamme

A mia madre e a mio padre.
O meglio, alla mia mamma e al mio papà.

A ciò che abbiamo indossato
prima che c'incastrassero in queste forme,
a quel che di noi stessi abbiamo sacrificato
sull'altare del mondo,
agli eventi che ci compongono,
sedimenti del sottosuolo.

Camporotondo, inverno 2019

Il rumore delle onde. Il puzzo delle alghe. Il sapore dell'alcol.

Seduto rigido sulla sabbia fredda, scrutava il buio.

Dacché suo figlio lo aveva abbandonato lì, una, due, tre ore prima, lui non si era mosso. Tutto quello che era riuscito a fare era stato bere, la bottiglia di vodka era ormai mezza vuota, e carezzare il grilletto della pistola.

Alle sue spalle, le ville silenziose. Ai lati, la costa; sulla sinistra, il faro fronteggiava la notte. Davanti a sé, increspato sul mare, il riflesso della luna. Ed era così che si sentiva lui, ora: lontano e tremante, proiezione di sé stesso.

Abbassò lo sguardo sull'arma e la fissò a lungo, poi iniziò a piangere.

Fu come far deflagrare gli argini di una diga, le lacrime venivano fuori in modo incontrollabile: rimaste incagliate dentro di lui per troppo tempo, ora non avrebbe potuto fermarle. Posò bottiglia e pistola, si portò le mani al capo, dita a rastrellare i capelli, e si lasciò andare, gemendo e singhiozzando.

Dopo un tempo che non avrebbe saputo dire, il pianto si esaurì da sé. Quindi riprese la pistola, si mise all'impiedi davanti al mare e chiuse gli occhi.

Fu allora che lo vide.

Un cielo stellato. Il *suo* cielo stellato. Tutto fatto di desideri inesplosi e di costellazioni vaste come città senza confini; cattedrali che bruciavano, edifici che si innalzavano all'infinito, vie lastricate dell'oro dei sogni.

Quando riaprì gli occhi, sulla spiaggia scorse le versioni di sé stesso. Quelle di un tempo lontano, quelle così vicine da poterle quasi sfiorare: ferme davanti a lui, le allucinazioni lo fissavano. E lui, nel silenzio che strepitava e si addensava, mandò affanculo e perdonò i fantasmi di ciò che era stato, li ringraziò e disse loro addio.

Il suo nome era Riccardo Giordano, aveva trentasei anni e quella notte, in quel momento, aveva davanti a sé i corpi di ciò che era stato in vita. Di chi era stato tutte le volte che era cambiato. E adesso, per uccidere le versioni di cui non reggeva più il peso, stava per uccidere quel che era oggi. Stava per spararsi un colpo in testa.

Quindi posò l'indice sul grilletto della pistola e si preparò a morire.

In the spring, we made a boat
Out of feathers, out of bones
We set fire to our homes
Walking barefoot in the snow
Distant rhythm of the drum
As we drifted towards the storm
Baby lion lost his teeth
Now they're swimming in the sea.

OF MONSTERS AND MEN, *Your Bones*

L'occhio non vede cose
ma figure di cose
che significano altre cose.

ITALO CALVINO, *Le città invisibili*

Camporotondo, estate 2000

Teresa Vasta osservava il mondo con sgomento.

Era come se fin dalla nascita avesse avuto degli occhiali appiccicati alla faccia. Montatura pesante e lenti simili a vetri antiproiettile, ciò che le si parava davanti era velato da una patina d'angoscia per un senso di catastrofe perenne.

Scomoda e composta nella Fiat Panda dei genitori, fissava la strada.

Era un panorama scemo. Alberelli che schiattavano, vacche magre che brucavano. Ma a lei pareva di assistere ai secondi che precedono l'Apocalisse.

In radio c'era Mina. Dopo molte ore di strada Marco, il padre di Teresa, aveva chiesto di cambiare, per favore, ma Maria, la madre, gli aveva risposto di stare zitto. Così ora *Se telefonando* saturava la Panda. Anche Teresa odiava Mina: le pareva avesse un uovo incagliato in gola e le metteva sempre addosso una sensazione nuvolosa. Per tenerla fuori dalla sua testa, ora, avrebbe voluto utilizzare il suo lettore cd portatile e inzupparsi di Avril, Britney e Cher. Ma prenderlo dallo zainetto le sembrava un'idea pessima, e non osava farlo.

Mesi prima, a letto a digerire i ceci scipiti della cena, le ascoltava dallo stereo quando sua madre aveva fatto irruzione nella stanza. Aveva urlato che era *uno schifo da sgualdrine, quello*, sbraitandole tanto vicino alla faccia che Teresa aveva avvertito il puzzo di Cynar e Merit. Le aveva ordinato di recitare tre *Ave Maria* e un *Padre nostro*. Ed era uscita. Teresa si era fatta un piantino, accucciata nel letto come una cagna che conosce solo le botte. Aveva nascosto il cd del Festivalbar in un cassetto. E, incerta se pregare per davvero, aveva deciso che non l'avrebbe mai più ascoltato, *quello schifo da sgualdrine*.

Nell'ultimo periodo la voglia di ribellarsi la sfiorava spesso ma era un desiderio insulso, incapace di sopravvivere a quel monumento alla collera che era sua madre. E a pensarci, a pensare che a sedici anni non fosse che un ramo molle, ricurvo e infruttuoso del genitore, si credeva una bimba deficiente.

«Possiamo fermarci?» chiese all'abitacolo. «Devo farla urgente.»

«No, è tardi. Tienitela» le rispose sua madre.

«C'è un benzinaio tra poco» le andò in aiuto il padre. «È meglio se faccio benzina, in paese poi costa troppo. Puoi andare in bagno lì, se vuoi.»

L'Agip era vecchio e malandato.

Lo spiazzo era vuoto se non per una coppia di ragazzi, dovevano avere bene o male l'età di Teresa, che si sbaciucchiava appena accanto all'ingresso. Lei smontò, si stiracchiò a lungo e traversò il piazzale senza riuscire a staccare loro gli occhi di dosso. La ragazza scompigliava i capelli di lui, il ragazzo non la finiva di spalmarle le mani sulla schiena. Le labbra sempre bene incollate.

Chissà com'è strano avere la lingua di un'altra persona in bocca.

Entrò nell'Autogrill e pisciò, attenta a non toccare la tazza lercia. Cercò di tirare l'acqua, ma lo scarico era rotto. E si lavò le mani più volte con quel sapone che di schiuma non voleva farne. Intanto, si guardava nello specchio.

Aveva una cascata di ricci castani e occhi verdi grandi ed espressivi; Luca Sili, un vicino di casa, le aveva detto che li aveva come i personaggi dei manga, ma lei non li conosceva, quei cosi. Naso sottile, zigomi alti, labbra morbide.

Nel complesso, però, non si piaceva. E poi c'erano le tette. Una terza quasi quarta che per lei era più una maledizione che altro. Le erano cresciute prima delle altre ragazze della scuola e i maschi, che quando pensavano che lei non li sentisse la chiamavano "vacca da latte", non facevano che fissargliele con occhiate strane. Per il resto, si credeva anonima. Penna Bic, fiore di campo. E le stava bene così. Fosse dipeso da lei, si sarebbe scavata una tana nella terra morbida e ci avrebbe vissuto per sempre.

Uscita dai bagni, percorreva di nuovo l'Autogrill quando notò una pila di libriccini: *Harmony*. Sulle copertine, uomini belli come attori americani e donne magre e succinte che si baciavano e si strusciavano. Teresa, rapita ma senza sapere da cosa, ne afferrò tre. Occhi bassi, li pagò, riattraversò il parcheggio e tornò in auto.

«Altri libri?» sbottò sua madre. «Ma sei cretina?»

Lei si prese una ciocca di capelli, se la piazzò sotto al naso e la sniffò a lungo, lasciando che il profumo le invadesse le narici e il cervello. Odorava in modo rassicurante, era il Garnier Ultra Dolce per bambini all'albicocca.

I Vasta si rimisero in strada.

Il sole calava rapido, la via era libera, la pancia di Teresa borbottava.

Nella borsa frigo c'erano i panini rimasti dal pranzo, tutti con il pesce e le verdure; era venerdì, e di venerdì la famiglia Vasta la carne non la toccava, come prescritto dal Signoriddio. Teresa ne pescò uno tonno, sottiletta e cicoria, amaro e parecchio oleoso, e chiese di poterlo mangiare.

«Bah, se proprio devi» rispose sua madre.

E lei, zitta, se lo scofanò in quattro morsi precisi. Insozzandosi di olio labbra e mento, masticando veloce. Poi, la ciccia sui fianchi a bisbigliarle che non avrebbe dovuto mangiarlo, il panino, accettò di giocare con il padre. Dacché riprendeva le sue pilloline, capitava che tornasse lì con loro, nel mondo reale, e che si trastullasse a fare il papà.

«Parto per un'isola deserta e in valigia metto...»

Andarono avanti per un po', finché la madre non urlò di smetterla, con quell'idiozia. «Sembrate due deficienti!» e calò il silenzio.

Giunsero a destinazione che mancava poco al tramonto.

Mattia, il tipo che ogni anno muffiva nel gabbiotto dell'ingresso, andò loro incontro. Vent'anni, magro, indossava una tuta mimetica pure quando il caldo voleva ucciderti. Due anni prima se l'era rischiata schiantandosi in auto contro le fioriere in piazza Dante. Sfondato il parabrezza, era poi finito contro il cartellone di Chanel. E da allora sbavava, aveva tic strambi, e non parlava mai con nessuno e guardava tutti in cagnesco.

Suo padre abbassò il finestrino e Mattia gli puntò la torcia in faccia.

«Abbassa quel coso, imbecille!» abbaiò la madre. «Vuoi accecarci?»

«Vasta» disse il padre, gentile. «Marco, Maria e Teresa. Del 14 F.»

«Che l'usi a fare, 'sta torcia, se c'è ancora il sole?» abbaiò la madre.

Il ragazzo, serissimo, li lasciò passare senza dire una parola.

Teresa aprì il finestrino, mise fuori la testa e annusò a pieni polmoni.

Pesce alla griglia, prato appena tagliato, fiori marci come al cimitero.

Butterfly Village, un buco nero piccolo e schifoso in cui in estate venivano risucchiate le stelle minori delle galassie più misere. Un complesso di villette di fronte al mare dove i Vasta si rintanavano ogni anno, a luglio e ad agosto.

Ai lati, fazzoletti di gramigna bruciacchiati a chiazze ad accogliere sdraio di plastica, piscinette gonfiabili acciaccate e stendibiancheria carichi di costumi, asciugamani e maglie. Dietro, le villette scrostate. Basse, tozze, ingiallite dalla muffa e dalle intemperie. Verande con tavolini di vimini sfilacciati, amache mezzo sfondate e acchiappasogni di conchiglie. Le stradine, strette e piene di buche, formicolavano di uomini a torso nudo, donne in pareo e ragazzini in bici.

Teresa, testa fuori dal finestrino e capelli un po' scarmigliati, agitò una mano in direzione dei villeggianti che conosceva da quand'era bambina; li chiamava "i veterani", quelli. Ma nessuno si degnò di risponderle.

Alla meta i Vasta, intorpiditi dalla giornata in auto, fecero il vialetto ed entrarono in casa, ma Teresa manco lo guardò, l'appartamento. Aveva solo pochi minuti prima che la madre le urlasse di aiutarli con i bagagli, e lei aveva il suo rito da rispettare. Aveva iniziato da bimba, la volta che la madre l'aveva spedita fuori per strigliare il padre di santa ragione. E non aveva mai smesso.

Ogni anno, mentre i suoi facevano la conta dei topi morti nelle tagliole disseminate per casa, Teresa correva in spiaggia e si faceva dare il bentornato dal tramonto. Le piaceva, l'idea che fosse quella la prima figura dell'estate.

Così attraversò la villetta, aprì la portafinestra e sgambettò in spiaggia.

Il faro non aveva ancora cominciato la sua guardia e se ne stava triste sul cucuzzolo roccioso che l'ospitava. Il sole, in mare, la guardò come per dirle "Bentornata, ciao, felice di vederti, sei molto carina quest'anno". E lei rispose al saluto con un bel sorriso. Ma dopo pochi istanti, arricciando la fronte, tornò seria.

Non era lo stesso degli altri anni, quel sole. Sembrava la stella di un pianeta lontano, di un'altra galassia. Un po' come nei film di fantascienza che guardava ogni tanto con Elena, la sua migliore amica. Teresa sapeva che non era possibile, quel cosino brillante era lo stesso di sempre, ovvio. Eppure, ora, fissandolo, non poteva fare a meno di pensare che quell'ammasso di fiamme e alieni desideri irrealizzati al mondo, al suo mondo, fosse estraneo.

Negli ultimi mesi le capitava spesso: cose, posti, persone che le erano sempre stati familiari, vicini, le sembravano distanti in modo siderale.

Stava per tornare dai genitori quando notò dei ragazzi, poco lontano.

Erano tre. Sagome nella controluce, immersi nel mare che sbrilluccicava di rosso, lottavano e gridavano e ridevano. Corpi muscolosi, asciutti, ferini. Movimenti pronti, forti, rapidi. Sembravano i selvaggi di una di quelle tribù brasiliane di cui aveva parlato Tosto, il professore di Geografia. Si abbracciavano, si lanciavano in acqua, si colpivano ridendo e urlando.

Lei li studiava, imbambolata. Dita a torturarsi, capo inclinato, occhi strizzati per vedere meglio. D'un tratto uno dei selvaggi si girò, si fermò e rispose al suo sguardo, incollandole gli occhi addosso.

Il tramonto incendiava il mare, la risacca scandiva il silenzio.

Ritto, l'acqua alla vita, dava le spalle agli altri due e fissava lei, Teresa. Dal nulla le labbra gli si stirarono in un sorriso largo, un sorriso che lasciò gli occhi duri. E qualcosa in quell'espressione glielo rese spaventoso.

Teresa, di fronte a quel ghigno tutto circondato dalle fiamme sul mare, si sentì in pericolo. In pericolo come se quel selvaggio fosse stato il cacciatore designato a scrivere la sua fine, venuto al Villaggio per braccarla e ucciderla.

E, sorpresa di sé stessa, si ritrovò a sorridere pure lei.

Paloma, inverno 2019

Alle orecchie di Niccolò Giordano, il mondo era un ronzio ovattato.

C'era, non avrebbe potuto negarlo. Un'umanità all'infuori di lui esisteva, ma non era altro che un rumorino di fondo. Insulso, volto a degradare verso una fine squallida. E lui, al centro di tutto, era l'urlo che lo sovrastava.

Occhi chiusi, testa reclinata, gambe spalancate. Era domenica mattina e Niccolò, nudo nel letto, stava per venire. Valutò se avvisarla, la testa bionda che gli stava ciucciando il cazzo, ma decise che no, non era necessario. Quindi contrasse l'addome, arricciò le dita dei piedi e le venne in bocca. La testa non fece una piega, ma finì il lavoro, gli si scollò di dosso e gli si sdraiò accanto.

«Usi troppo i denti» commentò lui, poi guardò la sveglia, bestemmiò e si alzò dal letto. «Mia madre torna tra poco, dobbiamo alzarci.»

La testa bionda scattò all'impiedi e divenne un corpo magro, culo sodo e gambe lunghe, che ancheggiò verso il bagno. Niccolò si stiracchiò, si grattò la testa con le unghie smaltate di turchese e, nudo, si mise alla finestra. Aveva postumi folli, poche ore di sonno e avrebbe dovuto pranzare con il padre; pure se avrebbe preferito farsi frustare in piazza. Gli aveva scritto un messaggio il giorno prima, però, e Niccolò non aveva potuto rifiutare.

Dal quinto piano, la strada era un tappeto di telai.

Paloma, elegante come una nobile decaduta, si perdeva all'orizzonte. Contava un milione di formiche ed era una città ricca, ma lui il motivo non lo sapeva. Enorme e pulita, odorava sempre e solo di gelsomino. Sembrava che tutti fossero in fissa con quella pianta del cazzo, e i balconi e le terrazze e le strade ne erano pieni. Vie larghe e ordinate e costeggiate da tigli e carpini. I palazzi, tutti vetri e cemento, erano alti e spigolosi. Era un posto anonimo, non aveva niente di distintivo. Paloma era qualsiasi città al mondo. E Niccolò la odiava.

Ora i marciapiedi erano colmi di zombie che sbrigavano gli affari della mattinata. Gente nata morta e trascinata da un'inerzia bastarda. E anche se in lontananza si scorgevano dei grossi nuvoloni incazzati e insieme tristi, il cielo di novembre era talmente limpido da risultare noioso.

Niccolò si sedette di nuovo sul letto e prese a massaggiarsi le tempie.

La sera prima era stato con i ragazzi al Victory, discoteca dove andava ogni settimana passando metà del tempo nei bagni a farcirsi il naso di bianca e a infilarlo nel primo bel culetto che vedeva. Ubriaco, l'uccello in tiro, aveva incontrato Rita, proprietaria della testa bionda. Amici d'infanzia, capitava che da sballati ci uscisse una ramazzata; aveva visto di meglio e scopato di peggio, ma per le sere in cui nei paraggi non c'erano prede nuove Rita andava benissimo e assolveva ai suoi doveri in modo attento, impeccabile. Niccolò aveva bevuto e pippato fino a molto tardi. Si era fatto un cornetto alla Nutella con i ragazzi, che un po' svomitazzavano in strada e un po' insistevano per andare a puttane. Ed era rincasato con Rita. Avevano fatto un sesso alcolico, ignorante, si erano sparati il cannone della staffa e si erano addormentati dandosi le spalle.

Il pompino del buongiorno era stato un ottimo risveglio.

Rita uscì dal bagno e ci s'infilò lui.

Si docciò, ingoiò un'aspirina e usò il phon sulla massa di boccoli pece, rimirandosi i pettorali gonfi, gli addominali scolpiti, le spalle forti. Diciott'anni, era alto e muscoloso: sollevava pesi tutti i giorni, giocava a calcio ogni sabato e a padel la domenica. Si rasò, si spazzolò i denti ordinatissimi e bianchissimi e indossò camicia e jeans, Armani e Calvin Klein. Spalmò la crema idratante sulla pelle liscia del viso. Si spruzzò il profumo, Paco Rabanne da cento caramelle. E distillò il collirio negli occhi azzurri irritati dalla coca. Spedito un sorrisetto al proprio riflesso, infine,

Sono o non sono bono come il pane?

Cazzo, sì che lo sei.

tornò in stanza e, subito, sentì la porta d'ingresso aprirsi e richiudersi.

«Tua madre!» sussurrò Rita, agitandosi.

«Tranquilla, mica si scandalizza.»

«Non me ne frega niente» fece lei, «la conosco dall'asilo, è una figura dimmerda se ci trova così» concluse, infilandosi una felpa con su Hello Kitty.

«Ma quella non è mia?» disse Niccolò.

«Te la torno domani a scuola» rispose lei, baciandolo sulle labbra.

Il soggiorno era invaso dalla luce fredda del sole autunnale. Mobili tirati a lucido con sopra centrini ben stirati, ciotole traboccanti di pot-pourri e suppellettili dappertutto.

Trovò sua madre in cucina, alle prese con la spesa da smistare.

I ricci morbidi sulle spalle, sul naso ancora gli occhiali da sole. Aveva le mani e i polsi e il collo e le orecchie ingioiellati. Indosso aveva un vestito leggero, con su miliardi di coccinelle, e un'incazzatura appena trattenuta.

Niccolò le diede il buongiorno.

«Ho incontrato *quello*» disse, gelando la stanza. «Ti aspetta giù.»

Porcammerda, adesso fa il solito bordello.

In casa c'era una sola regola: Riccardo, suo padre, non esisteva. Potevano incontrarsi, loro due, ma Teresa, sua madre, non voleva saperne nulla. Così quando *quello* veniva a prenderlo, lui doveva farsi trovare già di sotto, altrimenti Teresa diventava campionessa di rotturadicazzo.

Niccolò, ignorando la madre, condusse Rita all'uscio. Tornò in stanza, indossò il piumino Nike appena comprato e rifocillò il portafogli di trecento pezzi. Si fumò una sizza, prese il cellulare e s'intascò la scatola delle meraviglie; un vecchio portapillole della madre con su Padre Pio in cui teneva fumo, acidi e coca. Dopo il pranzo con il padre sarebbe andato da Mirko per un *pomeriggio di giochi*, e Padre Pio gli serviva. Si sparavano un acido a testa e il vodkino della salute, si sciroppavano un thriller tutto pallottole e tette e, alla fine, naufragavano puntuali su Pornhub; avevano l'account premium.

«Ma', io vado» disse, traversando di nuovo il corridoio.

In cucina trovò anche Fabrizio, il marito di sua madre.

Chirurgo, stempiato, smilzo, alto e pallido. Si sganasciava appresso ai cinepanettoni, collezionava statuine di fate e nani e aveva un'autentica venerazione per la moglie. Roba idiota, da sottoni schifo. Lei lo comandava come un domatore di leoni farebbe con un gattino e lui, tutto felice, la idolatrava. A conti fatti però Niccolò credeva stessero bene, quei due. Erano felici. Felici nel modo triste in cui sanno esserlo gli adulti.

Aveva funzionato da padre, Fabrizio. Ne aveva indossato i vestiti, ma gli erano sempre stati larghi. Così, un po' per compiacere il figliastro e un po' perché non sapeva gestirlo, gli aveva sempre fatto regali assurdi. Una Porsche per i diciott'anni. Una moto per i sedici. Un Cocker, morto male, per i tredici; Niccolò lo aveva scordato legato con il guinzaglio al palo di fronte al tabacchi e quello, chissà come, era riuscito a liberarsi e a farsi stirare sull'asfalto da un camion che passava nella strada lì accanto.

Niccolò andò al banco della cucina e prese un bicchiere di Evian.

«Sai, questo tipo di rapporti può essere pericoloso» disse la madre.

Ah, ecco. Non sei incazzata solo per papà, quindi.

I motivi della rabbia di quella mattina erano due: il padre e Rita.

Niccolò non ce l'aveva mai avuto, un rapporto stabile; c'era stata solo Clara, una che a letto era una cafona e con cui era stato sei mesi. Ma di ragazze per casa ne passavano; entravano di notte, lerce di alcol e con una gran voglia di cazzo, per uscirne il giorno dopo, culo in fiamme e dignità a zero. La madre fingeva di non vederlo, quell'andirivieni, ma lui sapeva che lo mal digeriva. Non ne avevano mai discusso, però. Lei era troppo pudica, e lui quel disagio lo sfruttava per farsi i benedetti cazzi suoi. Ma qualcosa negli ultimi mesi era cambiato. La madre era diventata polemica, e capitava che facesse qualche riferimento al sesso o gli chiedesse perché non avesse la fidanzata. Inconcepibile, fino a poco tempo prima. Era iniziato tutto quando lui aveva compiuto diciott'anni. Da allora lo trattava come se per il figlio avesse covato una rabbia cocente. La ragione Niccolò se l'era chiesta, e tutto ciò che era riuscito a dirsi era che doveva c'entrare con quello che era capitato tra lei e suo padre.

Quando i due si erano conosciuti, diciannove anni prima, e tra loro era successo ciò che ancora oggi spingeva Teresa a odiare tanto Riccardo, lui, suo padre, aveva la sua età. Niccolò non sapeva con esattezza cosa fosse capitato ma da un certo punto in poi, chissà quando, crescendo, aveva smesso di farsi domande, classificando l'evento come uno dei misteri piccoli e insulsi dei suoi genitori. Ma aveva una certezza: di qualsiasi cosa si trattasse, Teresa non lo aveva superato.

Da allora madre e figlio erano ai ferri corti. E così adesso, adesso che Teresa aveva sfoderato la sua espressione da "io sono bravissima e perfetta e tutti mi dovete obbedire", Niccolò sentiva già la rabbia salirgli al cervello.

«Mica l'ho costretta» fece lui. «Cioè, era questo che voleva.»

«È una cosa orribile da dire» lo rimproverò la madre. «Orribile.»

Fabrizio, fiutando il temporale, uscì dalla cucina.

«Forse» rispose Niccolò, «ma è comunque vero.»

«Sai, dovremmo parlare del tuo rapporto con le donne.»

«Ma', eddai... esageri, no?»

Sua madre sbuffò, teatrale da morire.

Cazzo, che cretina. «Mi dici qual è il problema stamattina?»

Lei, senza rispondere, sbatté sul tavolo una busta piena di pomodorini.

«Sono serio. Dimmi che problema c'hai e ci togliamo il dente.»

«Lascia stare, Nico. È meglio» fece lei, accanendosi sui pomodorini.

«Giuro, non ti capisco quando fai così.» L'incazzatura montava rapida.

«Che sto facendo? Ti ho solo detto come la penso. Ma tu, al solito...»

«Fai la passivaggressiva, ecco cosa, e sei insopportabile, checcristo.»

«Occhio alle parole!»

Cristocristocristo. «Ma dimmi che problema c'hai, no? Se non me...»

«Il problema è che mi ricordi *quello* quando parli così. Ok?»

Stronza. Sei una stronza.

Non era la prima volta che la madre cercava di colpirlo con commenti del genere. Essere paragonato al padre, in effetti, era un gran cazzo di insulto. Sia perché Niccolò per lui non provava alcuna stima, sia perché la madre credeva che Riccardo non fosse che un gigantesco sacco dell'immondizia che, per una stregoneria mal riuscita, parlava e camminava. Quindi sì, in teoria era un insulto bell'e buono, ma non era il paragone in sé a mandarlo in bestia. A farlo incazzare era la consapevolezza che la madre, nel suo linguaggio idiota, lo stesse insultando nel peggior modo possibile, per lei. E dacché Niccolò lo aveva capito, mesi prima, tutte le volte che Teresa gli diceva che somigliava al padre lui sentiva il sangue schizzargli al cervello, le mani smaniare e le bestemmie desiderose di decollare dalla bocca.

Niccolò si ammutolì, strizzando i pugni.

La odiava, quella cretina sotuttoio. Porco cazzo, quanto la odiava. Una donna insulsa che, sopra un piedistallo che aveva costruito lei stessa, credeva di essere la migliore, sempre e comunque. Niccolò non la sopportava. E adesso più la guardava più aveva voglia di spaccarle la faccia. Di prenderla a legnate, sbatterle la testa contro il muro, sentirla urlare. Non gliene fotteva niente, che fosse sua madre: a volte voleva solo vederla soffrire.

Sarebbe stato come prendersela con una sedia, però. E lo sapeva bene.

Quindi, con un sorriso insultante, si limitò a scuotere il capo e uscire, sbattendo la porta e pestando i piedi. Bestemmiò Iddio e cominciò a scendere le scale. Un pugno al muro. Un altro. E un altro. Bestemmiò ancora, forte, per farsi sentire dalla madre. Tirò un calcio al portaombrelli dei Torro, la coppia di vecchi coglioni del primo piano. E diede una manata, così violenta da farsi male, alla fila delle cassette della posta.

Arrivato nel cortile del palazzo, uscì e vide suo padre, sul lato opposto della strada.

Poggiato alla Ford Fiesta, chiuso nelle spalle, occhi piantati per terra.

Si disse che si sarebbe potuto fare una striscia nel sottoscala, affrontare il pranzo con lui sarebbe stato meno penoso, ma non ebbe tempo di decidere che quello gli fece un cenno. Così Niccolò traversò la strada e gli andò incontro.

Padre e figlio si salutarono, adesso vicini, e il ragazzo pensò che i suoi genitori erano entrambi morti che camminavano.

Camporotondo, estate 2000

Teresa si svegliò con addosso uno strano senso di disagio.

Si sentiva come quando la Rizzi la interrogava in matematica e doveva prendersi sia l'insufficienza, sia gli insulti di quella vecchia acida. Le capitava spesso in quel periodo: si calava nel suo subconscio, sommozzatore inesperto, e risaliva con pezzi di sé che le appartenevano e che però non possedeva.

Si massaggiò i peletti umidicci sulla nuca, morbidi e folti. Si grattò via le cispe dagli occhi, scollando le palpebre. E mise a fuoco la sua stanza.

Il sole, tentando di scassinare le tapparelle, coriandolava le pareti nude e la mobilia scarna. L'armadio sgraffiato, il tavolo di plastica che usava a mo' di scrivania, il letto con sopra il lenzuolo tutto roselline e violette.

Teresa si ravanò di nuovo gli occhi, e per qualche istante vide soltanto una rissa psichedelica di lucciole. Poi si alzò, andò in bagno e si sciacquò la faccia.

L'estate, dopo due settimane al Villaggio, la stava già modificando. Brufoli asciutti, guance rosse, tra i capelli castani dei fili biondi. Andava così ogni anno e ogni anno, al Villaggio, ci passava molto tempo, allo specchio. Si piazzava davanti al proprio riflesso e, spalle e fianchi scoperti, si sfiorava le strisce colorate di pelle. Non si piaceva lo stesso, no. Grassa, storta, con i lineamenti tutti sbagliati. Ma l'idea che ci fosse sempre e comunque lei, sotto quelle labili versioni di sé, l'attraeva.

Tirò giù la maglia del pigiama con su le Superchicche presa al mercato per due lire. Si avvicinò allo specchio, lenta. E, in posa da sacco di patate che sta per traboccare, cominciò a carezzarsi le sfumature tra tette e ascelle.

«Che stai facendo?»

La madre, ritta e rigida e ferma come avesse avuto un manico di scopa nel sedere, la fissava dal corridoio.

Era un donnone di ottanta chili. Sulla testa, un panettone rossiccio che la figlia doveva tingere ogni quattro settimane. Baffetti perenni, occhi piccoli e naso largo e a palla come quello dei clown. Zoppicava, i dottori le avevano detto che avrebbe dovuto usare un bastone, o magari una stampella, ma lei non voleva saperne: non era una handicappata, diceva; anzi, ai medici lo urlava.

I suoi avevano avuto un incidente a Paloma quando Teresa non era ancora nata.

Lei non ne sapeva molto. I genitori non erano mai contenti di parlarne e Teresa, in fondo, credeva fosse naturale: doveva trattarsi di un evento triste, forse addirittura spaventoso. Tutto ciò che le avevano raccontato, era stato più che altro il padre a sbottonarsi, era che stavano tornando da una visita medica. Dallo studio del ginecologo, in realtà: sua madre era incinta di lei da un mese. Un uomo, che si sarebbe scoperto essere ubriaco, aveva invaso la loro corsia, ed erano finiti muso a muso. Auto distrutte, ambulanze e polizia ovunque. Il padre guidava, ma ne era uscito indenne. La madre invece aveva rischiato di perdere Teresa e si era rotta tutt'e due le gambe: la destra oggi era più ferraglia che ossa. Si imbottiva di farmaci e alcol. Un po' per il dolore, un po' per la rabbia. Ma alla fine erano entrambi sempre lì, erano parte dei Vasta. E il dolore è il più rigido dei capifamiglia.

Teresa, come sorpresa a rubare, si ricompose.

«Lascia stare, non lo voglio sapere» le disse la madre. «Stai crescendo sbagliata, Terri. Sono cose da sbagliata, quelle che fai» e sparì in corridoio.

Lei sbuffò e ritornò al proprio riflesso, ma si faceva schifo, ora. Quindi si portò una ciocca di capelli al naso e la odorò a lungo, e quando il profumo di albicocca dello shampoo l'ebbe calmata andò in soggiorno.

Ampio e scarno, da una parte c'era la portafinestra che dava sul mare, opaca di salsedine, il resto era tutto occupato da immaginette di Gesù. La tivù, un coso gigante che pigliava tre canali, giaceva a terra. I divani, dai colori spenti, circondavano un tavolinetto che si teneva all'impiedi con lo sputo. Sua madre, anni prima, ci si era accanita a pedate in un momento dei suoi.

Teresa varcò l'uscio, chiuso da una tenda di corda, e sedette a tavola.

In cucina il sole batteva sul parquet marcito e sulle pareti sgraffiate. Il padre leggeva. Indosso una polo scipita e dei bermuda in cui le gambe, secche e mappate di venuzze, parevano galleggiare. Allampanato, alto, ingobbito, era un uomo anonimo, più una sagoma che una persona. Ordinarietà che la figlia era convinta le avesse trasmesso come una malattia ereditaria e invalidante.

Teresa prese una manciata di biscotti e riempì di latte la tazza di Diddl.

«Ti va di fare un salto in cartolibreria, oggi?» disse il padre. «Questo» indicò il suo libro «l'ho finito. Quindi, se vuoi, possiamo andarci e prendere...»

Lei rispose di no senza alzare lo sguardo dalla pappetta di latte e Macine.

«So che non hanno tanta scelta, però forse trovi qualcosa che ti piace.»

«Non mi va» tagliò corto Teresa.

«Io in paese devo salirci comunque» insistette alzando le spalle.

Ma che vuoi? Lasciami in pace.

Il padre viveva asserragliato in un mondo, piccolo e astruso, che si era costruito per non accollarsi il peso di quello esterno. E quando, senza ragione apparente, scavalcava le mura di quelle sue verità, a Teresa sembrava di avere a che fare con un estraneo troppo invadente. In quelle occasioni decideva tutto lui. Se era triste doveva esserlo l'intero universo, se era felice dovevano ridere pure i bimbi africani con la pancia a pentola.

Oggi dev'essere una giornata buona.

Epperò tu non sei la sua Barbie del cavolo.

Teresa si alzò e ingollò il latte, i pezzi molli dei biscotti a impantanarsi nella ceramica. Fece per infilare la porta, ma sua madre, grugno da Alano alla catena, tra le braccia muscolose un secchio d'acqua sporca, le sbarrò la strada, la fece indietreggiare e zoppicò in cucina. Andò alla pila, svuotò il secchio e lo riempì di nuovo, accendendosi una Merit e spiando il mare oltre la finestra. Sottobraccio, la sua radiolina portatile.

Quando puliva casa, sia che fossero a Paloma sia che fossero al Villaggio, non la mollava mai. E ascoltava sempre Radio Maria. Così, a rimpallare tra le mura dei Vasta c'era spesso il *Padre nostro* o l'*Ave Maria* o un'omelia. Teresa, ormai, ci aveva fatto l'abitudine, ma Elena, una volta, nel soggiorno della casa a Paloma, le aveva detto che era un bel po' inquietante. E lei si era vergognata.

Adesso sua madre stava ascoltando degli Inni sacri.

«Saliamo in paese, noi» la informò il padre.

Qualche istante di silenzio, poi: «Va bene» si sentì dire Teresa, «andiamo alla cartolibreria».

Delle incursioni di suo padre nella realtà le piaceva una cosa soltanto: l'alleanza contro la madre. Erano formichine che si davano manforte, loro.

«C'è da fare la spesa, vi do la lista. Non pigliate cretinate che lo sapete, com'è finita l'ultima volta» rispose la madre.

«Voglio lo scontrino, poi. E tu» additò la figlia, «niente gelati o porcherie varie.»

Teresa e suo padre annuirono, e lei se ne andò.

Era una macchina per fare i popcorn, la cretinata presa l'ultima volta. Padre e figlia l'avevano scovata al Conad, l'anno prima. Bella, lucida e di una plastica rosso Ferrari che gridava *novità*. Complessa, era tutta piena di bottoni strani, piccoli e grandi: sembrava una navicella spaziale in miniatura. Costava cinquantamila lire, niente di esagerato, così l'avevano presa, pagandola come se sul nastro della cassa padre e figlia avessero poggiato un diamante. L'avevano portata a casa, nella Panda l'avevano sistemata sui sedili posteriori con tanto di cintura di sicurezza. E l'avevano spacchettata in soggiorno, tirandola fuori dalla scatola come degli artificieri farebbero con una bomba. Infine l'avevano montata assieme, seduti vicini sul divano del soggiorno. Studiandone, attenti, le istruzioni, dandosi di gomito e commentando i pezzi che pian piano davano forma all'arnese. Era una scheggia di colore che s'insinuava nel quotidiano grigiastro della famiglia. E padre e figlia ne erano entusiasti, felici. La madre li aveva lasciati fare. Aveva dato loro tutto il tempo di affezionarcisi per bene, all'aggeggio. Ed era rimasta sulla porta del soggiorno, ferma e zitta, a fissarli e a fumare una sigaretta dietro l'altra per una mezz'ora buona. Solo quando avevano finito, la macchina per i popcorn pronta sul tavolino, aveva agito. Era scattata come un cobra, aveva afferrato l'aggeggio, stringendolo per le maniglie di metallo, e, a gambe spalancate, lo aveva lanciato per terra con un movimento semicircolare delle braccia. La macchina per i popcorn era andata in frantumi, tonfo sordo e stridio di vetri. E nella villetta era calato un silenzio denso. Padre e figlia erano riusciti solo a fissare i cocci sul pavimento, davanti pareva avessero parti del cadavere di un morto ammazzato. Mentre la madre, accesa una nuova sigaretta e ordinato loro di pulire, era uscita dalla stanza.

Teresa, giorni dopo, aveva trovato una scheggia di plastica rossa sotto il divano, piccola, appuntita. Se l'era rigirata nelle mani, l'aveva premuta tra i polpastrelli e sentito le punte bucare la pelle. Allora, rapida, trafelata, decisa, era corsa in camera dei suoi e l'aveva infilata in una delle ciabatte della madre. E quando quella aveva strillato, mezz'ora dopo, lei aveva sentito un bel calore pervaderle lo stomaco.

Teresa si raccolse i capelli in una coda, indossò canotta e pantaloncini e si spazzolò i denti. Tornata in cucina, disse al padre che era pronta.

«Oh» si sorprese lui, pareva non avere idea di chi fosse la ragazza che gli stava davanti, «sì, eccomi, mi vesto e... e ci sono, sì.»

Decise di aspettarlo fuori, il cretino.

Aprì la portafinestra, pesante e dura sui binari incrostati, uscì e sedette sul dondolo nel portico. La spiaggia era ancora vuota. Gli ombrelloni chiusi, infilati nella sabbia, erano lombrichi colorati che essiccavano al sole. Il mare era calmo, e brillava sotto il cielo limpido. Teresa si sistemò sui cuscini lisi e, con poca sorpresa, si accorse che le veniva da piangere.

Era quella bellezza immobile a pungolarle il mollume che la riempiva. Funzionava come per contrasto, tutto ciò che era ben fatto le ricordava quanto facesse schifo lei. Era nata brutta, difettosa, strana. E lo accettava. Ma perché non le veniva data un po' della bellezza che la circondava? Se era stata madre natura, quella cattiva, a negarle ciò che avevano gli altri, perché ora il mondo si ostinava a escluderla dalla sua festa?

Il muso di suo padre spuntò dalla porta. «Andiamo?»

In auto avrebbero potuto ascoltare ciò che volevano, la madre non era con loro, ma la radio rimase comunque zitta, e il viaggio lo fecero in silenzio. La strada era un rettilineo asfaltato male. Ai lati, serre opache, campi devastati dagli incendi e anziani ambulanti con tavolini carichi di ortaggi sciupati.

A Teresa quel posto, Camporotondo e dintorni, metteva tristezza.

Il padre, in un'incursione delle sue, le aveva raccontato che molti anni prima il paese scoppiava di gente. Era quasi una città, in effetti. Finché negli anni Settanta o giù di lì il sindaco non aveva autorizzato la costruzione di una fabbrica di chissà cosa e pochi anni dopo c'era stata un'esplosione. I giornali avevano parlato di una nube giallastra e di una pioggerella fitta e acida durata settimane. E subito la terra si era ammalata e tante persone erano scappate.

Ha ragione mamma: meglio starsene buoni al proprio posto.

La madre diceva che Dio aveva creato una tana per ognuno, a ciascuno il suo buchino, e chi cercava di scapparne se la rischiava. Quei cretini avevano provato a essere *di più*. Con la costruzione di quella fabbrica avevano provato a elevarsi, desiderando essere altro. Ed erano finiti male.

Guardandolo guidare, Teresa pensò che suo padre somigliasse molto a quella gente. E si chiese se fosse quella la vita che aveva sempre voluto, che aveva sempre immaginato per sé, o se un tempo avesse desiderato essere altro. Se avesse mai fantasticato di andare oltre, fuggire dalla sua tana, solo per poi arrendersi. Cessare di esistere e sopravvivere nelle forme in cui abitava ora.

Dieci minuti e furono a Camporotondo.

Il paese ingabbiava poche migliaia di anime, e a Teresa ricordava una vedova: era lindo e ben tenuto ma pronto a morire. Un tabacchino, un'edicola, il Conad, due panifici, una pizzeria, una rosticceria lercia, dei negozi, tre bar, il pub Miami. Strade piccole, balconcini foderati di gerani, porticine laccate con battenti dorati a forma di testa di leone o di cagnaccio. Marciapiedi stretti, vetrine minuscole e popolate di mercanzia impolverata, sbiadita.

Era tutto sospeso, lì. La vita e il tempo non ci riuscivano, a entrare.

Padre e figlia scesero ed entrarono nel Conad.

C'impiegarono un mucchio di tempo, a raccattare tutto: la lista era molto lunga e il padre di Teresa era lentissimo, si muoveva sempre con una flemma snervante. E adesso lei, in quel posto pieno di gente, sentì una sorta di vuoto allo stomaco che le fece rammollire gambe e braccia e girare la testa.

L'impressione che stesse per capitarle qualcosa di orribile, sensazione che albergava da sempre nel petto per esplodere in momenti del tutto casuali, la pervase da capo a piedi. E come dal nulla l'immagine di un gruppo di rapinatori che entravano nel Conad si fece spazio tra i suoi pensieri. E Teresa ebbe voglia di uscire, correre, tornare a casa. Se li figurò con dei passamontagna. Entravano impugnando pistole enormi, come Hollenbaugh in *Rapita*, le puntavano ai cassieri e ordinavano di dar loro tutti i soldi che avevano. Non erano lì per quello, però, ma per lei, Teresa: i soldi erano solo un pretesto. La prendevano di peso, proprio come succedeva a Peggy Ann nel film, mentre lei strillava e chiamava il padre, che però stava fermo sul posto a balbettare, mani nei capelli. La trascinavano fuori, braccia dietro la schiena, piedi che rastrellavano terra. E la infilavano in un'auto per portarla via, facendola sparire per sempre.

«Dài» la esortò suo padre quando lei dribblò l'ennesimo zombie che girovagava nel Conad, «abbiamo quasi finito. Poi andiamo in cartolibreria e...»

«Non ci voglio andare, in cartolibreria.»

«Come non ci vuoi andare?»

«Non mi va. E comunque lì non hanno mai niente.»

«Ma...» tentò lui.

«Senti, possiamo sbrigarci e basta?» proruppe, alzando la voce.

Raccattarono tutto, zitti e rigidi, e uscirono dal supermercato.

«Oh, tesoro, mi faresti una cortesia?» le domandò il padre, aprendo il portabagagli della Panda. «Ho dimenticato i bollini, quelli per gli sconti. E sai che tua madre ci tiene e che...» ma la frase non la completò.

Teresa, senza rispondergli, si fece dare lo scontrino e tornò dentro.

Non ebbe il tempo di avvicinarsi alla cassa, però, che fu risucchiata da un gruppo di persone appena oltre l'ingresso. Fissavano tutti la guardia giurata del Conad, un ometto in una divisa blu attillata, che teneva un ragazzo per un braccio. Teresa, muovendosi come un automa, sospinta non dalla curiosità per ciò che aveva davanti ma dalla noia e dal grigio di quel che aveva dietro, si fece spazio e si avvicinò alla guardia giurata.

Lo riconobbe allora, il ragazzo che la guardia teneva per un braccio.

Quello che aveva visto appena arrivata al Villaggio, settimane prima. Quello che faceva la lotta con gli amici nel mare brillante di rosso. Quello che per un istante l'aveva guardata negli occhi e che, ne era certa, l'aveva *vista*.

Mocassini e bermuda beige e una camicia di lino sbottonata a lasciare scoperti gli addominali scolpiti e i pettorali gonfi. Abbronzato in un modo che glielo fece sembrare selvatico, aveva occhi blu come fessure, boccoli pece e denti bianchi e ordinati dietro labbra morbide.

Era così bello da farle male. Male fisico.

Il selvaggio si voltò per una frazione di secondo e incrociò lo sguardo di Teresa. E fu allora, in un Conad anonimo e stupido e in una giornata anonima e stupida, che lei sentì scattare qualcosa dentro di sé.

Fu come se nel suo corpo, nel petto o nello stomaco, avesse avuto una cordicella, sottile e debole. Una fune sfibrata dalle troppe volte in cui era stata strattonata da una parte e dall'altra, come se le due fazioni che la tiravano, di continuo e con un'energia disperata, se ne contendessero il centro. E fu come se il colpo di grazia, alla sua cordicella, glielo avesse dato quella scena. Quella scena e quel ragazzo sconosciuto e bellissimo che la fissava. E quando la sua cordicella si spezzò, con uno schiocco secco che Teresa sentì rimbombare dentro di sé, lei urlò.

La fune si lacerò, in modo definitivo. Il rumore dello strappò riverberò dallo stomaco al petto e su fino alla gola, rapidissimo. E quando raggiunse la bocca si trasformò nella voce di Teresa che, quasi come fosse stata lei stessa una spettatrice della scena e non la protagonista, si sentì strillare: «Lascialo!».

Calò il silenzio. La guardavano tutti, ma lei vedeva soltanto lui che, in quella bolgia, le rivolgeva l'oceano che gli sciabordava negli occhi.

Teresa. Cosa. Stai. Facendo.

Silenzio. Silenzio che si addensava e riempiva e pressava.

«Bimba, che c'hai?» fece un vecchio lì accanto. «Dov'è la mamma?»

Il mondo le appariva sfocato, doveva fare pipì, non riusciva a pensare.

Parla, cavolo, PARLA.

«Siamo...» mormorò, torturandosi le dita. «Siamo insieme.»

Altro silenzio. Teresa si accorse solo in quel momento che gli altoparlanti del Conad mandavano la *Macarena*. Intanto, tutti continuavano a fissarla.

«Stava rubando» latrò la guardia, indicando il ragazzo.

Teresa pensò che sì, l'aveva capito. Era ovvio che l'avessero sorpreso a rubare. Ma pensò anche che no, non era possibile. Non era il tipo; di questo, non sapendo perché, era sicura. E con il cervello impegnato a elaborare il casino in cui si era ficcata, si rese conto che il ragazzo le stava sorridendo.

Fu quel sorriso a mezza bocca, carico di complicità e di qualcos'altro che non seppe riconoscere, a convincerla ad andare avanti con la sua recita.

«Non stava rubando» disse, e sembrava ne fosse convinta nel profondo. «Mio fratello è sbadato e... forse ha...»

«Ma se c'aveva 'sta bottiglia nella tasca!» obiettò l'uomo.

«Be', l'avrà dimenticata» lo sovrastò lei, paonazza.

Che sto facendo?

Non lo so. IO NON LO SO.

Qualche istante di silenzio, poi l'ometto le si lanciò addosso. «Eccerto, e io ci debbo credere! Fa' 'na cosa, vie' qui pure tu...» e la strattonò.

Lei, il cuore che saltava uno, due, tre battiti, le gambe che si facevano molli, alzò una mano e sventolò lo scontrino che le aveva dato il padre.

La guardia glielo tirò via e lo studiò. «La vodka qui non ci sta.»

Teresa prese ventimila lire dalla tasca dei pantaloncini, i soli soldi che avesse, gliele mise nella mano e: «Gliel'ho detto: mio fratello è sbadato» fece. La voce le tremava, sentiva le ascelle bagnate di sudore freddo.

Con un gesto secco della mano, l'ometto le fece segno di uscire e lei, senza farselo ripetere, obbedì, sgambettando con le cosce che sfregavano.

Cuore pronto a esplodere, mani sudate, testa che vorticava furiosa.

Girò l'angolo, appoggiò la schiena al muro e sbuffò. Prese aria, sbuffò ancora. E ancora e ancora e ancora. Scosse il capo, si asciugò i peletti umidicci sul labbro superiore e si sniffò a lungo una ciocca di capelli. Buttò fuori l'aria dalla bocca, pestò i piedi e, mani tremanti a pugno, si stropicciò gli occhi.

Ma che l'era preso? Aveva gridato. Aveva mentito. Aveva

Rubato. Tu hai rubato!

aiutato qualcuno a rubare. E per cosa? Per aiutare uno sconosciuto.

«Perché l'hai fatto?»

Si tolse le mani dagli occhi.

Il ragazzo era davanti a lei. E le sorrideva. Ancora.

Le auto sfilavano lente, un cane abbaiava, Teresa respirava a stento.

«Quindi?» ritentò lui.

Teresa avrebbe voluto dissolversi. Sciogliersi e sparire in una delle crepe nel bitume sotto i suoi piedi. Il mondo girava troppo rapido. Il cuore batteva come a voler uscire dal petto. Il cervello, iniettato di sangue pazzo, era ottenebrato.

«Ch'è, sei sorda?» fece lui. «Perché l'hai fatto?»

Parla. Di' qualcosa. Qualsiasi cosa!

Ma non lo so, qual è il motivo.

Sì che lo sai.

No che non lo so.

E invece sì. Rifletti.

Non lo so, non lo so, non lo so.

Rifletti!

Il motivo è che se il mondo la bellezza non ce la dà, noi ce la pigliamo.

Quel pensiero, solido, le si materializzò nella testa come se le fosse stato suggerito. Ma non ci riuscì, a metterlo a parole. Aveva la lingua di cemento.

Lui si ravviò i capelli e inforcò gli occhiali da sole. «Senti, hai da...»

«C'è mio papà che mi aspetta» lo anticipò, vomitando le parole.

Il ragazzo annuì e la squadrò. «Stai al Butterfly, no? Al villaggio.»

Teresa fece sì con la testa.

«Ti va se t'offro una roba domani? E ti spiego 'sta...» indicò il Conad.

No. Devi dirgli di no.

Ma perché?

Perchénno.

«Splendido» disse lui, come se lei avesse accettato. «A mezzogiorno. Al chiosco in spiaggia.» Le fece l'occhiolino e sparì tra le auto.

Teresa rimase lì, ferma e rincretinita, per un tempo che non avrebbe saputo dire. Non riusciva a capacitarsi di quello che aveva fatto e detto. E ora, a pensarci, i ricordi erano distorti. Come se lei a quelle scene non avesse preso parte. Come se ad agire fosse stata una versione di sé nascosta sotto una delle sue abbronzature.

Attraversò la strada, salì in auto. Il padre, calato nel suo mondo, mise in moto e partì. E in quel momento Teresa si rese conto di due cose.

Non sapeva come si chiamasse il ragazzo. E non aveva preso i bollini per gli sconti. Ma di sua madre, per la prima volta, non le fregava niente.

Paloma, inverno 2019

Paloma sembrava ancora più grigia e disfatta. Il mondo visto dalla Fiesta del padre era peggiore, realizzò Niccolò.

Erano in auto da qualche minuto, e non avevano parlato granché. La macchina ferma, ancora parcheggiata, e loro lì, immobili.

Niccolò si mise comodo nel sedile, accese una sigaretta e ciccò sul tappetino.

«Ti sembra un portacenere, questa macchina?» sbottò suo padre.

Volantini dell'Eurospin, cartacce, bottiglie vuote di birra e Coca Cola. Bustoni del McDonald's, involucri sventrati di tramezzini e biscotti, vestiti rappallottolati. Tappezzeria smangiata. Puzzo di fumo rancido.

Per un attimo pensò che il padre ci vivesse, in quella scatola lercia.

Niccolò abbassò il finestrino e ciccò in strada. «Felice?»

«Una gran cazzo di Pasqua» rispose lui, poi ne accese una a sua volta, tirò e fece cadere la cenere sul cruscotto, spedendo un sorrisetto al figlio.

Coglione.

Suo padre era composto al novantanove per cento di contraddizioni, il resto era merda. Dalle più piccole, come la faccenda della sigaretta, ora, alle più grandi. E di quelle Niccolò avrebbe potuto fare una lista lunga e fitta. C'era stato un tempo in cui si era sforzato di capirlo, il padre. Ma poi, chissà quando e chissà perché, aveva deciso che *quello* non li meritava, i suoi sforzi, e che era meglio ignorarlo e accettarlo come si fa con una cicatrice che sfigura.

«Allora» cominciò Niccolò, non vedeva l'ora che quel pranzo finisse pure se non era ancora iniziato, «andiamo all'Oddog?»

«Ho un'altra idea.»

«Che idea?»

«È una sorpresa.»

«Le odio, le sorprese.»

«Sei rigido» gli disse suo padre, lo guardò negli occhi e annuì, come rispondendo a qualcuno che lì con loro non c'era. «Ti lasci accadere, tu?»

Ma che c'ha oggi? E che significa 'sta cosa?

«Possiamo andare all'Oddog e basta?» lo pregò Niccolò.

L'Oddog, un carrozzone sporchissimo e specializzato in panini carichi di ogni schifezza, era dove padre e figlio si spiaggiavano le poche volte l'anno che s'incontravano. Il proprietario era un tipo grasso e sempre zozzo che poteva avere dai trenta ai settant'anni e che farcendo i panini non faceva che scatarrare in un secchio accanto al bancone. La sua specialità era "Il superlativo". Stracchino, burratina, scamorza, salame, prosciutto e mortadella. Uno schifo eccezionale. Si trovava a parco Gramsci, l'Oddog, postaccio bazzicato da eroinomani e puttane e che da una parte era tutto cemento, graffiti e skater assatanati e dall'altra una selva di rovi, preservativi come serpi e siringhe ingiallite.

A Niccolò non dispiaceva. Era senza pretese come quei loro incontri.

«Se mi assecondi facciamo prima» decretò il padre.

Aveva ragione lui. Si fosse incaponito con l'Oddog avrebbe passato mezz'ora a litigare con quell'ammasso di niente e irrequietezza senza capo né coda che era suo padre. E solo per finire, poi, con il dargliela vinta lo stesso.

«Ok. Come vuoi.»

Il padre tirò fuori la Fiesta dal buco in cui l'aveva infilata male, ruote a invadere il marciapiedi, e s'immise in strada. Guidava con una mano, l'altra la teneva fuori dal finestrino e ogni tanto la portava di nuovo dentro per dare una boccata alla sigaretta. Niccolò, nel frattempo, lo guardava di sottecchi.

Non lo vedeva da sei mesi. Di norma capitava ogni tre, ma succedeva pure che il padre si facesse vivo solo una volta l'anno. L'ultima era stata a maggio, per i diciott'anni del figlio. In quelle occasioni, nonostante i periodi di distanza, il padre non gli sembrava invecchiato di un istante.

Stavolta però è diverso.

Capelli lunghi, mossi come un cespuglio, unti come li avesse immersi nell'olio. Faccia scavata, pelle grigia di chi non piglia sole manco per sbaglio, labbra screpolate. Indossava una maglia scolorita, un giaccone macchiato, dei jeans stinti. Roba da barbone. Ma a colpirlo furono gli occhi. Li aveva sempre avuti blu, scuri e profondi, mentre oggi erano sbiaditi, inerti e lontani.

Sembra un poveraccio del cazzo. Uno scempio colle gambe.

Percorrevano Paloma andando a sud. Ovunque, zombie a ciondolare tra bar e negozi. Era uno spettacolino da due spicci, quell'umanità di serie B.

Un vecchio, rattrappito, tremante, trascinava con una mano un carrello di stoffa e con l'altra un guinzaglio a cui era impiccato un maltese, anziano e malmesso pure lui. Gli andava incontro un ragazzetto tutto borchie e tatuaggi che aveva con sé un Pittbull muscoloso e incazzato e che parlottava al telefono usando il vivavoce; non faceva altro che dire *fra: no, fra, non puoi capire fra, folle, fra.* I due s'incrociarono sul marciapiedi, e accadde tutto in un secondo. Il Pittbull si tuffò latrando e il maltese finì panza all'aria squittendo. Una palla di pelo e gemiti che si dimenava. Il vecchio, braccia al cielo, cominciò a urlare invocando Dio e Lillo, che doveva essere il cagnetto. E il punkabbestia, occhi ammaliati sulla rissa, iniziò a fare la cronaca della lotta al *fra* al telefono.

Niccolò prese a ridere di gusto.

«Quindi...» fece il padre; picchiettava sul manubrio, muoveva la testa da un lato e dall'altro a ritmo di una musica che non c'era. «Come va?»

«Bene.»

«A scuola?»

«Bene.»

«E dopo?»

«Bene.»

«Ah?»

«Ch'hai detto?»

«Dico, dopo che vuoi fare?»

«Dopo cosa?»

«Dopo il liceo.»

«Buh, chessò.»

«Ma farai l'università come il tuo papà, no?»

«Perché, sei laureato tu?»

«No, ma l'università l'ho fatta. Giurisprudenza. Ho dovuto mollare prima della laurea, però. Checcazzo, mi mancavano due anni... vabbè, ormai... ormai è andata» rispose lui, vomitando le parole. «Quindi? Farai l'università?»

«No, me ne vado a scippare le vecchiette.»

Cosa che Niccolò a volte faceva, in effetti.

Non per i soldi, ovvio, giusto per divertirsi un po': qualcosa nelle grida delle vecchie lo faceva spaccare dalle risate.

Settimane prima, traversando un pomeriggio moscio sulle panchine di piazza Tolstoj con Mirko e Luca, i fedelissimi, i suoi migliori amici, Niccolò aveva deciso che la vecchiaccia che passeggiava in tondo attorno alla fontana non gli piaceva per niente. Scarpe comode, gonna di panno e maglia rossa con su scritto "50% SINGLE"; era stata quella a farlo imbestialire sul serio. Niccolò se l'era studiata per bene, scoprendo di detestarla, e i fedelissimi si erano detti d'accordo: quella puttana stagionata meritava tutto il loro odio. Piccola, molle e insulsa: era una schifosa, quella vecchia troia, e loro gli schifosi li dovevano punire: in quanto esseri superiori, era compito loro farlo. Quindi si erano tirati su dalla panchina. Le si erano avvicinati, quatti e agili. E, accerchiata la preda, avevano agito. Uno le aveva torto il braccio, l'altro le aveva tirato la borsetta e Niccolò, giusto per ridere un po', l'aveva spinta nella fontana; a sguazzare, girino handicappato, nell'acqua fredda, fetida. La borsa, senza manco aprirla, l'avevano mollata poco dopo nell'immondizia.

«Ti vedrei bene a Medicina, sì... come chirurgo, forse» fece il padre.

«Te l'ho detto. Vado a scippare le vecchiette.»

«Dovresti iniziare a pensarci, sai? Alla carriera, al lavoro.»

«Certo. Da domani comincio. Grazie.»

«E la fidanzata?» rilanciò suo padre.

«Ma che fidanzata?»

«Quella di poco fa. La ragazza che è uscita dal palazzo prima di te.»

«Che ne sai ch'è stata da me?»

«L'ho vista tra le tue foto di Instagram.»

Niccolò, suo malgrado, rise. «Da quand'è che c'hai Instagram?»

«Non ce l'ho. Masha, un'amica, mi ha fatto vedere le tue foto.»

«C'hai un'amica che si chiama Masha?»

Il padre fece spallucce. «Fa la prostituta in circonvallazione.»

«Vai a puttane?»

«Tu no?»

In effetti Niccolò ci andava, ma di Masha non si ricordava. Che avesse potuto condividere una donna con suo padre prima lo disgustò, poi lo divertì.

«E t'ha fatto vedere le foto del mio profilo Instagram?»

«Sì.»

«Perché?»

«Perché gliel'ho chiesto» rispose suo padre, semplice.

«No, intendevo...» *perché gliel'hai chiesto*, pensò, ma non ci riuscì, a domandarglielo, quindi sbuffò e tagliò corto: «Vabbè, pensa a guidare».

«Non mi piace questo tuo modo di fare, sai?»

Niccolò si girò e lo fissò, sorpreso.

Le domande di rito il padre gliele faceva sempre. L'occupavano così, il tempo assieme. Un tentativo del genitore di pulirsi la coscienza. E Niccolò, che la sua elemosina non la voleva, gli rispondeva male, lo mandava affanculo tutte le volte. Oggi però c'era qualcosa di diverso nel suo tono. Non sembrava rivolgergli quelle domande per dovere; ma pareva quasi che, in un modo bizzarro e a tratti patetico, stesse cercando un contatto con lui.

Erano in auto da venti minuti.

La periferia di Paloma, palazzoni orripilanti e torturati dall'incuria dei beoti che ci vivevano, tutti graffiti e piscio di randagi, sfilava oltre i finestrini.

Era un panorama schifo, pensò Niccolò. Impilati negli edifici scassati c'erano i figli deficienti, sottodotati, di un Dio inerte. Gente che la vita non la conosceva, abituata com'era alla sopravvivenza più inetta. E per loro, per quei disgraziati di natura, per quelle bestie, lui non provava che disgusto e fastidio.

Fantasticava spesso di avere una *bomba selettiva*. Un ordigno che, con un'esplosione, avrebbe spazzato via solo quelli che facevano schifo a lui. Fantasticava di farla detonare, movimento semplice del pollice, per uccidere, far sparire dalla faccia della terra tutti gli *schifosi*. Quelli insulsi, quelli che non ce l'avevano, un senso di esistere.

D'un tratto il padre, lento e sognante, uscì dalla boscaglia di cemento e rottami e prese lo svincolo per l'autostrada.

«Dove stiamo andando?» chiese Niccolò, destandosi.

Nessuna risposta.

«Papà, mi sono rotto il cazzo. Dimmi dove stiamo andando.»

Niente.

Superarono il casello, ora erano in autostrada. Lanciati verso nuvoloni carichi di pioggia, la loro meta sembrava fosse il centro del temporale.

«Papà?»

Ma la faccia di merda non parlava.

Niccolò avrebbe voluto tirare il freno a mano con la macchina in corsa. Saltare addosso al padre e riempirlo di pugni fino a spaccargli quella sua testa di cazzo, fino a fargliela esplodere. «Ferma 'sta macchina» ordinò. «Fermala!»

Il padre sterzò e portò la Fiesta nella corsia di emergenza, poi spense il motore e ripeté: «Non mi piace questo tuo modo di fare, te l'ho detto».

Niccolò scese, sbatté la portiera e bestemmiò in faccia all'autostrada.

Il padre lo raggiunse. «Che stai facendo?»

«Chiam'a Mirko. Mi faccio venire a prendere.»

«E chi è?»

«Che cazzo te ne fotte chi è, puttanaeva.»

«Si può sapere perché ti comporti così?» Sembrava gli avesse chiesto che ore fossero. «Voglio solo fare qualcosa di bello io e te, tutto qui.»

Porcatroia, quanto ti voglio ammazzare.

«E t'è venuta di botto, 'sta voglia di fare *qualcosa di bello io e te*?»

Il padre non parlò, ma all'asfalto, grigio come il cielo sulle loro teste, lanciò uno sguardo che pareva un discorso intero. E fu quell'occhiata, il primo gesto umano che gli avesse mai visto fare, a convincere Niccolò che nel padre oggi ci fosse qualcosa di strano. Era come se la muraglia di gomma che aveva sempre avuto attorno si fosse crepata. E Niccolò, attraverso quella falla, avrebbe potuto spiare cosa ci fosse al di là.

Lui non l'aveva mai capito, suo padre. Si era sempre e solo limitato a tollerarlo. Ma l'accettazione incondizionata di ciò che non si comprende porta scompiglio nel cielo di ognuno. E Niccolò nel suo paradiso voleva ordine. Lui soltanto poteva farci il cazzo che voleva, lì. Gli altri dovevano starsene buoni.

«Mi dici dov'è che c'hai in testa di andare?» chiese.

Passò un'auto, ferì l'aria, tornò il vuoto.

«A Camporotondo, è a sud» rispose il padre.

«E che cazzo dobbiamo farci a *Camporotondo*?» Niccolò non sapeva dove fosse; Sicilia, Puglia o vattelappesca, quei cessi schifo erano tutti uguali, vecchi e zeppi di terroni di merda che l'alfabeto lo conoscevano solo a metà.

«C'è un posto...» mormorò. «Un posto importante.»

«Basta colle stronzate, dico sul serio. Torniamocene a casa, dài.»

«Ho pensato a tutto. Scendiamo in macchina e...»

«Non se ne parla. C'impieghiamo tipo una settimana.»

«Cinque giorni» lo corresse. «Ho controllato.»

«Ho detto no, non ci vengo.» Era così confuso che non sapeva manco come farglielo capire, che quella storia non era che una trovata folle, partorita per noia, senso di colpa o Dio solo sapeva cosa.

«Non ti ho mai chiesto niente. Mai. Se per una volta ti...»

«E che cazzo vuoi? Non ci sei mai stato, mi pare» fece Niccolò.

«Voglio solo che vieni con me. Che mi... *regali* questi giorni.»

«Ma perché? Ch'è 'sta storia?»

«Non è facile da spiegare.»

«Non me ne fotte niente. O mi dici che c'hai in testa o te lo scordi.»

«Non puoi fidarti?» fece il padre, congiungendo le mani in preghiera.

Lui rise. «Pensi che puoi fare il cazzo che ti pare? Pensi che...»

«Niccolò, sto morendo.»

«Puttanate!» gridò lui di riflesso. «No che non stai morendo, coglione. 'Sta balla me l'hai già rifilata quando c'avevo quindici anni.»

«Ok, forse non sto *proprio* morendo.»

«Ma ti senti?» urlò pestando i piedi. «Che persona s'inventa una cosa del genere? Quale padre dice al figlio che sta per morire?»

«Quello che ha bisogno di stare con il figlio» rispose lui, serissimo.

Silenzio.

Niccolò si mise a cercare negli occhi del padre, andò in cerca di qualcosa di vivo, vicino. Ma era come guardare un manichino senza vestiti nella vetrina di un negozio.

Iniziò a piovere. Lacrimoni che picchiavano l'asfalto e abbeveravano l'erbaccia al di là del guardrail. E loro, senza dire una parola, rientrarono nella Fiesta. Il padre accese una sigaretta e ne offrì una al figlio, finestrini appannati e acqua a secchiate sul parabrezza, il fumo riempiva tutto l'abitacolo.

Forse dovrei andarci, collui.

A Niccolò non andava d'imbarcarsi per quel viaggio. Ma l'istinto gli diceva che il padre, anche se non stava crepando davvero, una ragione per volerlo portare con sé in quel suo paesello del cazzo ce l'aveva.

E il mio istinto non sbaglia mai. È infallibile. Come me.

Ok, mettiamo ch'è così. E a me che me ne fotte?

Niente, non gliene fotteva niente. Per Niccolò quell'uomo era solo uno sconosciuto con cui si ritrovava a condividere una spruzzata di geni. Ma forse, si disse, quelle parti comuni erano più forti di quanto credesse. E forse i dubbi che lo assillavano non erano che i richiami di quelle schegge. Erano estranei, loro due, ma erano pure legati da una natura incorruttibile. E l'affinità tra due uomini incatenati dal principio è tanto inafferrabile quanto insopprimibile.

Aprì la bocca per parlare, senza sapere che dire, quando il padre accese la Fiesta. Tirò giù il freno a mano, boia che calava la scure decretando la loro sorte. Ingranò la prima, rapido e duro, e infilò l'auto in carreggiata.

Ingranò la seconda.

La macchina rombava, i giri erano alti. La pioggia batteva, il cielo non era più grigio ma nero, nerissimo. Sulla strada sgombra non si vedeva niente, il temporale era violento. Niccolò, rincoglionito, si era spalmato sul sedile.

Ingranò la terza.

«Ti lasci accadere, tu?» gli chiese il padre; era la seconda volta, oggi. «Per questo ti voglio portare con me. Perché lo devo sapere.»

Ma che significa? Che cazzo sta dicendo?

Pioggia che spazzava, auto che strillava, nero che ottenebrava.

Ingranò la quarta.

Andavano a centotrenta. L'acqua e il vento picchiavano la Fiesta come a volerla abbattere. In strada c'erano solo loro.

Suo padre ingranò la quinta.

Centoquaranta. Centocinquanta. Centosessanta. Centosettanta.

La Fiesta, disperata, impazzita, lanciata a centottanta all'ora, cercava di raggiungere il punto in cui il temporale infuriava più violento.

«Papà...» tentò Niccolò.

«Dimmelo. Ti lasci accadere?» ripeté; era così calmo da terrorizzarlo.

«Papà, finiscila!»

«Devi venire con me, Niccolò. Devi venire con me e devi dirmelo.»

Cosa? Cosa devo dirti, psicopatico dimmerda?

«Papà, ferma la macchina. Ferma la macchina e...»

«Ascoltami, cazzo. Ascoltami.»

«Stai andando troppo veloce!» urlò Niccolò.

«Io alla vita non gliel'ho mai dato, il potere» farneticò; sembrava non sentirlo. «L'ho sempre mandata affanculo, e questo è... è stato il mio errore. E io ora lo devo sapere. Devo sapere se lo fai pure tu, se... se sei come me.»

Occhi spalancati, narici dilatate, mani rigide sul volante.

Gesuccristo, è pazzo.

«Papà. Ferma la macchina» ripeté Niccolò. «Fermala e parliamo di...»

«Cazzo, mi ascolti o no?» strillò; si passò una mano tra i capelli e colpì il manubrio. «La vita ha sempre cercato d'infilarmi nelle sue forme. E lo sai cosa ho sempre fatto? Le ho rotte, le sue forme. Le ho spaccate.» Inspirò forte, a lungo. «E quando le forme erano distrutte, mi sono lasciato accadere.»

Il padre tirò via le mani dallo sterzo, chiuse gli occhi e reclinò il capo.

«Papà, NOOO!»

Niccolò si lanciò sul manubrio, l'afferrò e cercò di tenere la Fiesta in strada. I finestrini vibravano, le gomme stridevano, il parabrezza era d'acqua.

La pioggia annientava, l'auto correva, il mondo si allontanava.

«Ci vengo!» urlò Niccolò. «Ci vengo. Ci vengo. CI VENGO!»

Camporotondo, estate 2000

Teresa decise di alzarsi dal letto che era sveglia già da due ore. Occhi spalancati dall'alba e cosce avvolte nelle lenzuola, era rimasta a fissare il soffitto chiazzato di muffa con un peso sul petto che quasi non la faceva respirare.

È senso di colpa, Terri. Senso di colpa bell'e buono.

Da quando era tornata dal supermercato con suo padre, quel che aveva fatto la torturava: le immagini di ciò che era successo al Conad, in una sequenza che sembrava uno dei vecchi filmati che vedeva a scuola con la Galliani, la professoressa di Storia, le passavano per la mente ancora e ancora.

Che ho fatto?

Eh, boh.

Ma perché l'ho fatto, poi?

Non lo so proprio.

Non la capiva, la ragione per cui si era comportata in quel modo, il giorno prima al Conad. La ragione per cui aveva mentito e urlato alla guardia giurata del supermercato. Ma la domanda che la pressava per davvero, adesso, e che occupava tutto lo spazio nella sua testa, era: avrebbe dovuto rivederlo, il ragazzo del Conad. Ci sarebbe dovuta andare sul serio, a quell'appuntamento al bar sulla spiaggia?

Da una parte pensava che se le sensazioni provate il giorno prima l'attraevano, e se provava il desiderio di rivedere quel ragazzo per provarle ancora, era solo perché, come diceva la madre, lei era davvero *sbagliata*. Dall'altra, però, non poteva fare a meno di dirsi che le ragazze a scuola facevano cose del genere di continuo. Rubacchiavano al bar davanti al liceo, mentivano agli insegnanti, alle feste si toccavano con maschi che neanche conoscevano.

Una volta, chiusa nel gabinetto, aveva sentito tre di loro che parlavano nell'anticamera e aveva colto la frase "m'è venuto in bocca". Conscia solo a metà di cosa significasse, Teresa se n'era rimasta lì, zitta e appollaiata sulla tazza per non farsi vedere. Finché quelle, fumando una sigaretta dietro l'altra, non avevano finito di chiacchierare di "morbido ma anche duro", di peli tra i denti e di "solleticarlo colla lingua". Era uscita solo quando se n'erano andate. Sudata e con una domanda a tarlare il cervello: era quella la normalità?

Sua madre, quando le ripeteva che era *sbagliata*, non intendeva che lo fosse perché i ragazzi *non le venivano in bocca*. Intendeva altro, ovvio. Ma a capire cosa volesse dire non c'era mai arrivata. Così Teresa andava alla cieca, cercando d'interpretare a volte cosa fosse giusto per sua madre e a volte cosa per le ragazze. Ma senza mai riuscire davvero a capirci qualcosa.

Adesso era a un bivio, e aveva paura di sbagliare. E, in casi del genere, preferiva non scegliere e lasciare che il mondo si dimenticasse di lei. A quel pensiero, però, la mente corse all'essere inutile che aveva come padre. Uomo inerte a ogni smottamento che si beccava con regolarità i ceffoni della moglie e che mesi prima si era lasciato sputare addosso, senza reagire, da due ragazzi che aveva bocciato al liceo dove insegnava italiano e latino; lei aveva visto tutto dalla finestra in cucina della casa a Paloma, umiliata.

Io non voglio essere così. Non voglio.

E quindi?

E quindi che vadano tutti a quel paese.

Come una furia tirò via le lenzuola, si alzò e corse in bagno. Si tolse il pigiama delle Superchicche, si mise allo specchio e fissò quel corpo che sembrava odiarla. Obesa, bassa, flaccida. Curve sbagliate, spalle strette, brufoli ovunque. Si afferrò i fianchi, strizzando la ciccia molle come il padre e infida come la madre; quel corpo era la loro maledizione. La spremette forte, tirando come a volersela strappare di dosso. E la colpì a manate.

La Teresa nello specchio era oscena. Un ammasso di erroracci che lei non aveva commesso, erano opera dei suoi genitori, quelle storture, ma era lei a doversele portare sempre appresso come una gogna.

Ogni tanto però si chiedeva se in realtà non fosse diversa. Se la figura che vedeva negli specchi non fosse che il rimpallo cattivo e deformato del suo stesso sguardo. Se, in fondo, non fosse una come tante: non bella, magari, ma quantomeno *normale*.

L'idea aveva fatto capolino tra i suoi pensieri pochi mesi prima. Era l'intervallo, era in classe e si stava sbafando un panino col prosciutto cotto e le sottilette. I suoi compagni erano tutti in cortile, scendevano ogni giorno per incontrare gli amici delle altre classi, mentre lei se ne stava in aula ad aspettare che la campanella desse di nuovo inizio alle lezioni. Era sola, quindi, e tutta intenta a mangiare il suo panino, quando l'occhio le era caduto su un pezzetto di carta sul banco di Martino Riva. Non erano affari suoi, ma c'era segnato il suo nome e così si era alzata, aveva preso il foglietto, le dita le tremavano un po', e per poco non si era strozzata con il panino. Era una lista, in cima campeggiava la scritta "scopabili" e al terzo posto c'era il suo nome; anzi l'avevano segnata con il cognome: Vasta. Teresa aveva mollato il foglietto lì dove l'aveva trovato, aveva buttato il panino nella spazzatura ed era corsa in bagno. Aveva l'impressione che il pezzetto di carta le avesse scottato i polpastrelli, che il panino volesse risalire l'esofago, che delle mani le si fossero introdotte nello stomaco per strizzarle le budella. Chiusa in bagno, le dita a torturarsi, provava tutte quelle sensazioni orribili. E intanto sorrideva. Un sorriso che andava da un orecchio all'altro, e che aveva contagiato gli occhi. Durò poco, però: d'un tratto tornò stupida e brutta, una poco di buono che si sentiva lusingata da una cosa che, lo sapeva ma non ne capiva la ragione, avrebbe dovuto considerare un insulto bell'e buono. Era *scopabile*. Quella parolina aveva volteggiato per settimane nel suo cervello, trovando posto tra i pensieri anche in momenti per nulla opportuni. Quindici giorni dopo, era domenica mattina ed era in chiesa con i suoi genitori quando, dal niente, si era ritrovata a pensare a quel foglietto. E a quella parola. Seduta tra i genitori sulla loro panchetta della San Marco, mani giunte e occhi rivolti all'altare, dove padre Paolo stava facendo l'omelia, la testa era tornata a quel bigliettino. Alzandosi per la comunione aveva ricominciato a chiedersi se lo fosse davvero, *scopabile*. Quando l'ostia aveva toccato la lingua si era domandata se i compagni le avrebbero fatto davvero ciò che quella parola implicava. E, inginocchiatasi di nuovo sulla panchetta, con il corpo di Cristo a sciogliersi in bocca e il capo chino e le mani giunte, si era scoperta a pensare che sì: forse le sarebbe piaciuto, se l'avessero fatto. Era andata così per giorni interi, finché quel pensiero non era andato sbiadendo, ma il dubbio era rimasto.

Forse non sono brutta come penso.

Massì che lo sei, Terri. È solo che quelli hanno gli ormoni a palla.

Lo diceva Dessì, la professoressa di Religione.

A ogni modo, ormoni o meno, quella spina le si era conficcata nella testa. E da allora non poteva più far a meno di domandarsi se quella bruttezza, che la teneva con la testa schiacciata per terra, che non le permetteva di alzare gli occhi sul mondo, che la faceva sentire un'esclusa, in realtà, non fosse che una fantasia e il suo un corpo come tanti, ma imbruttito dal suo sguardo.

Adesso, trafelata e rapida, si chinò e prese a rovistare nei cassetti.

Spazzole, mollettoni per capelli, lozioni, creme idratanti e rigeneranti ed esfolianti, smalti, lime per unghie, pinzette, forbicine, confezioni di cerette. Era tutta roba della madre ma non la usava mai. O quantomeno lei non l'aveva mai vista utilizzarli, quei prodotti, e addosso non portava alcuna traccia di un loro passaggio. Giacevano, come promesse infrante, nei cassetti dei bagni: in inverno a Paloma, in estate a Camporotondo. Quando scadevano ne comprava addirittura di nuovi, leggendo con grande attenzione i bugiardini al supermercato. Ma le confezioni di quelli vecchi, creme, lozioni o vattelappesca, le buttava integre, tanto che Teresa, a volte, trovava due o tre scatoline, ben sigillate, nella pattumiera di casa. Il motivo di quel balletto non lo aveva mai capito. Che ragione c'era, si era chiesta spesso, di comprare tutta quella roba per poi non usarla? Che ragione c'era di portarsela appresso da Paloma a Camporotondo? Che ragione c'era di accumulare quei cosmetici nei cassetti, lasciandoli andare a male? A quelle domande non era mai riuscita a darsi delle risposte. Ma oggi quella roba le sarebbe tornata utile.

Si rivestì, prese i cosmetici, li portò in stanza. Li nascose sotto al letto, tornò in bagno e rassettò. Il pensiero che la madre potesse scoprire che aveva rubato quella roba la sfiorò, ma lei non ci guardava mai, in quei cassetti.

I suoi colazionavano. La madre, a capo chino, grufolava in una tazza di latte e biscotti. Il padre, alla finestra, beveva un caffè dando le spalle alla moglie. Il silenzio era una terza persona che pretendeva l'attenzione di tutti.

Teresa disse buongiorno, e in risposta ricevette dei mugugni. Si versò una tazza di latte, prese i biscotti ma si bloccò, il pacco di Macine a mezz'aria. Aveva fame, ma se si fosse sbafata la sua solita pappetta avrebbe avuto la pancia gonfia. Ed era fondamentale che non ce l'avesse, quella mattina. Così le posò.

«Niente biscotti?» le chiese la madre, aveva alzato la testa e la fissava.

«Non ho fame.»

«La Vergine m'ha fatto la grazia» disse. «Alleluia!» e rise forte. «Era ora. Un altro paio di chili e ti fai così grassa che muori zitella e strana com'a tua zia Concetta.»

Teresa, occhi sulla tazza, si sniffò una ciocca di capelli e bevve il latte. Poi si alzò, depositò le stoviglie nel lavabo e tornò in stanza. Prese i cosmetici e li fissò come fossero granate. Aprì una lozione a caso, l'annusò: era lo stesso profumo delle ragazze a scuola: adultità e bellezza.

Lo faccio.

Aspettò che sua madre andasse alla parrocchia del Villaggio, lo faceva tutti i giorni. Non avrebbe saltato una funzione neanche se il mondo le si fosse sgretolato sotto i piedi. E, sicura che sarebbe stata via almeno un'ora, a gambe incrociate sul letto, studiò i bugiardini di ognuna di quelle scatole misteriose.

S'esageri colle creme e ti si squama la pelle? Se non usi bene le strisce depilatorie e ti lasci i segni? Se strafai colla pinzetta sulle sopracciglia?

Zittì la vocina e andò in bagno.

Si cosparse i capelli di crema al cocco, s'impiastricciò il viso con una maschera purificante, limò le unghie. Modellò le sopracciglia con la pinzetta, tirò via la peluria da sopra le labbra con le striscette depilatorie, foderò il viso con un'altra maschera. Si appollaiò sul water e rasò gambe e ascelle e braccia. Nuda allo specchio, infine, fissò il ciuffo tra le gambe. La parte più estranea, la più spaventosa e avversa.

Forse togliere pure quello sarebbe un po' troppo.

Era un cespuglietto castano, riccio e intricato. Saliva verso il ventre in un diradarsi lento e diventava peluria esile. Lo toccò. A mano aperta, premette sul ciuffo. Pigiando prima piano, poi appena più forte. Era morbido, e lì per lì le parve pure carino: un animaletto, un cincillà riccio. Ma allo stesso tempo le sembrò anche pericoloso. Come se sotto avesse celato qualcosa d'insidioso.

Fallo, Terri. Fallo, fallo, fallo.

Doveva eliminare tutto, certo. Cambiare muta. Uccidersi e tornare in vita a sua immagine e somiglianza. In mano aveva un'arma. Quel rasoio, di un bel rosa chiaro, era una lama capace di uccidere. E Teresa l'avrebbe dovuta usare fino in fondo. Quindi issò l'arma, e colpì.

I peli pubici cedettero senza opporre resistenza.

La Teresa bimba morì senza opporre resistenza.

Fece una lunga doccia fredda, si spalmò una crema all'aloe e si guardò allo specchio. Non era bella, ma almeno adesso era decente, adulta, normale. Pensò a come nascondere quei cambiamenti ai genitori, ma decise che non li avrebbero notati. Così ritornò in camera e si vestì. Mise il suo solito costume, un pezzo intero di un blu orribile, con balze e fiocchetti ai lati. Le infradito mezze rotte, viola, con sulle stringhe farfalline e coccinelle. Il pareo liso a strisce lilla e azzurre. E il cappello alla pescatora, che doveva avere sempre per evitare le insolazioni di cui sbraitava sua madre. Era pronta.

Sembro uscita da Sailor Moon. Sailor bimbadeficiente.

Eccitata e spaventata come se stesse per commettere un peccato mortale, aprì l'armadio e prese un altro costume, degli altri sandali e un altro pareo. Li infilò nello zainetto, in fondo, sotto il telo da mare. E uscì dalla stanza.

Sua madre era ancora fuori, il padre leggeva il "Corriere" in soggiorno.

«Io vado in spiaggia» disse Teresa. «Torno per pranzo, al solito.»

Lui le puntò gli occhi addosso, trapassandola del tutto, e annuì.

Teresa stette a guardarlo per qualche secondo, mani a pugno e piedi a pestare il parquet sgraffiato. E sentì di volergli urlare contro. Gridargli dritto sul muso solo per provocare una reazione. Capire se fosse ancora vivo. Ma tutto ciò che fu capace di fare fu scuotere il capo e uscire di casa.

Mise piede in spiaggia e respirò il mondo.

Bimbi che schiamazzavano, ragazzi che rincorrevano un pallone o che giocavano a racchettoni, vecchi rattrappiti su sdraio di corda mezzo sfondate. Sole alto, cielo limpido, il mare si agitava un po' sotto una brezza debole.

Teresa percorse un breve tratto di spiaggia e fu agli spogliatoi.

Era una costruzione di cemento grezzo. Un cubo grigiastro, incrostato di salsedine e abbandonato in mezzo al litorale da un gigante stufo di giocarci. Dentro, docce di acqua fredda, water zozzi, stanze per cambiarsi. Teresa entrò e si spogliò; via cappello, pareo, costume e infradito. Si mise la roba nascosta nello zaino. Saltellando prima su un piede e poi sull'altro per non toccare quel pavimento lercio, poggiandosi alle pareti di cemento, rischiando di cadere più volte. Poi uscì dal cubo e si diresse verso il chiosco.

Sentiva addosso gli occhi di tutti, ora.

La fissavano. L'ammiravano. E nel frattempo borbottavano che quella era una gran bella tipa. Nel suo costume a due pezzi, bianco da accecare e con piccole conchiglie sui bordi. Nel suo pareo azzurro, elegantissimo e leggero. Nella sua nuova forma, Teresa si sentiva adulta e bellissima.

I vestiti li aveva comprati mesi prima all'Iris, il centro commerciale.

Marzo. Elena, la sua migliore amica, le aveva chiesto compagnia per fare shopping e con la carta del papi aveva speso senza sosta. Aveva comprato di tutto. Abiti eleganti, costumi a due pezzi, stivali di pelle. Entrava nei negozi e, vandala che razzia, frugava tra gli appendiabiti, sicura e rapida. Ne prendeva un mucchio, s'infilava nei camerini e li provava sfilando davanti agli specchi. Teresa, zitta e buona, la guardava in silenzio; ogni tanto dandole dei consigli che quella manco sentiva. Elena, finite le dita a cui agganciare pacchettini e bustine, vedendo che Teresa non aveva comprato nulla, l'aveva trascinata in un negozio sciccoso, costosissimo. E lì, sotto i led cattivi che a Teresa era parso volessero illuminarle ogni difetto, i brufoli sulla faccia, il grasso dell'addome, le aveva fatto provare magliette, top, abitini, caftani, costumi, parei e scarpe. A Teresa piacevano tutti. Quei vestiti erano belli e diversi da qualsiasi cosa indossasse di solito. Ma non appena ci s'infilava lei diventavano orribili. Le rimarcavano le cosce lardose, i fianchi da mugnaia, il sedere da chiattona; una maglietta, si era detta, la faceva sembrare un arrosto incastrato male nel suo spago. Un'ora dopo le commesse, strafighe magre, alte e bionde, lì apposta per farti sentire un cesso, avevano iniziato a guardarle male. Così Teresa, pur di andar via, aveva deciso di comprare a casaccio un costume e un pareo. Alla cassa, poi, Elena ci aveva aggiunto degli infradito. "Un regalino" aveva ridacchiato. E Teresa si era sentita una bimba cretina che necessitava di aiuto anche per vestirsi; dal negozio era uscita con un piantino isterico che spingeva per venire fuori. Tornata a casa, aveva nascosto tutto nell'armadio, in fondo, assieme alle bambole di quando era piccola, e di quelle buste si era scordata. Solo molti mesi dopo, preparando il borsone per il Villaggio, le aveva trovate: da una parte le bambole, dall'altra i vestiti. E allora aveva capito due cose. Che non erano passato e futuro, quelli, ma pezzi di lei che convivevano; pure se uno pareva in coma. E che siamo tutti degli armadi. Armadi pieni di indumenti, *vestiti e bambole,* da cui pigliamo ogni giorno ciò di cui abbiamo bisogno: prima d'infilarci nel mondo apriamo il nostro, di armadio, e ne tiriamo fuori il travestimento di quello che dovremmo o vorremmo essere. Così funzionava, e Teresa lo aveva realizzato fissando le bambole di quando era piccolina e i vestiti segreti; erano quelle le sole vie possibili, anche se aveva la sensazione che gli altri, di scelte, ne avessero parecchie di più. Il problema, si era detta infine, era che a pescare dall'armadio di Teresa erano sempre e solo gli altri.

Forse devi cominciare a decidere tu com'è che devi vestirti. No?

Era stato questo pensiero, ingarbugliato ma impossibile da ignorare, a convincerla a portare con sé al Villaggio quei vestiti nuovi.

Si diede una scorsa rapida, fece correre lo sguardo dal petto alla vita e giù fino ai piedi, e la mente andò a Elena. Le avrebbe detto che era bella, così conciata? Sì, di sicuro: era la sua migliore amica, in fondo.

Sarebbe venuta al Villaggio di lì a pochi giorni, avrebbero passato del tempo assieme. E Teresa, al solo pensiero, sentiva il cuore accelerare un po'.

Procedeva per il litorale, adesso, sfoggiando la nuova sé.

Il sole picchiava, la calura le faceva colare ascelle e interno coscia.

Sul bagnasciuga, castelli di sabbia diroccati. Sotto ombrelloni e gazebi, persone a mucchi che agognavano l'ombra. Le voci si mischiavano, urla divertite, risa. Incrociò un panzone che vendeva cocco. Un'asiatica che propinava tatuaggi all'henné. E una banda di ragazzi palestrati, costumi fluo a strizzare l'inguine, che ammiccava e fischiava e urlava a ogni ragazza.

«Ehilà, bel sorriso!» trillò uno di loro, gonfiando i bicipiti in un modo che per lui, forse, doveva essere disinvolto. «Tu... tu tutta azzurra, tuuu!»

«Lo sai che ti farei un bel pigiamino colla saliva, a te?» disse un altro.

«Ehi, beeella! Ma da dove pisci che sei tutta una fica?» fece un terzo.

Quando Teresa capì che parlavano con lei,

Ma allora sono bella per davvero. Sono... scopabile?

sentì un formicolio risalire dal ventre e il sangue schizzarle al cervello. S'irrigidì, ma non si fermò. E intanto il gruppo, andando in direzione opposta alla sua e continuando a gridare, si allontanò.

Il chiosco, un bar ristorante, era sulla spiaggia. In legno bianco e blu. Tendaggi leggeri al posto delle pareti, chincaglierie incollate qui e lì, tronchi levigati invece delle sedie. Al centro, cucina e bancone per l'asporto. Attorno, i tavolini. Una canzone *tunztunz* rintronava dalle casse. C'era pure un deejay, si muoveva a scatti, mentre delle ragazze bellissime che gli ballavano vicino.

Teresa, ancora sul bagnasciuga, fissava quella bolgia da lontano. Mani sul petto, dita a torturarsi, testa un po' inclinata. Non se n'era resa conto, ma stava spostando il peso da una gamba all'altra, lì da sola al centro della battigia.

Era pieno di ragazzi. Di adulti ce n'erano pochi, tutti in disparte, come se quel locale a loro fosse proibito. I maschi erano muscolosi, addominali che pareva ci si potesse grattugiare il parmigiano e braccia gonfie. Camicie aperte, costumi al ginocchio. Le femmine, in bikini striminziti, nere di sole e brillanti di olio, erano smilze ma con il sedere alto e le tette che ballonzolavano.

Erano tutti stupendi, divini, selvatici come l'era parso il tipo al Conad. Bevevano birre dalle bottiglie, camminavano a piedi nudi, chiacchieravano e ballavano e si incastravano, sporchi di sale e sabbia.

Ma che si era messa in testa, di essere figa, bella, adulta *lei*? Per quanto potesse sognare di volare, il mondo l'avrebbe sempre trascinata giù, su quella terra triste e desolata a cui apparteneva. E adesso, con un bel sorriso sulla sua faccia cattiva, il mondo le stava dicendo che non era posto per lei, quello. Nella sua tana, lì doveva stare. Con gli *Harmony*, le Superchicche, i cd del Festivalbar.

Il suo destino era d'immaginarla, l'esistenza. Non di viverla. Tutt'al più Teresa poteva sperare di sopravvivere alla vita. Nient'altro.

Ma se me ne torno a casa tutto questo lavoro che l'ho fatto a fare?

Come in trance, percorse la passerella che portava al chiosco.

Si fermò all'ingresso, si guardò attorno e qualcosa d'incandescente le si posò sulla spalla. Sobbalzò, si voltò e vide il ragazzo del Conad.

Indosso, una camicia di lino bianca e sbottonata come quelle degli altri ragazzi. A piedi nudi, aveva un costume a pantaloncino azzurro e occhiali da sole dorati sul viso abbronzato. In mano, un cocktail mezzo vuoto, ghiaccio e menta. Al lobo sinistro, una perla turchese; lo stesso colore del pareo di lei.

«Sei tu?» chiese lui.

Ma perché, io chi sono?, pensò. «Sì» disse.

«Eh, mi pareva.» Rise. «Non è che ti stavo riconoscendo, però.» E così dicendo le tolse la mano dalla spalla, fece un passo indietro e la squadrò come fosse il mobile di un negozio che valutava di comprare. «Sei diversa, tipo.»

Teresa si chiuse nelle spalle.

Il ragazzo le porse la mano. «Riccardo, come il re.»

Lei allungò la sua, gliela strinse, molle e incerta, e pronunciò il suo nome. Teresa. Teresa e basta. Teresa come nessuno. Teresa come niente.

«Quindi...» fece lui guardandosi attorno, distratto. «Mojito?»

Non ne aveva mai bevuto uno, ma sapeva cos'era. E, pure se era solo mezzogiorno e non le sembrava l'orario adatto, annuì.

Riccardo fece strada nella calca, avanzando tra i corpi come gli fossero appartenuti, e raggiunse il bancone. Ordinò due Mojito, bevve quello vecchio e gettò il bicchiere a terra. Quando il barista gli allungò i nuovi, Riccardo fece segno che glieli avrebbe pagati dopo. Teresa prese il suo e l'annusò: acquaragia. Lui si portò il drink alla bocca, infilò la cannuccia tra le labbra, la lingua guizzò per acchiappare il tubicino,

Madonna mia, quant'è bello?

e bevve. Teresa lo imitò, ma quando mandò giù quasi si affogò.

«Facciamoci un giro» disse lui, sovrastando la musica.

Raggiunsero il bagnasciuga e iniziarono a camminare senza meta.

Cuore che esplodeva di eccitazione e ascelle che grondavano di ansia, Teresa non riusciva né a parlare né a pensare. Più guardava quel ragazzo, più si sentiva una cicciona piena di brufoli, con le spalle curve e i capelli stopposi. Ma più lo guardava, più sentiva crescere qualcosa dentro di sé. Qualcosa che colorava il mondo e le spandeva il cranio e le faceva respirare un'aria nuova.

Due fuochi che combattevano, ecco cos'aveva dentro. Due versioni di sé stessa che, davanti a quell'armadio pieno di roba, litigavano e si pigliavano a schiaffoni e si tiravano i capelli per decidere cosa lei dovesse indossare.

Teresa diede una tirata dalla cannuccia. Un sorso, un altro e un altro.

«E allora» iniziò lui. «Sei di Paloma pure tu, eh?»

«Come l'hai capito?» rispose Teresa.

«Istinto» fece ridacchiando. «E 'st'estate te la fai al Villaggio?»

«Sì, tutti gli anni. Casa mia è quella» disse indicandola. «Tu, invece?»

«È il primo anno che ci vengo. I miei c'hanno 'sta villa da boh, epperò ha sempre fatto cagare, e non ci sono mai venuto. Mio padre l'ha fatta rifare l'altr'anno, ora sto con due amici, i miei sono rimasti a Paloma che a loro del mare non gliene fotte, la casa ce l'hanno perché gli piace che ce l'hanno.»

Teresa bevve altro Mojito e avvertì un piacevole cerchio alla testa.

«Mio padre è il proprietario del supermercato» continuò lui. «Sai, dico il Conad di quel buco di paese dimmerda. È proprio suo.»

«Assì, quello a Camporotondo?»

«Ce n'ha tanti. Tipo cento, chessò io.» Rise. «E sai, se il posto è di mio padre e io piglio una cosa, io che sono il figlio mica sto rubando. No?»

Forse era l'alcol. O forse il sole. Forse era lui che, con quel suo sorriso che non si levava dalla faccia, i muscoli che fletteva di continuo e la parlantina con cui avrebbe venduto un ghiacciolo a un eschimese, l'abbacinava. Teresa non lo sapeva, cos'era, ma a lei quel discorso assurdo pareva filare.

«Be', direi che hai ragione, sì.»

«Eh, ma vaglielo a spiegare a quel coglione di guardia giurata.» Rise di nuovo, più forte. «Che poi lo paga mio padre, a quello là, no? Quindi, sai, pure lui è mio. Pure lui m'appartiene. Per dire.»

«Sì» rispose Teresa, meccanica, «forse è vero.»

Riccardo si tirò su gli occhiali da sole rivelando l'oceano che il giorno prima l'aveva inghiottita. «Andremo d'accordo, io e te.»

Lei chinò il capo, torturò il bicchiere e ingollò altro Mojito.

«E tu?» chiese Riccardo. «Stai qui colle amiche tue o cosa?»

«Sono con i miei, veniamo qui da sempre e...»

«Cazzo, cheppalle coi tuoi! Ma scusa, quant'anni c'hai?»

«Sedici. Ne faccio diciassette a...»

«Sei un *pulcino*!» trillò lui. «Io diciotto, sto al primo di Giurisprudenza. Farò il magistrato.» Annuì serio. «Voglio dire, è ovvio, no? È naturale, sai, che sono i giusti a fare la giustizia.» Bevve, guardò di sfuggita il mare e scosse il capo.

Teresa rise, incerta, e bevve ancora. Sentiva le gambe molli.

«Sei diversa rispetto a ieri» ripeté Riccardo.

Lei fece un altro sorso di Mojito, un altro e un altro, poi un sorriso.

Sono ubriaca?

«C'hai tipo una luce» disse lui.

Il sorriso di Teresa si allargò.

«Dovresti farlo di più, comunque.»

«Cosa?» domandò lei.

«Sorridere. Sei bella quando lo fai.»

Teresa andò a fuoco. Mai nessuno le aveva detto che era bella.

«Bah, magari è 'sta coca nuova, chessò» commentò Riccardo a bassa voce.

Coca? Ma sta bevendo il Mojito pure lui, che c'entra la Coca Cola?

«Ti piace?» le mostrò l'orecchino. «'St'azzurro è figo, no?»

«Perché ti metti gli orecchini?» le sfuggì. Poi, d'un fiato: «È bello, sì».

«Chessò... me li metto perché mi piacciono, no?»

«Non hai paura che ti diano della femmina?»

«Sticazzi.» Sbuffò. «Se una cosa mi piace, la faccio e basta, no?» Annuì. «Sai, i miei si fanno le corna a vicenda» disse; Teresa, confusa, certa che non fosse una rivelazione da primo appuntamento, bevve e basta. «Epperò stanno sereni e felici perché a loro d'essere fedeli agli altri non gliene fotte. Vogliono essere fedeli a loro stessi, e basta. Quindi al desiderio lo assecondano, no? Eh, sono così anch'io. Se ho un desiderio l'assecondo, tanto gli altri non esistono. Perciò ho l'orecchino.» Si fermò, si sfiorò il lobo. «Ha senso per te? Madonna santa, 'sta coca m'ha massacrato.»

Lei annuì. Lui sorrise. Ed entrambi scoppiarono a ridere.

A Teresa parve la scena di un film d'amore. Era tutto così romantico. Così naturale. Così dolce. E lui. Lui era così bello, sicuro, libero.

«Senti, devo pigliare una roba a casa» disse Riccardo. Si finì il Mojito e lanciò il bicchiere vuoto su un telo da mare lì vicino. «Mi fai compagnia?»

Superarono casa di lei, tagliarono la spiaggia e raggiunsero una villa sul mare.

Teresa non l'aveva mai notato, quel posto. L'estate la passava tutti gli anni nel pezzetto di spiaggia di fronte a casa e dal suo quadratino non si era mai scollata. Quella villa, a duecento metri dalla sua, non l'aveva mai vista.

Larga il doppio delle altre, a tre piani, pareti tutte di vetro.

Riccardo aprì il cancello di ferro, rosso acceso, ed entrò. Lei lo seguì, e si trovò su un tappeto di gramigna.

A sinistra una piscina rettangolare d'acqua cristallina, tutt'attorno una fila di sdraio di vimini, tavolini e vasi pieni di gerani. A un lato il trampolino e all'altro la vasca idromassaggio con fontanelle che disegnavano archi a mezz'aria. Un putto senza un braccio osservava la scena. Il patio era in fondo, con un tavolo al centro, un barbecue in muratura da una parte e un calcetto balilla e un tavolo da ping-pong dall'altra.

Teresa, occhi spalancati, bocca schiusa e molle, pensò che quella villa, così bella e nuova e moderna e pulita e ben tenuta, sembrava la casa di Kelly Taylor in "Beverly Hills 90210". E d'un tratto si sentì parecchio a disagio. Come un ratto di fogna che viene scovato a gironzolare tra i mobili di una villa lussuosa. Temeva, con le sue zampette sporche, d'insozzare quel posto meraviglioso.

«Ma è casa tua?» si lasciò scappare.

«Mio padre l'ha rifatta, ti dicevo. Fino all'altr'anno era tipo un cesso di posto come gli altri di qui» concluse, ed entrò in casa lasciando lì Teresa.

Lei rimase ferma a guardarsi attorno e a tirare dalla cannuccia. Finì il Mojito. Adesso era ubriaca e ne era certa, ma non le importava. Posò il bicchiere sul tavolo, delicata, e sorrise al giardino.

Quel posto non pareva manco parte del Villaggio, ma un hotel di lusso a Parigi o New York. Specchi ovunque. Un glicine gigante faceva da tenda a un lato della veranda. Le statue nere di due puma, uno seduto e l'altro su due zampe, presidiavano l'entrata. Un'ampolla di vetro, con la base bombata e ingiallita, giaceva accanto a una busta piena di...

Cacchio, ma è marijuana?

«Ehi, che fai là fuori? Entra!» la chiamò una voce dall'interno.

Teresa obbedì.

A destra la cucina. Elettrodomestici lucidi, mobili spigolosi. A sinistra il soggiorno. Con un'altra vasca idromassaggio in cui l'acqua gorgogliava, tre divani e un tavolino con su bicchieri sporchi e bottiglie vuote.

«C'è lo schifo, scusa, ma quei cazzo di filippini vengono domani.»

Semisdraiato sul sofà, a gambe e braccia divaricate, c'era Riccardo.

Ma che fa? Perché sta messo in quel modo?

«Vieniti a sedere, dài.»

Teresa non si mosse.

La vocina nella sua testa le bisbigliava che c'era qualcosa di strano, in quella storia. Qualcosa di sbagliato, forse pericoloso. E le suggeriva che no, non doveva andarci, lì da lui. Era pericoloso, sì. Pericoloso davvero. Ne era certa, pure se non capiva il perché. Di un'altra cosa, però, era sicura: se non lo avesse fatto, se non si fosse seduta con lui, sarebbe parsa una bimba.

Hai sentito cos'ha detto prima? Che sei un p-u-l-c-i-n-o.

Ci fosse stata una delle ragazze della scuola al posto suo, ci sarebbe andata, vicino a lui. E se essere come voleva sua madre non aveva funzionato, finora, forse doveva prendere altre direzioni. Comportarsi in altri modi. Che poi non le era manco chiaro, com'è che la volesse sua madre. Tutto quel che sapeva era che come faceva sbagliava. Qualsiasi decisione prendeva, per sua madre era un errore.

E quindi?

E quindi, un passettino dietro l'altro, andò in quella nuova direzione.

Attraversò il soggiorno e, mani a torturarsi sul petto, sedette sul sofà. Gambe a signorina, occhi per terra, si era messa in punta al cuscino. Respirava a fatica, il cuore batteva così forte che temeva si potesse sentire dall'esterno.

Il motivo di quella agitazione le sfuggiva, sabbia tra le dita.

Teresa alzò lo sguardo e lo piantò su Riccardo che, sorridente, semisdraiato a quattro di mazze sul divano, le scavava un buco in fronte.

Ti prego, fammi tutto il male che puoi.

Voleva che le facesse male, sì. Che la iniziasse al mondo che finora si era limitata a vedere in "Beverly Hills 90210", "Dawson's Creek", "Incantesimo". E se per abitarlo doveva prima soffrire, be', che la torturasse pure: Teresa era pronta. Pronta perché di quel mondo aveva bisogno. Bisogno di quel mondo fatto di coccole a letto la domenica mattina, di lunghi baci sotto la pioggia, di bouquet di rose consegnate da un fattorino sorridente, "Signorina, il bigliettino dice solo 'da un ammiratore segreto'". Teresa voleva che Riccardo la iniziasse a quel mondo, che aprisse le sue porte per lei, che la rendesse sua abitante. Quel ragazzo, così bello e sicuro di sé, le ricordava tantissimo, in un modo che a tratti era pure doloroso, i personaggi degli *Harmony*. E più quella somiglianza si faceva marcata, più lei si diceva che Riccardo poteva renderla una delle ragazze di quei libri. Con lui sarebbe stata la protagonista di una di quelle storie rosa pastello e piene di baci che fanno rammollire le gambe. E non c'era niente al mondo che desiderasse di più. In fondo, in "Beverly Hills 90210" Dylan faceva star male sia Brenda sia Kelly, ma da quel dolore, da quei pianti che si facevano nelle loro stanzette, poi nasceva sempre qualcosa di bello.

Fammi male. Fammi male. Fammi male.

Si guardarono. Lui le sorrise, lei non ci riuscì, ma fu capace di reggere il suo sguardo.

«Oh, avvicinati» le disse, e con la mano, dita lunghe, vene a mappare il dorso, batté piano sul cuscino accanto a sé. «Ch'è, c'hai paura?» Rise.

No. Teresa di paura non ne aveva. Lei era un'adulta.

Tirò su il suo corpo pesante, si sedette di fianco a lui e lo fissò.

Lui non si mosse. Addominali in tensione e pettorali gonfi, teneva le gambe spalancate e il bacino appena sollevato. Pareva aspettasse qualcosa.

"M'è venuto in bocca..."

Riccardo le poggiò la mano su una coscia. Era bollente, dura, sicura. E Teresa se lo sentì ovunque. Sopra e sotto e dietro e davanti. La sovrastava, gigante pronto a divorarla. La fissava, la vedeva. E intanto la carezzava. D'un tratto le tolse la mano di dosso e prese quella di lei, dolce ma autoritario. Le tirò su, tutt'e due assieme, e, lentissimo, fece per portarsele sul suo costume. Al centro, dove c'era un promontorio strano. Un rigonfiamento. Una cosa.

Che stai facendo?

Quando le mani, una sull'altra, stavano per toccare il costume di lui,

TERESA!

lei si sottrasse.

Si riscosse, si alzò di scatto e uscì, correndo verso la gramigna.

Il sole. L'aria. Le voci. Tornò tutto di botto.

Prese una boccata, un'altra e un'altra. Aveva la nausea, la testa girava, le gambe erano così molli che pensò che sarebbe svenuta.

Ma ti rendi conto cosa stava succedendo?

Stava succedendo che eri quasi una normale. Mannò, cretina sempre.

«Ehi!» Riccardo la raggiunse a grandi passi. «Ma che t'è preso?»

Fece per rispondere, ma non ci riuscì. Si vergognava come fosse stata sorpresa nuda sul gabinetto. Quel ragazzo si era aspettato qualcosa da lei e lei lo aveva tradito, non lo aveva soddisfatto. Lei che non era mai abbastanza.

Stettero in silenzio per qualche secondo, istanti dilatati nel tempo, poi Riccardo parlò: «Senti, scusa, ho... ho esagerato, mi sa».

Si stava scusando? Lei aveva reagito da pazza, da deficiente a una cosa normale, a una cosa che facevano tutte, a una cosa che faceva di continuo

"M'è venuto in bocca..."

ogni ragazza della scuola, e lui si stava scusando? Si sentì peggio. Non solo non era normale, lei. Non solo era sbagliata per tutti e per tutto. Ma quelle sue storture, quei suoi errori, non faceva che scaricarli addosso agli altri.

«Dài, mi voglio far perdonare» disse Riccardo. «Se t'offro una cena?»

Doveva farsi perdonare lei, di certo non lui, e a quell'invito non poteva che dire sì. Lo aveva già deluso, quel poveretto. Non poteva rifiutare, adesso.

«Perché?» si sentì dire; la bocca aveva fatto tutto da sola.

«Ma cosa?» domandò lui, confuso.

«Perché vuoi vedere *me*?» Era un pensiero ingarbugliato ma fermo.

Riccardo scrollò le spalle e accese una sigaretta. «Perché se una cosa a me mi piace la faccio e basta, no? Te l'ho detto.»

Non era certa di aver capito, ma acconsentì lo stesso.

Riccardo sorrise. «C'ho una roba domani. Dopodomani c'ho una festa, sai, e...» Si fermò a riflettere. «Chessò, la prossima settimana... venerdì?»

Venerdì. Doveva aspettare un'intera settimana per vederlo di nuovo e cercare di farsi perdonare, di fargli capire che non era una bimba scema.

«Ok, ma facciamo alle dieci e mezzo» disse lei con un filo di voce. «Così...» *aspetto che mamma è a letto*, concluse tra sé.

Riccardo annuì. Poi, con una pacca sulla spalla, la congedò, si voltò e tornò in casa. Teresa lo guardò sparire, infine si girò pure lei e uscì dalla villa.

Passi piccoli e rapidi, sgambettava sulla spiaggia.

Voleva casa. Sentire il profumo del Coccolino con cui la madre lavava le coperte del suo letto. Guardare il padre che leggeva. Mangiare una tazzona di latte e Macine sbrodolandosi un po'.

Dapprima camminò veloce, sulla sabbia, senza guardare niente e nessuno se non la veranda di casa che si avvicinava. Poi, senza rendersene conto, prese a correre. Cosce che sfregavano tra loro, capelli che svolazzavano sulle spalle.

Inciampò, fece un plié e quasi finì con il muso a terra. Una manciata di secondi che le parsero ore. E raggiunse la meta. Salì i gradini, aprì la porta scorrevole ed entrò. Poggiò la schiena al vetro, chiuse gli occhi e sbuffò forte.

Si sentiva fuori dalla realtà, il mondo era solo un'idea.

Stava per riaprire gli occhi quando ricevette un colpo. Forte, dritto in faccia. E ogni cosa precipitò. Teresa cadde. Batté sul muro, le braccia si agitavano come le ali di un uccellino. E schiantò a terra.

Sbarrò gli occhi. Sua madre torreggiava su di lei.

«Dove sei stata?» sibilò. «Come sei vestita?»

Il costume. Il pareo. Gli infradito. Li aveva ancora indosso.

Fu in quel momento, realizzando di non essersi cambiata, sentendo di dover fare pipì, che Teresa pensò che stava per provare molto dolore.

Ok, sta' calma. Ora ti picchia, si sfoga e poi finisce tutto. Al solito.

Ma mi farà male. Non voglio che mi fa male. Ti prego ti prego ti...

«Dove sei stata?» ripeté quella, adesso urlando.

Teresa avrebbe voluto parlare, provare a mentire, ma era pietrificata.

Sua madre si chinò, la prese dai capelli e la mise sulle gambe, tirandola su come un sacco dell'immondizia. Teresa sentì tutta la testa bruciare. Cacciò un urletto acuto e debole, scalciò e provò a liberarsi. A togliersi di dosso le dita di lei. Ma niente: sembrava fossero saldate assieme. Sua madre allora la scosse come fosse stata una pentolaccia. Destra e sinistra e destra e sinistra. E, stringendole i capelli più forte, cominciò a schiaffeggiarla.

Uno, due, tre colpi violenti e precisi che la centrarono alla guancia.

Teresa si divincolò, strillò, singhiozzò. Cercò di nuovo di

liberarsi, ma lei era troppo forte. E mentre si dimenava, pesce all'amo, lei continuava a tirarle ceffoni. D'un tratto, la madre le strappò lo zaino di dosso e lo lanciò per terra. Diede alla figlia due manate sulle cosce e, senza mollarla, la trascinò verso la cucina.

«Sgualdrina!» latrò, facendole attraversare la stanza piegata a novanta gradi e a testa bassa. «Dove sei stata, eh? DIMMI DOVE SEI STATA.»

Teresa, patetica, si faceva trascinare zoppicando.

Giunsero in cucina.

La madre, gesto ampio delle braccia, la lanciò in un angolo, e lei cadde contro la dispensa battendo testa e schiena. Teresa avrebbe voluto fuggire, ma la madre le sbarrava la strada. Così si coprì la faccia, si rannicchiò e si preparò.

«Dove sei stata?» urlò. «Rispondi. Rispondi!»

Le tirò una pedata sul sedere, tanto forte che Teresa ebbe paura che le avesse rotto un osso. Poi un'altra, stavolta sulla coscia. E un'altra. E un'altra. Quindi si girò, diede un pugno sul tavolo e ruggì alla parete. Teresa si tolse le mani dal viso, sperando d'impietosirla, e le singhiozzò in faccia.

«Parla!» Altro pugno sul tavolo. «Parla!» Altra pedata sulle cosce.

«Mamma...» piagnucolò lei, contorcendosi. «Scusa... ti prego, ti...»

Fu allora che arrivò il padre.

Braccia penzoloni lungo il corpo, sul viso pallido non un'espressione. Si fermò sull'uscio, schiuse la bocca e le fissò, preoccupato ma non sorpreso.

«Fuori!» ruggì la moglie. «FUORI!»

Lui si girò e, senza neanche guardare la figlia, se ne andò.

Teresa lo chiamò urlando. Voce striata di dolore e paura, lo invocò più volte: «Papà...ti prego, papà! Papà!» ma lui non tornò. E lei, accucciandosi di nuovo, facendosi piccola, singhiozzò più forte.

La madre le si avvicinò e la fissò. «Ti do l'ultima possibilità, Terri. Dove sei stata?» le chiese, il tono d'un tratto calmo.

«Mamma...» piagnucolò. «Io...» Non ci riusciva, a parlare; era troppo confusa, troppo dolorante, troppo terrorizzata. «Scusa, mamma, io...»

La madre prese una boccata d'aria e ordinò alla figlia di spogliarsi.

Teresa neanche ci pensò, a protestare. Si sfilò pareo e costume e, nuda, tremando e piangendo, incollò le cosce tra loro per nascondere il sesso.

La madre la guardava dall'alto, mani sui fianchi. «Apri le gambe.»

Lei singhiozzò più forte.

«T'ho detto apri quelle gambe, sgualdrina.»

Scossa da capo a piedi, Teresa obbedì. Rivelando il sesso glabro.

«Dio mio, cosa ti sei fatta...» rantolò lei, orripilata.

Per un istante non accadde niente, poi la furia s'impossessò di nuovo di sua madre. E il pestaggio ricominciò, più forte di prima.

Pugni, ceffoni, calci. Sulla testa, sulla faccia, sulle cosce.

Schiocchi e urla si mischiavano a singhiozzi e gridolini riempiendo la stanza. Teresa, in trappola nell'angolo, cercava di parare i colpi, accoccolata contro i mobili, rannicchiata su sé stessa.

D'un tratto sua madre si tirò su e la guardò, schifata. Le si allontanò, prese pareo e costume che le aveva fatto togliere e delle forbici da un cassetto. E fece tutto a pezzi. I tessuti si lasciarono tagliare a listarelle cadendo sul parquet, inerti. E mentre la sua rivoluzione, stupida, labile, sfilacciata, si disfaceva, Teresa, ancora all'angolo, singhiozzò un addio. Ai suoi piedi, costume e pareo sembravano insulsi, adesso. Banali e deboli come lei.

Quand'ebbe finito sua madre buttò gli stracci nell'immondizia e prese le Merit e un flacone di crema idratante da un cassetto. Accese la sigaretta, se la incastrò tra le labbra e aspirò a occhi chiusi, a lungo. Tornò dalla figlia e le lanciò la crema. «Mettitela su quelle cosce grasse che c'hai, poi vatti a vestire. Andiamo in chiesa. Glielo dici a Dio, cos'hai fatto» e sparì.

Teresa, nuda, accasciata nel suo angolo, in lacrime, non riuscì neanche ad aprire gli occhi. Le faceva male tutto. La testa, la faccia, le cosce.

Si costrinse a tirarsi su e ad andare in bagno. Zoppicando, piangendo, borbottando. Tutta piegata in avanti, le tette le ballonzolavano a ogni passetto che muoveva. Una mano a coprire il sedere, l'altra sul sesso esposto. I capelli scarmigliati sul volto pieno di lacrime e sudore e graffi e rossori.

Qualsiasi cosa facesse, sbagliava. Qualsiasi cosa fosse, era sbagliata.

Andò in bagno, si sedette sul water chiuso e si abbandonò al pianto. Ancora nuda, piegata su sé stessa, il viso tra le mani e i capelli a pioverle sulle ginocchia. Rimase così a lungo, singhiozzando, massaggiandosi le gambe con la crema. Le bruciava tutto: il sedere, i fianchi, le cosce, persino la testa, dove le aveva tirato i capelli. Dopo qualche minuto sentì bussare alla porta.

Tre colpetti leggeri, nulla a che vedere con i pugni che sua madre dava alle porte chiuse di fronte a sé: doveva essere suo padre. Dovevano essere suo padre e il senso di colpa che lo riempiva quando la moglie picchiava la figlia e lui non riusciva a fare niente.

Teresa non parlò, e continuò a spalmarsi la crema.

Bussò di nuovo, stavolta poco più forte. Poi: «Terri?» Fece una pausa, la voce di suo padre tremava appena. «Terri, va tutto bene?» Si fermò di nuovo, bussò di nuovo. «Terri, hai bisogno di... hai...» ma la frase non la completò.

Dalla porta non giunse più alcun rumore: il padre si era arreso. Tipico.

Teresa si alzò, si sciacquò il viso e uscì dal bagno per andare in stanza. Si vestì, aveva ancora il petto scosso dal pianto ma di lacrime non ne venivano fuori più. Legò i ricci in una coda, la testa le faceva male e non poté stringerla più di tanto. E, piano, andò in soggiorno.

La madre era lì, all'impiedi accanto al divano. L'aspettava.

Il padre, invece, era in veranda, seduto a fissare il mare, zitto e fermo.

Senza dire una parola, le due uscirono di casa. Traversarono il vialetto. La ragnatela di viuzze che graffiavano il Villaggio. E, fianco a fianco, ma più come carceriera e prigioniera che come madre e figlia, salirono la gradinata, breve e stretta, che portava alla parrocchia.

Era minuscola. Dentro, in ginocchio, seduti sulle panchette, ci stavano a malapena una trentina di fedeli. Ma tanto non ci andava mai nessuno, lì. Sua madre, assieme ad altre cinque o sei donne, tutte più avanti d'età di lei, erano le uniche a frequentarla. Adesso era desolata e in penombra. C'era solo padre Renato che, ignorando il loro ingresso, lustrava chissà cosa dietro l'altare.

Entrarono, si inchinarono, fecero il segno della croce. Si avvicinarono all'acquasantiera, c'immersero le dita e disegnarono un altro segno della croce, ma più piccolo, sulla fronte. S'inoltrarono lungo la navata centrale, un corridoio stretto foderato da un tappeto bordeaux impolverato, e andarono in prima fila. Presero posto alla panchetta davanti all'altare, dove padre Renato continuava a farsi i fatti suoi, beato ma corrucciato. E s'inginocchiarono.

La madre piantò lo sguardo nel suo, e con le labbra articolò un ordine, silenzioso ma comunque chiarissimo: "Prega, ora". Attese che la figlia chinasse il capo, continuando a fissarla come per incenerirla. Poi dovette fare lo stesso pure lei, ma Teresa non la vide: chiusi gli occhi, sul suo mondo era calata una tenebra fitta. Il silenzio della parrocchia, intanto, rimbombava ovunque.

Ma devo pregare? Devo farlo davvero?

Non era la prima volta che la madre, scoperta una malefatta, un guaio, un pasticcio della figlia, la obbligava a pregare. Era però la prima volta che la trascinava in chiesa. La cosa forse avrebbe dovuto spaventarla, preoccuparla? Era una situazione tanto seria? Aveva fatto una cosa così grave?

Be', Terri, mi pare ovvio.

Nonostante tutto però Teresa, davanti a Gesù sanguinante, sofferente, crocifisso, non riusciva a fare a meno di pensare a Riccardo. A lui, e al momento in cui stava per mettergli la mano sul costume. Nella parrocchia, di fronte all'altare con su la tovaglia candida, a respirare incenso e acquasanta, in testa aveva solo il volto di Riccardo. Il suo volto sorridente, bello, e la scena in casa sua che andava avanti ancora e ancora e ancora e...

Smettila. Smettila smettila smettila!

E se avessi continuato?

Smettila.

Se gliel'avessi messa, la mano sul costume?

Smettila, Teresa. Smettila.

Se gli avessi messo la mano sul costume e poi lui se lo fosse tolto?

SMETTILA, TERESA!

Con uno sforzo che fu anche fisico riuscì a sgomberare la mente.

E cominciò a pregare.

Dopo un tempo che non avrebbe saputo dire alzò lo sguardo. Finora aveva tenuto gli occhi chiusi e la fronte poggiata sulle dita intrecciate. Osservò prima l'altare, poi la madre. E accadde una cosa, una cosa strana che le fece provare un misto di rabbia e imbarazzo.

La madre ricambiò la sua occhiata, sorridendole come si farebbe a un bambino appena nato. E, senza parlare, le carezzò una guancia, gentile. Fu allora che Teresa notò che stava piangendo.

Paloma, inverno 2019

Il temporale era morto nel nulla. Un momento prima la pioggia veniva giù che Dio la mandava e quello dopo i passerotti cantavano come in un cazzo di Disney. L'Autogrill era vuoto. Poggiato alla Fiesta, Niccolò fumava una sigaretta e si rigirava la scatola delle meraviglie che aveva in tasca.

Un tiro. Uno soltanto. Uno ebbasta. Dài, dài, dài.

Aveva bisogno di un po' di coca. Per risollevarsi, capire cosa fare.

Dopo il teatrino in autostrada, il padre aveva ripreso il controllo della macchina e a guidare come niente fosse. Niccolò all'inizio lo aveva insultato, aveva bestemmiato, urlato, ma quando aveva notato che lui non sembrava neanche sentirlo, si era squagliato sul sedile. Poco dopo, suo padre aveva fatto una telefonata e si era dato appuntamento con qualcuno a un Autogrill. Aveva infilato l'uscita per l'area di servizio, era sceso e si era imbullonato lì dove si trovava ora; venti metri da lui, al centro dello spiazzo, fermo, con lo sguardo sul nulla.

"Ti lasci accadere, tu?"

Cosa significasse, Niccolò non lo sapeva.

Quello del padre, però, non sembrava il delirio di un pazzo da catena, ma il tentativo di esprimere idee ed emozioni complesse di un uomo che aveva dimenticato come si parla. Ecco perché Niccolò era indeciso su quel viaggio.

Fatti un tiro, dài... figurati, manco se n'accorge.

Pensava che chiamare la madre e chiederle di venire a prenderlo fosse la scelta migliore; avrebbe potuto anche telefonare a Mirko, ma presentargli suo padre sarebbe stata una figura di merda pessima. Di motivi per partire con lui non ne aveva. Eppure, qualcosa ancora lo bloccava lì con lui.

Ti facessi un pippotto, UNO SOLO, non staremmo qui a discuterne.

Prese la scatola delle meraviglie, guardò il padre in fondo allo spiazzo e, tornato alle sue mani, le trovò intente ad aprirla. Estrasse il sacchetto con la bamba, se ne mise poca, una striscetta scarsa, sul dorso di una mano, si tappò una narice e

Vola, vola, volaaa.

il cranio si espanse e il cervello si alleggerì e la nebbia si dipanò.

Scrocchiò il collo, smascellò, prese a fare avanti e indietro accanto alla Fiesta. Gli era venuta voglia di correre, mettersi in autostrada e correre veloce. Smascellò ancora e più forte. Si grattò testa, faccia, collo. Le unghie pitturate di turchese scavavano nella pelle. Poi, di botto, si appoggiò di nuovo all'auto, prese il telefono e chiamò la madre.

«Come va?» rispose. «Dove siete?» Pareva calma, ma forse fingeva.

«In un Autogrill» disse Niccolò.

«In un Autogrill?»

«In un Autogrill.»

«Perché siete in un...»

«Ma', vuole portarmi a sud» la interruppe, precipitoso.

Silenzio, poi: «Ma che dici? Non siete a Paloma? Che significa che...».

«Ne so quant'a te» la bloccò di nuovo.

Sto parlando troppo veloce?

«No che non ne sai quanto me. Io sono qui, tu lì con lui.»

«Eh, ma non m'ha detto molto.»

Sì, sto parlando troppo veloce.

Che idea del cazzo farsi quella botta prima di parlare con sua madre.

«Spiegami» ordinò lei, decisa. «Anzi, passamelo.»

Non se la ricordava neanche, l'ultima volta che i suoi si erano parlati.

«Ma', non mi pare troppo il caso... no?»

Lei sospirò. «Niccolò, ascoltami, dimmi dove sei e ti vengo a...»

«Mamma, piantala!» urlò sussurrando; ecco la parte di sua madre che odiava, quella ansiosa e ansiogena, emotiva e cretina. «Te l'ho già spiegato, mi vuole portare in un posto che sta a sud... in Puglia» inventò. «E penso che ci devo andare» si sentì dire; scoprendo, sorpreso lui stesso, che era vero.

«Ma che dici?»

«Non lo so...» borbottò fissando suo padre, sagoma nella controluce. «Però c'ho proprio l'impressione che dovrei andare con lui.»

«Ma perché? Ti ha detto qualcosa?»

«Non so, c'ho 'st'impressione e... 'st'impressione, sì.»

Sono troppo fatto.

«Ma quanto staresti via?»

«Ha detto cinque giorni.»

«CINQUE GIORNI?»

«Ma', calmati.»

«Nico... ascolta, tu non lo conosci, quello. Non lo sai, cosa può...»

«Eh, forse dovrei conoscerlo. Cioè, è pur sempre mio padre.»

Perché stai cercando di convincerla?

Magari è 'sta coca. M'ha scombinato il cervello. Ci sono rimasto.

No, c'era dell'altro, ma non capiva cosa.

«Vuoi andare con lui?» chiese la madre, di nuovo incazzata.

«Ti calmi? Penso solo che forse dovrei...»

«Conoscerlo. L'hai già detto» ringhiò. «Mi pare strano, però. Non ti è mai importato niente di lui...» Sospirò, il microfono frusciò. «Senti, non voglio infilarmi con te in questa discussione. Dimmi, sì o no: vuoi andare con lui?»

Di suo padre lei non pronunciava neanche il nome. Era *quello*. E di lui al figlio non aveva detto mai niente. Come si erano conosciuti, perché si erano lasciati, che persona fosse: niente. Suo padre esisteva, ma non c'era. Non poteva credere però di averlo cancellato dal mondo, *quello* era suo padre. E *quella* sul loro rapporto non aveva nessuna stracazzo di autorità.

«Forse io e lui siamo uguali, l'hai detto tu» sibilò Niccolò. «E s'è così, voglio sapere com'è per vedere come sarò.»

Il discorso non faceva una piega, in effetti, ma era tutto sbagliato, realizzò.

«Se è per quello che ho detto prima, io...»

«Forse è per quello. Forse no. È importante?»

«Nico, ti prego, torna a casa» si era ammorbidita di nuovo.

Lui però era ancora furioso, e non era la coca. «Ci vado, ho deciso.»

«Perché? Perché mi fai questo?» piagnucolò sua madre.

«Che c'entri tu? La vuoi finire, di metterti sempre al centro di tutto?»

«Quello tu non lo conosci!»

«E fammelo conoscere!» urlò Niccolò.

«No.»

«No un cazzo, è...»

«Smettila con le parolacce!»

«... un mio diritto. E poi ormai c'ho diciott'anni, mica puoi...»

«Stai esagerando. Tagliala! Sono tua madre, voglio che torni e...»

«No. Io 'sta cosa la faccio.» Se prima non ne era convinto, ora sì: fosse stato pure un viaggio nell'Africa profonda in mezzo agli zulù ci sarebbe andato.

«Nico, basta. Torna. Ti do l'ultima...»

«T'ho detto che 'sta cosa la faccio. Punto.»

Silenzio.

Niccolò, il telefono pressato forte contro l'orecchio, fissava un punto sull'asfalto e strizzava il pugno. Narici dilatate, denti serrati, cuore a mille.

«Mi stai dando un grosso dolore» pianse la madre. «Non chiamarmi.» Tirò su con il naso. «Scopri quello che io so già e che non vuoi vedere. Quando hai finito, poi... non lo so. Davvero, non lo so, Niccolò.» Un singhiozzo, un sospiro. «È vero. Siete uguali, voi due. E mi si spezza il cuore.» Riagganciò.

Niccolò non si mosse per qualche secondo. Poi si tolse il telefono dalla faccia, lo fissò in cagnesco e si accanì a pedate sulla Fiesta. Uno, due, tre colpi alla fiancata. Bestemmiò, urlò, scalciò ancora e ancora, un cavallo imbizzarrito.

«Ehi!» gli gridò dietro il padre. «Ehi, ma che cazzo fai?»

Niccolò lo guardò, ma non si diede pena di rispondergli. Accese una nuova sigaretta, si allontanò dall'auto e sedette dall'altra parte dell'Autogrill.

La odio. La odio, la odio, la odio. Cretinapresuntuosastronza.

Stava per riprendere la scatola delle meraviglie e farsi un'altra pippata, quando una Porsche, lucida da potercisi specchiare, finestrini scuri e musica sparata, entrò nel parcheggio. Suo padre le si avvicinò. Il vetro si abbassò e dall'auto vennero fuori una nuvoletta di fumo e una canzone tutta zucchero e miele.

Suo padre e il tizio in auto parlarono per qualche secondo. Il padre si animò, agitò le braccia, poi si calmò e rise. Rise forte, di gusto.

L'uomo in auto gli porse uno zaino. Grande, nero. Suo padre rise ancora. Poi il finestrino della Porsche tornò su, la macchina sgasò e ripartì, rombando e sparendo in autostrada.

Il padre quindi traversò il parcheggio e si avvicinò al figlio, saltellando come uno gnomo indemoniato; lo zaino, assicurato alle spalle, ballonzolava.

«Chi era quello?» chiese Niccolò, spedendo lontano il mozzicone che atterrò spruzzando scintille. «E che musica ascolta?»

«Stai scherzando? Era Tiziano Ferro.»

«E perché t'ha dato 'sto zaino? Che c'è dentro?»

«Ma no, Tiziano Ferro è il cantante. La canzone, dico. Era sua.»

«Vabbè» sbottò Niccolò. «E quindi lì dentro che c'hai?» ritentò, indicando lo zaino.

«Sul serio non conosci Tiziano Ferro? Non è così vecchio. È uno famoso. Ha fatto pure quella canzone che...»

«Ma chi se ne fotte di 'sto qui, checcazzo, dimmi che c'hai lì dentro!»

Qualche istante di silenzio, poi: «Soldi».

«Soldi?»

«Soldi.»

«E perché Tiziano Ferro t'ha dato dei soldi?» s'interessò Niccolò.

«Mi ha fatto un favore. Poca roba, per il viaggio. Dobbiamo comprare quello che ci serve, no?» Indicò l'Autogrill. «Cibo, acqua e... altro, no?»

Fece una pausa, inclinò un po' la testa e fissò il figlio con più intensità. «Ma davvero non conosci Tiziano Ferro?»

Niccolò sbuffò e lo mandò affanculo con un gesto delle braccia.

No, non era vero, in realtà. Non solo conosceva Tiziano Ferro, ma gli piaceva pure parecchio. Alcune canzoni, in certi periodi, le ascoltava ancora e ancora, consumandosi i timpani. Al padre, però, non l'avrebbe detta, la verità. Aveva la sensazione che se il genitore avesse saputo di avere qualcosa in comune con lui ne sarebbe stato contento; pure se lui stesso non era certo di capirla, la ragione di quel suo pensiero. E col cazzo che voleva farlo contento, a quello.

«A proposito» riprese il padre, strappandolo dai suoi ragionamenti. «Hai tipo delle allergie, delle intolleranze?» gli chiese.

Lui fece di no con la testa, ma quasi non lo stava ascoltando.

Quindi l'avrebbe fatto, si disse Niccolò. Sarebbe partito con suo padre. Gli sembrava surreale, ma stava succedendo; dopo quella sceneggiata con sua madre non poteva più tirarsi indietro. Avrebbe perso giorni di scuola, ma tanto aveva voti perfetti anche non studiando un cazzo. Non aveva avvisato i suoi amici, ma avrebbe raccontato loro di un viaggio incredibile, folle e tutto fatto di occasioni allucinanti, un'avventura pazza.

La costruzione di sé per lui era fondamentale. Con la narrazione di ciò che non era mai successo, Niccolò non raccontava chi era, ma chi avrebbe dovuto essere se la natura, o il signoriddio, fosse stata coerente con sé stessa. Per questo era dipendente da Instagram: lì la narrazione del suo mondo, di sé stesso, la faceva lui soltanto. Ed era accurata, onesta.

Ci passava parecchio tempo, pure interi pomeriggi. E aveva settemila pecorelle che gli avrebbero piazzato *mi piace* anche se avesse pubblicato uno stronzo di cane in strada. Le femmine, davanti alle sue foto senza maglietta e con gli addominali in mostra, gli scrivevano in *direct* in mezzo secondo. Roba degradante: la maggior parte non voleva altro che una generosa dose di cazzo. E lui, Dio misericordioso, le accontentava. Quando postava foto o storie dei viaggi con i suoi fedelissimi, a scrivergli erano i maschi. Volevano essere come lui. Anzi, volevano *essere lui*. Settimane bianche, weekend nelle capitali europee, giornate alla spa: ordinava i soldi a Fabrizio e se la godeva.

A conti fatti, Niccolò non raccontava che la realtà: lui era bello e ricco. Su Instagram non ne cacciava, di balle. Tutto ciò che faceva lì era aumentarla, la realtà. Renderla palese, chiara. Costruire un mondo dove non c'erano verità alternative alla sua, la sola possibile.

Tornato a Paloma, dopo quel viaggio con il padre, avrebbe potuto fare lo stesso: ricostruirsi negli occhi degli altri e abitare il mondo in modo giusto.

Perché, però? Perché la stai facendo, 'sta cretinata di viaggio?

Una risposta c'era, cominciava a scorgerla in un cespuglio di pensieri intricati come rovi, ma non riusciva ancora ad acchiapparla.

«Hai avvisato Teresa che starai via qualche giorno?» chiese il padre.

Annuì. «Era elettrizzata all'idea che passiamo del tempo assieme.»

Lui rise, poi si fece serio. «Ti ha mai raccontato dell'estate in cui ci siamo conosciuti? Intendo io e lei. Io e tua madre. Era il Duemila, sai?»

«Ma che c'entra 'sta cosa adesso?»

«Ero curioso.»

«E t'è venuta ora, di botto, 'sta curiosità?» chiese Niccolò.

«Sì, credo di sì.»

«Come dici tu.»

«Eravamo in un supermercato. Strano, no?»

«Eh.»

«Era un Conad.»

«Eh.»

«Ed era estate.»

«Eh.»

Calò il silenzio, un'assenza di suoni carica di una tensione che aveva a che fare con qualcosa che Niccolò non riuscì a interpretare. Pensò che forse il padre stava cercando di capire cosa sapesse del loro passato, di quello suo e della madre. E pensò che lo stesse facendo in modo meschino. Lui però non sapeva niente di cos'era successo diciannove anni prima, e nemmeno di quello che era successo dopo, in realtà. Da piccolo prima e da ragazzino poi, fino agli inizi del liceo, era capitato che chiedesse a sua madre perché con il padre si vedessero così poco. Perché loro non stessero assieme, perché si fossero lasciati, perché avessero fatto un figlio. Ma lei, tutte le volte, si era limitata a dare risposte vaghe, a cambiare argomento. Così Niccolò aveva smesso, arrendendosi all'idea che alcune cose non si possono comprendere, ma solo accettare. Regola che, lo avrebbe capito in seguito, era fondamentale.

Sapeva che non si erano mai sposati, così aveva sempre supposto che la loro fosse stata l'avventura di una notte; anche se sua madre non sembrava il tipo. Che in un tribunale non ci avevano mai messo piede e nessuno dei due aveva l'affidamento esclusivo, così lui era sempre stato costretto a passare del tempo con Riccardo ogniqualvolta avesse voglia di fare il *papà*. E che Teresa lo odiava in modo feroce, ma non gli aveva mai detto perché.

Da ragazzino, fino a qualche anno prima, gli capitava spesso di sentirsi una *conseguenza* dei genitori. Così lui aveva deciso di mandarli a cagare entrambi. Non era la conseguenza di nessuno, Niccolò. Semmai ne era il fine, o lo scopo.

Quindi aveva preso tutti quei dati di fatto, di cui non conosceva nulla se non lo stato presente delle cose, e li aveva infilati nel cassetto più basso del mobiletto più scassato della sua testa. E affanculo.

L'unica cosa che ogni tanto gli tornava in mente, di cui si chiedeva la ragione, era l'odio che sua madre provava per Riccardo.

Se lo detestava tanto, per quale motivo glielo lasciava vedere, il padre? Di quelle incursioni nella vita del figlio Teresa non era per niente contenta e Niccolò non aveva mai espresso il desiderio di incontrarlo, il padre. Perché, quindi, lei assecondava le richieste di Riccardo? Niccolò se l'era domandato, e l'unica risposta che era riuscito a darsi era che Teresa fosse combattuta tra il dubbio che il figlio una figura paterna dovesse averla e la certezza che Riccardo come genitore non fosse che un male. E nell'indecisione, alla fine, non prendeva davvero posizione. Gli faceva vedere il padre, ma non perdeva occasione di mostrare quanto lo disprezzasse. Il massimo della coerenza.

Niccolò, sballottato come un pacco, aveva finito per odiarli entrambi, i genitori. E per abituarsi a quella situazione. Ci si abitua a tutto: alla bellezza e alla mostruosità. Perché succeda non serve né odiare né dimenticare chi ci ha fatto del bene ed è andato via, non serve né perdonare né uccidere chi ci ha fatto del male ed è rimasto. Si diventa indifferenti, si offusca la vista. E un pezzetto di noi muore. Niccolò al passato dei genitori era indifferente. Anzi, meglio: gliene fotteva meno di un cazzo.

Così alle domande del padre adesso si limitava a non rispondere.

Ancora degli istanti di silenzio, poi il padre si destò. «Cominciamo?»

L'Autogrill era uno stanzone grigio. Neon stanchi e pieni di moscerini morti, attratti da ciò che li aveva uccisi; *ecco il destino di tutti*, pensò Niccolò. Scaffali mezzi vuoti, sul pavimento la polvere s'incrostava uniforme. Una donna lisa puliva la macchina del caffè, in cassa c'era un uomo smangiato dalla psoriasi.

Il padre prese un cestino dalla pila sull'uscio e si addentrò.

Tre pacchi di Kinder Brioss, tre di Gocciole, tre di Pan di stelle. Sei di San Carlo: classiche, rustiche e paprika e mango. Pancarré e morbidoni. Nutella, latte, due casse di Ferrarelle. Tre di vodka, gin, tonica. Spazzolini, dentifricio, mutande e calze, delle maglie con su i Simpson, Freddie Mercury e Pac-Man.

«Stai esagerando» disse Niccolò, trascinandosi appresso a lui.

«Stiamo via cinque giorni. Dovremo pur mangiare, bere, vestirci, no?»

«E tiriamo avanti a Pan di stelle e vodka, secondo te?»

«Suppongo mangeremo fuori, no?» disse; e Niccolò notò che molte frasi del padre erano domande: *no?* «Queste sono per la chimica.»

«La *chimica*?»

«La *chimica*, sì. La fame che ti viene quando sei fatto o ubriaco.»

Niccolò sapeva di che parlava. Passava in botta o in chimica o sballato metà delle sue giornate, per il resto scopava o allenava i muscoli o dormiva. Non pensava, però, che quel rottame d'uomo le sapesse, quelle cose.

Ma poi com'è ch'è così sicuro che mi faccio pure io?

«Scegli due cd per il viaggio» disse il padre. «Io ne scelgo altri due.»

Lui, senza badarci, ne prese uno che prometteva "i brani pop più belli del 2018" e uno di Kendrick Lamar. Suo padre, dopo un'analisi lenta, ne pescò uno di Tiziano Ferro e uno di dance anni Duemila.

Alla cassa, il padre mise tutto davanti al grassone che la presiedeva.

«Che c'avete da fare, una fuga?» rise il lardone pezzato di psoriasi.

«Abbiamo da farci i cazzi nostri» rispose il padre.

Quello, serio, batté la merce e l'infilò nelle buste. Lui aprì lo zaino, ne tirò fuori una mazzetta da tre, quattromila euro e pagò. Il cassiere augurò loro buona giornata, vocetta liquida, sorrisino traballante. E il padre, serenissimo, in risposta lo mandò affanculo, diede un calcio al cartonato di Hulk e uscì.

«Da dov'è che vengono 'sti soldi?» chiese Niccolò, nel parcheggio.

«Me li ha dati Tiziano Ferro, no?»

Si misero in macchina e partirono.

Il padre disse che aveva studiato il percorso, che non avrebbero preso l'autostrada ma vie secondarie. Ci avrebbero messo di più, ma voleva passare dove *c'era vita*, spiegò. Così uscirono dall'autostrada, presero una via tutta capannoni, campi e baracche e puntarono a Sud.

«E qui ti pare che *c'è vita*, come dici tu?» fece Niccolò, disgustato.

«È il fondo che devi grattare, in superficie sopravvivi soltanto. E qui tutti non fanno che scavarci con le unghie, nel fondo.»

Niccolò, sigaretta a pendere dalle labbra molli, da quegli sputi grumosi di mattoni vuoti e calcestruzzo mescolato male era attratto e insieme schifato.

Ci sarebbe potuto nascere lui, in una di quelle famiglie che faticavano pure a comprare la carta per pulirsi il culo? Avrebbe potuto essere il ragazzo, zaino Invicta rovinato, che si strascicava a bordo strada? L'uomo di mezz'età, faccia lercia, che sarchiava i campi? La ragazza, pancia da nono mese e occhi gonfi di schiaffi, che badava alle creature che correvano per la campagna?

Quelle persone, come scimmie di uno zoo, nella loro scarsa esistenza sapevano essere solo ciò che non avevano la forza di rifiutare. Niccolò invece poteva scegliere, e lo faceva di continuo. Ma da cosa dipendeva la sua libertà? A quella domanda riusciva solo a rispondere che era diverso, lui. Fin troppo superiore per pensare che quel che lo abitava potesse riempire un altro corpo. Ecco perché gli pareva impossibile che lui, proprio lui, avrebbe potuto avere il destino di una di quelle bestie da soma che puntellavano i campi al di là dei finestrini. E poi a Niccolò quella gente dava il disgusto, tanto che due volte al mese, per ricordarlo al mondo intero, con i suoi fedelissimi faceva *la ronda*.

Passamontagna in testa e spranga in mano, s'imbottivano tutti di neve, tracannavano una Belvedere e, quando la notte era dura, scendevano in centro.

Erano una sorta di guardia armata del divino.

Mesi prima avevano beccato un negro che se la rideva al cellulare, un iPhone nuovo nuovo. In testa un cappello con su scritto "I'm the BOSS", attorno al collo dei catenoni d'oro che tintinnavano a ogni metro. Il negro passeggiava chiacchierando al telefono nella sua lingua africana del cazzo. E loro avevano deciso di metterlo a posto. Calatisi i passamontagna, avevano preso i tubi di ferro dalla Mercedes di Luca e, seguita la preda fino a una stradina desolata, lo avevano massacrato. Prima gli avevano rotto le gambe con le mazze, che si erano spezzate come grissini. Poi le costole, a calci. E quando quel coglione di africano del cazzo era mezzo morto, sangue ognidove, gli avevano pisciato in faccia tutti e tre assieme e lo avevano mollato riverso nella via vuota, privo di sensi. A lezione impartita, cazzi sull'attenti, erano andati a puttane.

«Stai sanguinando» disse Niccolò, tornando con la testa nell'auto.

Il padre si guardò il pollice destro, impiastricciato di porpora, e se lo ficcò in bocca. Lo ciucciò, lo tirò fuori bagnato di saliva e lo asciugò sui jeans. Poi con l'unghia dell'indice, violento, riprese a scavare dove già sanguinava.

«Ma che stai facendo?» chiese Niccolò.

«Che intendi?»

«Ti stai maciullando il pollice. E fa schifo.»

«Mi sto solo togliendo una pellicina» disse lui. «Rilassati, no?»

«Te la sei già tolta, la pellicina. Ora stai zappando nella carne viva.»

«Non hai mai voglia di tirarti via una pellicina più che puoi e salire su, su fino a scuoiarti vivo per vedere come ci si sente, a essere niente? Qualcosa senza forma che esiste e che però non c'è.»

Sì. Forse sì.

Puttanate, no che non ce l'hai, 'sta voglia da malato di mente.

Niccolò non avrebbe saputo cosa dire, quindi tacque, ma non riuscì lo stesso a distogliere lo sguardo dal padre. Sembrava stanco per l'età che aveva, pensò, per poi rendersi conto che non sapeva quanti anni avesse. Glielo chiese.

«Non sai quanti anni ha tuo padre?»

«Mio padre si fa vivo una volta ogni due o tre mesi, se va bene.»

«*Touché.*» Rise. «Ne ho trentasei. Ti ho fatto che ne avevo diciotto. Ero un pischello, un fringuello di bosco, uno schizzetto di sborra.»

«Gesuccristo, papà!»

Rise; cazzo, rideva di continuo. «Non sei abituato a questo linguaggio, eh? Tua madre parla ancora come la Vergine Immacolata?»

«Parla com'a una madre, s'è quello che vuoi sapere.»

«Sai, è questo il problema» continuò. «Sono tutti fissati con 'sti ruoli. I ruoli, i ruoli, i ruoli... Cazzo. Capisci che intendo?»

«No, ma non m'interessa. Davvero. Guida e statti buono, dài.»

«Per te devo parlare come un padre, e basta. Niente sesso, sborra...»

«Ma la vuoi piantare?»

«Dico soltanto che tutti hanno la fissa per i ruoli e appena uno esce da queste gabbie maledette lo pensano un pazzo, e invece è *oltre*. Tipo me, no?»

«Tipo te?» Rise; il padre aveva un'alta idea di sé, a Niccolò era sempre più chiaro. «Tu sei solo un mezzo scemo, credimi.»

«No, io mi lascio accadere. Seguo l'istinto. Obbedisco al desiderio. E basta. Mentre voi... voi non ne siete capaci. Ma... forse ho sbagliato tutto, mi viene da pensare. Forse sono io che sbaglio. Da sempre.»

«Tu *ti lasci accadere*. Che significa 'sta cosa?»

«Che se esci dal ruolo non devi preoccuparti di quello che fai, di quello che sembri, ma puoi lasciarti andare e accadere per come sei davvero.»

Questo, in effetti, per Niccolò non faceva una piega. In fondo non lo aveva appena pensato anche lui? Passando tra quelle casupole e tra quegli esseri niente affatto umani, non si era detto cose quasi identiche?

«È che...» ritentò il padre. «È che nessuno può negarsi a sé stesso, no? E se non ti lasci accadere sarai sempre chi non avresti dovuto essere.»

Niccolò, con qualcosa ad agitarsi nel petto, non rispose.

Per il resto parlarono solo per commentare delle capre che brucavano, delle puttane che sculettavano, un resort con piscina e campi da tennis.

«Fermiamoci qui» disse Niccolò indicando l'hotel; dorato, alto, bello e lussuoso. «Tant'hai detto che le notti le passiamo negli hotel, no?»

«No, ho detto *motel*» fece lui. «Cos'è, ti sembra che sono ricco?» Rise. «Forse tu, che da quando Teresa sta con quel coso impaccato di soldi ne avete da buttarli dalla finestra, ma io no.»

Erano le sette di pomeriggio quando suo padre propose di fermarsi per la notte. Chiese al figlio di prendere dal portaoggetti una cartina, lui obbedì

Ma chi cazzo usa ancora le cartine?

e trovò le strade piene di segni e scritte tracciate con una penna rossa.

Se l'è studiato sul serio, 'sto percorso.

Era ovvio che quel viaggio lo stesse organizzando da giorni, forse da settimane e ora, realizzandolo, Niccolò provò un moto di tenerezza per lui.

Seguirono le indicazioni per un motel che secondo la cartina doveva essere a pochi chilometri da dove si trovavano. Suo padre l'aveva segnato con un cerchio rosso e accanto aveva scritto "prima notte".

Era a ferro di cavallo, una parte più alta al centro e ai lati, come delle ali, due file di porte numerate. Di un violetto osceno, crepato e scalcinato. Nel parcheggio, una Panda, tre camion e un trattore.

«Cristo, ma vuoi farmi stare qui per davvero?» proruppe Niccolò.

«Qual è il problema?» rispose il padre, entrando nel posteggio.

«Puttanaeva, c'è pure un trattore. Cioè, ci stanno i contadini!»

«Sei una lagna.»

«E tu un poveraccio», che per Niccolò era l'insulto peggiore al mondo.

Lui rise. «Per i prossimi cinque giorni, allora, lo sarai anche tu.»

"Mo-el Satt-ri" recitava l'insegna acciaccata. Un'entrata, un portacenere stracarico, un cestino traboccante e un dispenser di alcoltest scassato; sembrava l'avessero preso a cazzotti. Si diressero al banco dell'accettazione. Dietro, una donnetta magra come un manico di scopa e grinzosa come un pomodorino al sole. Sul naso tutto percorso di venuzze, occhiali a gatto foderati di strass.

«Ci serve una stanza per la notte» disse suo padre.

«Una doppia?»

«Vedi altra gente con noi?»

Lei lo guardò in cagnesco. «Wi-fi non ce n'è, che s'è fulminato il coso. Dovete andarvene alle dieci di domani, o pagate un extra. Il bar è aperto fino all'una e la cucina fino alle undici. Il distributore degli *ssshnacks*» continuò, sputacchiando «è vicino alla Uno. Pagate ora. Ho bisogno dei documenti di tutt'e due» disse allungando una mano. «Ah, niente prostitute. Chiaro?»

«Che ospitalità dimmerda» commentò Riccardo.

«Preferisci dormire per strada?»

Le consegnarono le carte d'identità e lei diede loro una chiave; la palla di metallo che c'era legata diceva che sarebbero stati nella Sette. Tornarono al parcheggio e presero dalla Fiesta le buste con la roba comprata all'Autogrill.

«Mi dici perché sei così acido con tutti?»

«Perché gli altri non esistono» sentenziò suo padre, privo di logica.

La stanza era piccola. Letto matrimoniale, armadio senza un'anta, tivù con il tubo catodico; roba che doveva essere anche più vecchia di Niccolò. In bagno, un lavabo zozzo, un cesso rotto e una doccia muschiata.

«Dài, che ho fame.» Suo padre aprì le buste dell'Autogrill, le vuotò sul materasso e diede al figlio spazzolino, dentifricio, mutande, calze, maglietta e un telo da bagno. «Fa' la doccia.»

«Io 'sto schifo non me lo metto» disse Niccolò, guardando la maglia con su stampato Freddie Mercury. «Fa vomitare.»

«Non ti piacciono neanche i Queen?»

«Non è questo il punto. Non potevi prendere roba decente, almeno?»

«Eravamo in un Autogrill, Niccolò. Non in una boutique del cazzo.»

Lui pestò i piedi e si ficcò in bagno.

Si lavò i denti e s'infilò in doccia. Dal soffione incrostato l'acqua, solo tiepida, usciva lenta e dovette lavarsi alla bell'e meglio con un sapone schifo che puzzava di candeggina. Uscì dal bagno e ci s'infilò il padre. Quand'ebbe finito anche lui, indosso la maglia di Pac-Man, uscirono dalla stanza, presero a sinistra e furono nella saletta ristorante. Vuota, tovaglie di carta, le lampadine impiccate al soffitto non ce la facevano, a illuminare tutta la stanza.

Presero posto e piantarono gli occhi nei menu plastificati.

«Inutile che lo leggete» disse un omone, avvicinandosi; cocomero di panza, capelli unti da fare schifo. «Le cose che ci stanno ve le devo dire io.»

Non c'era molta scelta. Il padre ordinò farfalle panna e pancetta, Niccolò, grugno disgustato rivolgendosi alle mani grasse e zozze del cuoco, petto di pollo ai ferri, che il menu proclamava essere quello della "famosa ricetta di Elisabetta Canalis", e patate al forno.

«Ma perché il pollo? Sa di cartone» fece il padre quando furono soli.

«Sono a dieta.»

«A *dieta*?»

«A *dieta*.»

«Ma perché? Sei magro. E hai i muscoli.»

«Sono magro e ho i muscoli perché sono a dieta» ribatté lui. «È una dieta iperproteica» continuò serio, poi, indicandosi il petto gonfio e gli addominali scolpiti: «*Questi* non vengono fuori da soli».

«Ricordo che da piccolo facevi piscina.»

Lui rise. «Mamma era fissata, diceva che così m'aprivo le spalle.»

«Be', le spalle, in effetti, ce le hai larghe, no?»

«Lascia stare» disse Niccolò; strappava pezzetti di tovaglia, ci faceva delle palline e le lasciava cadere a terra. «Mi dici il perché di 'sto viaggio?» chiese, sperando che il silenzio e la penombra della saletta lo sbottonassero.

Il padre masticò le parole. «Voglio che ci arrivi da solo.»

«Non ti capisco. Ma sei uno stronzo, credo.»

«Impertinente. Mi piace.»

Stavolta fu Niccolò a ridere. «Mamma dice che siamo uguali, io e te.»

«Teresa...» sbuffò lui, poi scosse il capo. «E tu che ne pensi?»

«Mica ti conosco.» Si fermò e si rabbuiò. «E se lo sono, uguale a te?»

«Lo dici come se la cosa ti preoccupasse.» Suo padre non rideva più. «Tranquillo, però, se così fosse farò in modo che non lo sarai più.» Sospirò. «Ecco, volevi sapere a che serve questo viaggio? Serve pure a questo.»

Niccolò aprì la bocca per parlare, ma la richiuse subito.

Mangiarono in silenzio innaffiando con un vino in cartone acidissimo. Pagarono il ciccione e fecero un salto al bar. Piccolo e stretto, costeggiato da un banco sgraffiato. Alla parete, gli alcolici: Smirnoff, Lord Andrew, Carciò; sottomarche scadenti che tanto valeva bersi piscio mischiato a benzina.

«Ci facciamo un goccio?» propose il padre.

Sedettero sugli sgabelli traballanti, il bancone era unto, le luci basse.

Appollaiati lì con le schiene ricurve, tre rottami. Barbe incolte, capelli radi, rughe ad ammonticchiarsi. Porci su due zampe, ecco cos'erano agli occhi di Niccolò. Topi di fogna, scimpanzé, schifosi: quelli erano degli schifosi. Sì.

Si avvicinò il barista. Loro ordinarono dei Negroni e lui si allontanò.

Niccolò, girandosi piano, gli fissò il culo.

Doveva avere la sua età. Alto, ben piazzato, muscoli di

petto e braccia a gonfiare la camicia nera e con gli occhi più blu che avesse mai visto. Capelli ossigenati tagliati cortissimi, sopracciglia scure, al lobo sinistro un orecchino.

«Alla nostra» fece il padre quando arrivarono i cocktail.

«Come ti pare.»

Niccolò bevve, e gli bastò un sorso per capire che era tremendo. Alcol puro, saporaccio schifo. Si girò e trovò il padre che se lo scolava in fretta. Tre sorsi avidi e il Negroni non c'era più. Fece un cenno al barista, che parlottava con i tizi accanto a loro, e quello annuì.

«Ma com'hai fatto?» chiese Niccolò; più che sorpreso era disgustato.

«Cos'è, sei una femminuccia?»

«No che non sono una femminuccia, è che 'st'alcol è dimmerda.» *Ed è che io bevo soltanto roba dai cinquanta sacchi insù, testa di cazzo.*

«Dài, non rompere i coglioni» disse suo padre. «Bevi. Finiscilo.»

Niccolò ci pensò su un istante, poi schiuse le labbra e mandò giù tutto.

«Bravo figlio mio!»

"Figlio mio."

Il barista portò gli altri Negroni. «Si fa festa stasera?»

E il padre lo spedì affanculo con un tono stronzissimo.

Se li scolarono, ordinarono un'altra volta. Al terzo, Niccolò sentiva il mondo girare.

«Avete d'accendere?» chiese suo padre agli energumeni lì accanto.

Ma l'accendino ce l'abbiamo tutt'e due.

Il tizio più vicino, grasso, rivoletto di bava a un angolo della bocca, si voltò sullo sgabello e gli porse un Bic nero. «Non vi c'ho mai visti, qui.»

«Siamo di passaggio. Mi chiamo Riccardo. Lui è Niccolò, mio figlio.»

«Noi stiamo qui ogni cazzo di settimana da...» Si girò, diede una pacca sulla schiena ingobbita di uno dei suoi e chiese: «Da quant'è, Giampiero?».

«Bah, pare 'na vita.» Scosse il capo. «Forse c'hanno partoriti qui.»

E scoppiarono a ridere, iene che strepitavano.

Facevano i camionisti, loro tre: Maurizio, Giampiero e Adan; quest'ultimo, che russava con la testa tra le braccia, era un albanese, aggiunsero, e stava con loro da qualche mese. Niccolò, mezzo ubriaco, umiliato, beveva in silenzio. Gli si avvicinò il barista, a lui parve pure più bello, gli piazzò i suoi occhi blu al centro della faccia e mormorò: «Sono innocui, tranquillo».

Non sono loro che mi preoccupano.

Il padre, che se la rideva con i camionisti, gli passò un braccio attorno al collo. «Mio figlio, sì. Bravo in tutto, sapete? Farà Medicina, sapete?»

Gesù, ma perché non la finisci, di cacciare balle?

«Sì, sì» fece Maurizio; o era Giampiero?, «ti fai un macello di soldi se fai il dottore, e cred'a uno ch'è più vecchio di te: ai soldi devi pensare. Il resto o sono troiate che non c'hanno valore o puoi comprartelo coi soldi.»

Altre risate.

Maurizio propose di sbevazzare tutti assieme, e presero posto attorno a uno dei tavolini alla parete. Basso, pieno di nomi incisi alla bell'e meglio, appiccicoso e sgraffiato e traballante pure quello. Ordinarono dei cicchetti di rum, vodka e gin, altri Negroni e degli Scassatesta, specialità della casa.

Se stamattina mi dicevano che passavo la sera con dei camionisti del cazzo penso che m'impiccavo. Santiddio, che vergogna.

«Sai, c'ho una cicatrice anch'io» disse Maurizio, indicando quella di Riccardo: qualche centimetro, solcava la tempia destra. Tirò su un lembo della maglia, slabbrata, pezzata, e scoprì una cicatrice frastagliata che da un capezzolo arrivava al ventre. «Duecento punti» aggiunse fiero. «Sono a 'sto bar a Roma. Lui» indicò l'amico «svomitazza fuori e io bevo per i fatti miei quando mi s'avvicina 'sta topa bona com'al pane e m'inizia a fare domande tipo "Ma col tuo lavoro alzi molti carichi ma ce la fai a sollevare 'na macchina?" e io è chiaro che non la posso mandare a cacare ed ecco dopo un po' che con la topa ce l'intendiamo e mi sento già sulla lingua il sapore di cancello squisitissimo che deve averci in mezzo alle cosce e viene 'sto tizio a dire che quella è la sua femmina e che la devo lasciare stare che sennò mi mena e io gli dico ch'è venuta lei e che mi stavo facendo i fatti miei e che se lui alla sua donna non la soddisfa è normale che quella se lo va a cercare negli uomini veri il cazzo e lo sai cosa fa il figlio di mignotta eh lo sai che quello urla com'a un pazzo e bestemmia Iddio che a me non mi piace che devi averci rispetto per tutti e prima dà uno schiaffo in faccia alla topa che vola com'a una farfalla del cazzo poi piglia una caraffa di birra e me la spacca in testa mentre io che sono un gentiluomo sto ad aiutare la topa e se mi prendi alle spalle sei un vigliacco figlio della mula e io con la caraffata in testa sto rincoglionito allora lui s'approfitta e m'apre tutto con un coltellaccio.» S'indicò il fianco. «All'ospedale ci sono arrivato a pelo. Ma c'ho la pellaccia dura io.» Annuì, solenne; si zittì per qualche secondo, poi: «E tu?» domandò a Riccardo. «La tua cicatrice com'è che te la sei fatta?»

Il padre sorrise, ma solo con la bocca; gli occhi erano seri, pericolosi. Si prese qualche secondo, bevve il Negroni, ne ordinò un altro e parlò, piano: «Da ragazzo sono caduto nella fossa dei leoni dello zoo. Avevo diciott'anni. Il leone quando mi ha visto mi ha attaccato». Mimò una zampata e ruggì. «Ma mi sono battuto, no? Un pugno sul muso, un saltello e... *bye bye*, micio!»

Maurizio e Giampiero, ammirati, si complimentarono e applaudirono pure. Niccolò, che non era un idiota come loro, scosse il capo e finì il Negroni.

L'ennesima puttanata. È una specie di mitomane pazzo.

Guarda che lo fai pure tu. Uguale uguale.

Continuarono a bere, ubriacandosi come bestiacce deficienti. Il padre chiacchierava con i nuovi amici, Niccolò tracannava per inerzia. D'un tratto i toni calarono, i silenzi si alzarono e Giampiero annunciò di dover vomitare.

«Lo sai, come funziona» disse il barista, che trafficava dietro il banco. «Nel bar butti dentro, nel parcheggio butti fuori. Dài, su. Fila.»

Giampiero si alzò, fece un inchino alcolico e uscì. Dei colpi di tosse, e sembrò che qualcuno avesse preso a gettare secchiate d'acqua nel piazzale.

«L'aiuto, che se s'affoga nel vomito è una fine pessima» rise Maurizio. «Siete anime belle, voi due» disse a padre e figlio; poi si voltò, svegliò Adan, ordinandogli di tornarsene in camera, e se ne andò.

Padre e figlio, quindi, rimasero soli al tavolo.

Qualche istante di silenzio, poi il padre mormorò: «*Anime belle...*».

Niccolò lo guardò schifato, quel fantoccio insulso; rivolo di bava sulle labbra, occhi chiusi, capo chino sul petto: sembrava lì lì per morire. E si chiese perché non lo facesse davvero. «Andiamo a dormire» disse infine.

Si alzò, un capogiro quasi l'atterrò; era ubriaco pure lui. Prese il padre di peso, si passò un suo braccio attorno al collo e lo tirò su. Lo mise sulle sue gambe, sorreggendone tutto il peso e, barcollando, fecero per uscire dal bar.

«C'è da pagare, qui. La roba vostra e la loro» disse il barista.

«C'hanno fottuto, eh?» fece Niccolò, riferendosi ai camionisti.

Lui sorrise; aveva un bel sorriso, sicuro e gentile.

«Lo metto a letto e te li vengo a portare. Ok?»

«Vieni in piscina. È dall'altra parte» concluse il barista.

Niccolò e il padre percorsero il piazzale e il corridoio sulle stanze. Poi, lottato con la chiave che non s'infilava nella toppa, tanto era ubriaco, Niccolò entrò in camera con il padre addosso. Lo scaricò sul materasso, controllò che respirasse bene e gli tolse scarpe e giacca. Lo coprì con il piumone, gli sistemò il cuscino e gli pulì il viso sbavato. Gli riempì un bicchiere d'acqua e lo posò sul comodino, prese il cestino dell'immondizia dal bagno e glielo mise accanto. Infine controllò di nuovo che respirasse per bene.

La luna, gigante oltre la finestra, lo innaffiava di un biancore sinistro.

Il mondo girava furioso. Le pareti tremolavano. I suoni erano ovattati.

Madonna diddio, come sto messo.

Forse è meglio se vomiti.

Io non vomito mai, cazzo.

Tirò fuori dal piumino la scatola delle meraviglie, l'aprì e preparò una pista sul comodino, vicino al padre che dormiva. Si chinò, piegandosi sulle gambe incerte, sistemò la neve, prese la cannuccia che usava per le pippate serie e

Vola, vola, volaaa.

sbuffò, strizzò gli occhi e quando li riaprì si ritrovò a pochi centimetri dal viso del padre. Gli scappò un sorriso. Pulì il comodino dai residui, tirò su con il naso e camminò per la stanza, ridacchiando piano. Si guardò nello specchio del bagno, si avvicinò e sentì un formicolio all'inguine.

I boccoli corvino. Gli occhi blu. Gli zigomi alti. I muscoli perfetti sotto il giubbino lucidissimo. Le gambe ben piantate a terra nei jeans costosissimi.

Si fissò per qualche istante, e si ritrovò la mano sull'uccello: era duro.

Sorrise al proprio riflesso, si girò e andò in cerca dello zaino del padre. Lo trovò e lo aprì per prendere i soldi. Quando affondò la mano, la prima cosa che avvertì non fu la mazzetta.

Tirò fuori una pistola, pesante, fredda, e la fissò.

Ma che cazzo deve farci con una pistola?

Testa che girava per l'alcol e bocca asciutta per la paura, rimise l'arma nello zaino. Non era il momento di pensarci: era troppo ubriaco. Quindi prese delle banconote, diede un'occhiata al padre

Potrei ammazzarti. Adesso. Qui. Potrei toglierti di mezzo sul serio.

e uscì. L'aria fredda cercò di snebbiarlo, ma era troppo fatto.

Superò l'accettazione e il ristorante, varcò la porta, in fondo, e si trovò in un cortiletto. A destra, un giardino malandato. A sinistra, una piscina vuota. Tutt'attorno, un muro di cemento. Il barista era lì, su una sdraio a bordo vasca.

Gli si mise vicino. «Quanto ti devo?» chiese, accendendo una sigaretta.

«Centocinquanta.»

Lui si sfilò le banconote dalla tasca e gliele porse.

«Me n'hai dati di più» disse il ragazzo, ridandogliene un po'.

«Tieniteli» rispose, «offre il coglione.»

Il cortile era buio, c'era puzzo di cloro e piscio di gatto.

Niccolò inspirò una boccata di tenebra e pronunciò il suo nome.

«Hendrik» rispose il corpo accanto a sé. In questo l'aveva trasformato il buio: in un corpo, carne e muscoli, di cui lui si sarebbe potuto servire. «È un nome tedesco, anche se sono italiano» aggiunse; ma era irrilevante: nel buio niente aveva una forma, figurarsi un'origine.

«E che ci fai in questo cesso di posto?»

«Sono bloccato qui» spiegò, senza dare una spiegazione.

«Per sempre?»

«Merda, spero di no.»

«Ma che vuol dire che sei bloccato qui?»

«Ha importanza?»

«No... credo di no.»

Hendrik cacciò una nuvola di fumo e lo fissò. «Te ne vai domani?»

Niccolò disse di sì, rispose allo sguardo e pensò che quegli occhi e quel viso il giorno dopo li avrebbe già dimenticati. E volle piangere. E volle ridere.

Quel ragazzo era un istante come tanti altri e il suo ricordo, non trovando un appiglio nel vuoto in Niccolò, si sarebbe perso. Ciò che lo toccava non era mai forte abbastanza da lasciare traccia. Sì, Niccolò e suo padre erano uguali: non si riempivano, e accadevano. Lui, però, sapeva galleggiarci, nel vuoto, mentre il padre era in caduta libera.

"Ti lasci accadere, tu?"

Sì, e io so come farlo senza uscire di cervello.

«Ci buttiamo un pippotto da me?» propose Hendrik.

Attraversarono il cortile e la sala ristorante, percorsero il corridoio che dava sulle stanze e raggiunsero l'ultima. Hendrik aprì la porta, entrarono. Era uguale alla sua. Letto, armadio, tivù e comodino nelle stesse posizioni. C'era pure un odore di muffa assai simile, ma a mischiarsi lì c'era dell'altro. Un profumo acuminato che a Niccolò ricordò qualcuno d'importante, ma che un volto non l'aveva. E fu quando quell'odore lo colpì alla testa che si mosse.

Chiuse la porta con una tallonata, si sfilò il giubbotto e pigliò Hendrik dalle spalle. Lo girò, tolse il cappotto pure a lui e lo sdraiò sul letto. Gli montò sopra, gli strappò la camicia, addominali perfetti, e gli attaccò il collo. Carne bollente, il sangue nella giugulare pulsava selvaggio. Gli morse quel pezzetto di pelle desiderando di tirarglielo con i canini. «Ti potrei ammazzare, cazzo.»

Hendrik lo mise sotto, lo spogliò e si spogliò, mettendogli tra le mani il suo corpo nudo. Senza estraneità addosso, nulla di diverso da loro stessi, si abbarbicarono, gemendo e tirando e spingendo e colpendo.

Pareva lottassero, feroci. Movimenti rapidi e violenti.

Niccolò gli infilò la lingua in bocca e trovò la sua ad accoglierla, calda. Hendrik glielo prese in mano e cominciò a menarglielo. Lui fece lo stesso.

Erano corpi perfetti, i loro. Muscolosi, asciutti, forti. E Niccolò era da quella bellezza che era attratto. Non quella del ragazzo con cui stava scopando ma quella che erano capaci di creare assieme. Era l'idea che fossero entrambi così incredibili, semidei senza impurità, a eccitarlo davvero.

Afferrò Hendrik per le orecchie, i capelli ossigenati e corti brillavano. Si calò nei suoi occhi, blu, profondi, spaventosi. E se lo mise tra le gambe. Si prese l'uccello in mano, glielo ficcò in bocca e lui iniziò a lavorarglielo.

Niccolò, braccia larghe, si lasciò andare. E alzò lo sguardo.

Ciò che vide, però, non fu la tappezzeria schifo, ma un cielo stellato.

Ognuno di quei corpi luminosi era un'identità che Niccolò aveva abitato. Tra quelle, anche gli uomini e le donne con cui aveva fatto sesso; persone che aveva usato per essere altro, per essere chi poteva diventare solo attraverso i loro occhi. Lì in mezzo, il giorno dopo, ci sarebbe finito anche il ragazzo che ora gli stava lavorando il cazzo e a cui ora avrebbe desiderato aggrapparsi per sempre e che ora avrebbe potuto giurare di amare.

Ora, però, solo ora, ora che si stava lasciando accadere per ciò che non avrebbe mai più potuto essere. Il giorno dopo Niccolò sarebbe tornato nullo.

Camporotondo, estate 2000

La notte era calata di botto, pareva che qualcuno avesse spento le luci sul mondo intero.

Ovunque serpeggiava un buio di pietra.

Affacciata alla finestra della sua stanza, Teresa, che in quella tenebra stava per tuffarcisi, scrutava il niente. Non ne era spaventata, però, piuttosto era eccitata: lì fuori qualcosa invocava il suo nome.

Era passata una settimana intera dal suo ultimo incontro con Riccardo. Il tempo era trascorso lento e carico di una tensione che, con il suo peso, le aveva oppresso il petto, chiuso lo stomaco, annebbiato il cervello. Non era riuscita a far niente se non andare in spiaggia da sola. Aveva provato a leggere uno dei libriccini comprati in Autogrill, ma pure gli *Harmony* non riuscivano a farsi spazio nella sua testa. L'angoscia per la cena con Riccardo era un blocco di plastilina che le rimpinzava il cranio, e di spazio per altro non ce n'era neanche un po'.

Quella plastilina, in quei giorni, non aveva fatto altro che assumere forme diverse, rimpastandosi in continuazione. Era come Pingu: si muoveva, anzi si contorceva tutta, quella materia morbida e densa, per assumere prima i tratti di sua madre, poi quelli di Riccardo. E quando i personaggi erano completi in tutte le loro fattezze, a Teresa sembrava di far parte del cartone animato, solo che non era buffo come Pingu. Quando la plastilina si tramutava in sua madre, Teresa le buscava di santa ragione. Mentre quando prendeva le forme di Riccardo, faceva cose strane, a cui non sapeva dare un nome ma che conosceva.

Più volte aveva ripensato alle lacrime di sua madre in parrocchia, versate subito dopo aver picchiato la figlia. Perché aveva pianto? Voleva dirle qualcosa? Teresa, però, una risposta non era riuscita a darsela, e si era ritrovata a provare fastidio nei confronti della madre.

Non vedeva l'ora che arrivasse Elena al Villaggio, lei l'avrebbe aiutata a far uscire la plastilina dalla testa. Ma non sarebbe successo prima di qualche giorno, e per adesso doveva cavarsela da sola.

Guardò l'orologio che le strizzava il polso: le dieci e mezza.

Chiuse gli occhi, inspirò e buttò fuori l'aria. Le sembrò che nel silenzio della villetta il suo sbuffare avesse fatto chiasso. Si girò, traversò la stanza, passi leggeri per non far rumore, e accese l'abat-jour. La lampadina, morente dietro il paralume sfilacciato, proiettò sulle pareti ombre arzigogolate come mostri. Prese lo specchietto, piccolo e incrinato, sedette sul letto e si guardò.

Si era truccata. Lucidalabbra, ombretto, fondotinta, tutti trovati nel cassetto in bagno, aveva lavorato cercando di ricordare i visi delle ragazze a scuola e il risultato non l'era parso male, all'inizio. Ora però il riflesso nello specchio per lei era quello di un clown.

Indossava una delle camicie che usava per andare in chiesa. Bianca, le pareva odorasse d'incenso e acqua santa. Sotto, pantaloncini neri e ballerine rovinate in punta. I primi avevano una macchiolina sul sedere che non era riuscita a togliere, per cui si era ripromessa di passare la sera a coprirsi le chiappe. Le scarpe, invece, le stavano strette e strizzando il dorso dei piedi creavano delle gobbette di pelle.

Si tirò su e, occhi alla parete spoglia, cercò di calmarsi:

avesse iniziato a sudare sarebbe stata la fine. Si accostò al corridoio: i suoi russavano. Quindi andò alla finestra, la scavalcò, una gamba dietro l'altra, e atterrò sulla sabbia fresca. Alzò gli occhi in cerca delle stelle, lucine che la guidassero nella notte straniera, ma la volta era una cappa nera, greve sul suo mondo. Si girò, guardò la finestra da cui era fuggita e un brivido le si arrampicò su per la schiena.

Immaginò la madre entrare in stanza e trovare il letto vuoto. Immaginò che l'aspettasse, in poltrona bevendo il Petrus. E immaginò che la picchiasse, che le urlasse che era una sgualdrina e una delusione, obbligandola a pregare.

Non la posso fare, questa cosa. Finisce male. Ho paura.

Quindi immaginò di rientrare in casa, infilarsi daccapo nel pigiamino delle Superchicche e, sbafatasi una tazza di lattuccio e Macine, di mettersi nel letto. Il buio della sua cameretta, morbido, dolce, era diverso da quello lì fuori, e l'avrebbe accolta. Ma lei, si disse, da sotto il suo lenzuolino doveva uscire. Quella coperta, che l'aveva sempre coccolata, protetta, ora, chiudendosi su di lei, pareva volesse asfissiarla. La tenebra che abitava il litorale era insidiosa, dura, sconosciuta, ma era anche vasta, pregna di un'aria nuova.

Si girò di nuovo e iniziò ad allontanarsi dalle sue cose piccole.

Spiaggia vuota, zitta. Da una parte, il mare calmo, dall'altra, le villette scrostate. La desolazione era fitta. Eppure, procedendo per il litorale, i talloni che sbuffavano sabbia, Teresa ebbe la sensazione di avere addosso gli occhi di tutti. Pescetti, squali, murene affiorati a pelo d'acqua. Vecchi, adulti, bimbi nascosti dietro le finestre. Tutti, la guardavano tutti.

Arrivò al cancello rosso della villa di Riccardo e si fermò a metà strada esatta tra il bagnasciuga e la recinzione. Mani sul ventre e cosce appiccicate tra loro, il capo un po' inclinato, scrutava la fossa del leone.

«Dài, non fare la scema» si fece coraggio da sola.

Prese una boccata di buio e vide i piedi portarla all'ingresso della villa. La mano aprire il cancello. E il suo corpo inetto, imbarazzante entrare. Infine si vide alzare un braccio e sbatacchiarlo in direzione dei ragazzi in veranda.

Erano tre, appollaiati sulle sedie di vimini attorno al tavolo.

Riccardo, a capotavola, le fece segno di avvicinarsi. E lei obbedì.

«Oh, guarda!» l'accolse con un sorriso largo. «Me l'ero quasi scordato, che dovevamo vederci.» Rise, poi, indicando gli altri: «Alessandro. Michele».

Lei avanzò, strinse loro le mani e si presentò, bisbigliando il suo nome.

Il patio era un cimitero di bottiglie, vodka, gin e rum, bicchieri sporchi e cicche. L'ampolla di vetro annerita sul fondo e la bustina piena di marijuana erano sul tavolo, assieme a bottiglie di alcol mezze vuote e un sacchetto di...

Gesso? Forse è zucchero. O magari farina. Per i biscotti.

Lo sai, cos'è. Lo sai benissimo. Perché devi fare la cretina?

Lo sapeva, sì. Inutile negarlo. Non poteva essere sua, però. Riccardo non le sembrava il tipo, lui era così perfetto che di sicuro non l'avrebbe mai usata, una droga come quella. Per Teresa era ovvio.

Riccardo era a torso nudo. Pettorali gonfi, braccia erculee, addominali scolpiti. In costume, scalzo. Viso abbronzato; sul naso, pur essendo sera, degli occhiali da sole. Si alzò, si stirò. «Mi faccio una doccetta, poi usciamo» disse, quindi entrò in casa ancheggiando

Ha un bel sedere. Sembra una pesca.

e sparì oltre la porta vetrata. «Datele da bere!» urlò agli amici.

Alessandro le indicò una sedia. «Ti piace il Vodka Tonic?»

Lei, prendendo posto, rispose di sì.

Si sedette, schiena dritta e cosce appiccicate tra di loro. Si passò le dita tra i capelli, così da averli a incorniciarle il viso. E si sforzò di sorridere. Prese il cocktail che le aveva allungato Alessandro, lo portò alle labbra e mandò giù a forza. Era appuntito, acidissimo. E dovette sopprimere il disgusto.

I due la fissavano con disinteresse, pareva che davanti avessero avuto una parete bianca, liscia. Ma lei sotto quegli sguardi si sentiva nuda e indifesa.

Entrambi senza maglietta, abbronzati e ben fatti. Michele era asciutto, muscoli definiti come disegnati al computer, caschetto biondo, naso all'insù, occhi verdi. Alessandro era molto muscoloso, il più grosso, piercing nei capezzoli, petto glabro, labbra morbide e occhi castani.

«Sei di Paloma pure tu?» fece Michele.

Lei annuì.

«Ma sei piccola, no?» chiese Alessandro. «Che c'hai, sedic'anni?»

Annuì di nuovo.

«Eh, m'era parso» disse lui.

«Eh, infatti» gli fece eco l'altro.

E calò il silenzio.

Teresa avrebbe voluto scappare, tornare a casa. Quei due non facevano che studiarla con degli occhi strani, indagatori e insieme annoiati. Alternando sigarette e cocktail, annuendo ogni tanto, sorridendole senza ragione.

Poi Michele, come destandosi, esclamò: «Ehi, tu puoi aiutarci con una faccenda!». Schioccò le dita e indicò l'amico.

«Massì!» proruppe l'altro, finendo il cocktail d'un fiato. «C'abbiamo bisogno del parere di una femmina. Epperò devi essere sincera, ok?»

Teresa, il cuore che batteva come quello di un coniglietto che si trova una serpe all'ingresso della tana, annuì per l'ennesima volta.

«A te t'infastidisce stare con uno che sta colle altre femmine?» chiese, serissimo. «C'ho 'sta fidanzata, Romina. Stiamo assieme da sei sette mesi non lo so e quando ci siamo iniziati a leccare io sono stato chiaro e gliel'ho detto che a me non mi lega nessuno che volevo stare pure colle altre e a lei gli stava bene prima ma poi lei se l'è pensata e m'ha detto che vuole stare pure lei cogli altri maschi ma a me 'sta cosa mica mi può stare bene che se sto con una che sta cogli altri maschi me la sento strana come quando guidi la tua macchina dopo che l'ha guidata un tuo amico e te la senti scomoda ché quell'altro t'ha spostato gli specchietti il sedile e tutt'il resto epperò per le femmine è diverso, giusto? A voi di 'ste cose non ve ne fotte niente, giusto? È questo che voglio sapere.»

Teresa, confusa come le avessero tirato due sberle, non sapeva cosa dire. Non sapeva neanche cosa pensare, in realtà. Di quella storia non ci aveva capito granché. E adesso aveva paura di dare la risposta sbagliata.

Aprì la bocca e si sentì dire: «Ma io non la guido, la macchina».

Qualche istante di silenzio, poi i due scoppiarono a ridere come iene.

Tornò Riccardo. In camicia di lino bianchissima e bermuda ben stirati. Prese la vodka, ci si attaccò, le labbra avviluppandosi alla bottiglia brillarono di alcol, e bevve; il pomo d'Adamo che faceva su e giù. La rimise a tavola, si accese una sigaretta e si disse pronto. Lei fece ciao ad Alessandro e Michele, poi lo seguì per la villa. Presero il corridoio, uscirono e furono nel vialetto.

C'era parcheggiata un'auto. Sul cofano, le lettere BMW. Bassa, lucida, nera. Teresa, appollaiatasi nel sedile di pelle rigida, sentì un profumo maschio e ottundente che andò al ventre in un formicolio. Stava per indossare la cintura di sicurezza, quando notò che lui non ce l'aveva. E così lasciò perdere. Quella notte sarebbe stata in balìa di ogni pericolo.

Riccardo, una mano sul volante e l'altra sul cambio, guidò per le vie desolate del Villaggio. L'auto, riflettendo le luci tenui dei lampioni, era una navicella che traversava lo spazio profondo. Presa la stradina per il paese, alzò il volume della radio e una musica elettronica tutta spigoli riempì l'abitacolo. Teresa, composta, ferma, fissava il buio tra gli sterpi, lanciando brevi occhiate al mezzo sconosciuto che, inconsapevole, la stava iniziando alla rivoluzione. Viaggiarono in silenzio. Giunti in paese, Riccardo parcheggiò in uno spiazzo. Poi, assieme, scesero e s'incamminarono per Camporotondo.

I lampioni illuminavano l'asfalto di luce giallastra, serrande e finestre chiuse, i gerani nelle fioriere dormivano. Nella piazza centrale c'era molta gente. Coppie che spingevano passeggini da cui salivano palloncini dei Pokemon o Barbie. Bambini che correvano e urlavano. Mucchi di anziani sulle panchine. Un carretto vendeva gelati, le bancarelle bracciali e collanine.

Teresa si guardò attorno e sentì un sorriso stenderle i lineamenti.

Era come se il mondo, che le era sempre parso ostile e aggressivo, ora scoppiasse di vita. Ogni cosa era colorata e altisonante e profumata e accogliente. Era parte della festa del mondo, quella. E Teresa, come dicevano le altre della scuola, ci si stava *imbucando.*

L'aveva fatto, una volta. Si era lasciata convincere da Elena ad andare a una festa organizzata da Lucio Marasco, nella sua villa enorme, bellissima. E aveva passato la nottata a bere Fanta in un angolino del soggiorno. Adesso, però, alla festa del mondo, o a quel pezzetto che le si parava davanti, aveva la sensazione di poterci partecipare davvero, di poter ballare come tutti gli altri.

«C'è 'sto posto che conosco. Fanno un filetto al pepe ch'è da sentirsi male per quant'è buono. Andiamo lì?» propose Riccardo.

Attraversarono la piazza, una viuzza rischiarata dalle lanterne smorte sulle porte delle case e furono sul lungomare. Da una parte, negozi, ristoranti e bar. Dall'altra, una ringhiera arrugginita tutta graffiti arrabbiati e catenacci di amori dimenticati. Il mare calmo, il cielo si ostinava a nascondere le stelle.

Teresa, camminando con quel ragazzo così ben vestito, così bello, così sicuro di sé, sentì il peso del suo stesso corpo svanire.

Guardando Riccardo non poteva far a meno di chiedersi che sapore avesse la sua pelle, come fosse toccarlo nei posti dove quelle della scuola toccavano i maschi. Ma se adesso lei era lì non era soltanto per questo. A piacerle era soprattutto il modo che aveva lui di osservarla. Con i suoi occhi Riccardo la sgravava dal peso di quel corpo che lei non sapeva abitare.

Superato il porticciolo, le barche assicurate al pontile labile e marcito, si fermarono a un portoncino che pareva quello di una casa. Lui, sicuro, entrò, e insieme salirono una scalinata di marmo giungendo, alla fine, in un cortiletto.

I tavoli, coperti di tovaglie di stoffa spessa e candida, erano quasi tutti occupati e poggiavano su un tappeto di gramigna. Al centro, un albero gigante che con la chioma a ombrello faceva da tetto. Gli s'intrecciava un'edera, liane petalose pendevano qui e lì, che percorrendo il perimetro del cortile faceva da parete. Tintinnio di posate, chiacchiericcio, risate che impennavano.

Un cameriere li accompagnò al tavolo, ma quando stavano per sedersi lei disse di dover andare in bagno. Riattraversò il cortile e s'infilò in corridoio. Sgambettò veloce e si tuffò in bagno, serrò la porta, si poggiò alla parete, testa e schiena e sedere, e chiuse gli occhi sbuffando forte.

Tremava, si torceva le dita delle mani, strizzava le cosce tra loro come per trattenere qualcosa d'importante. Alzò lo sguardo, il soffitto aveva motivi floreali, e pianse. Non un gran piagnisteo, poche lacrimucce che scesero le guance come massi che, rotolando lungo una valle, minacciano di distruggere tutto. Le cacciò con le dita, prese una ciocca di capelli e la sniffò. Ma le faceva schifo, puzzava. Così la mollò, si portò le mani alla testa e iniziò a ridere.

Rideva e rideva e rideva.

Quando riuscì a fermarsi, si asciugò le lacrime superstiti, si accostò al lavandino. Piegata sul lavabo, il ventre che pigiava sulla porcellana, guardò il proprio riflesso e prese ad aggiustarsi l'ombretto.

Dita a mezz'aria, addosso al lavabo e vicina allo specchio, si bloccò.

Quante ragazze aveva visto in quella posa? Sporte su un lavandino, a sistemarsi il trucco? Nei film, a scuola, nei bar. Così prese dalla restaurazione di quella maschera da dimenticare il mondo intero. Adesso Teresa era una di loro. Adesso lei era come le altre.

Quel pensiero le diede una nuova carica.

Finito di ricomporsi, tornò in cortile sculettando e carezzando il muro con le dita e pestando terra con le ballerine rovinate, come se il mondo avesse meritato nient'altro che le sue suole. Andò al tavolo e prese posto.

Riccardo fumava una sigaretta con gli occhi piantati nel menu.

«Penso di pigliarmi il filetto che ti dicevo» fece lui. «È buonissimo, si scioglie in bocca. Sai, al manzo danno solo fave e acqua per tutta la vita così la carne rimane più tenera» le spiegò. «Lo pigli pure tu, no?»

Il primo pensiero di Teresa fu che dar da mangiare a una povera bestia le stesse cose per una vita intera, così che la sua carne fosse morbida e buona, era una cattiveria. Il secondo, che la colpì come un ceffone, fu che era venerdì. E di venerdì lei non poteva mangiarla, la carne.

«Quindi?» insistette lui schioccando le dita in direzione del cameriere.

Non puoi farlo, Teresa. È troppo.

Ma troppo per chi?

Riccardo, durante le macchinazioni di lei, aveva ordinato il suo filetto. Dicendo al cameriere di farlo fare al sangue o, aveva aggiunto, l'avrebbe rimandato indietro. E adesso stava chiedendo una bottiglia di rosso.

«Per lei, signorina?» le domandò il cameriere.

Teresa alzò gli occhi e lo fissò per qualche istante di troppo. «Un filetto anche per me» disse infine, sentendo che quelle parole, venute fuori da sole, ancora una volta come se lei del suo corpo non avesse avuto alcun controllo, le avevano raschiato la gola e il palato e la lingua.

Il cameriere prese i menu e se ne andò. Erano soli adesso.

«Quindi quindi quindi» attaccò Riccardo. «Ti piace 'sto posto?»

Teresa disse di sì. «C'eri già venuto?»

«Una volta a inizio estate.» Accese la seconda sigaretta. «In 'sto cesso cagato di paesello non è che ce ne stanno molti, di posti fighi, no?»

«Non saprei» rispose Teresa. «Non ci vengo tanto spesso.»

«No?»

«Passo tutto il tempo al Villaggio» rispose, sentendosi stupida.

«Be', però pure quello è triste forte» sentenziò Riccardo, e rise.

Ride un sacco.

Nel dubbio, rise pure lei.

«Hai detto che stai al liceo, no?»

«Sì, a settembre comincio il quarto. Sono al Dante Alighieri.»

«Ah, ecco. C'hai la faccia da classico, in effetti.»

«Come sarebbe?»

«Buh, chessò. È che voi del classico v'assomigliate, tipo.»

«...»

«Oh, mica era un insulto.»

Teresa fece un gesto con le mani, come per scacciare un insetto.

Lui la fissò, poi: «Però alle serate non ti c'ho mai vista, no?».

«*Alle serate?*»

«*Alle serate*, sì. Su a Paloma. Dico, non ci vai, tipo, a ballare?»

«Non mi... È che non mi piace tanto andarci, a quel genere di cose.»

«No?»

No?

Non lo so, Terri.

«No» disse infine, chiudendosi nelle spalle. «Tu... tu ci vai, invece?»

Riccardo rise. «Cazzo, è ovvio! Mi ci scasso.» Spense la sigaretta sulla tovaglia e fece schizzare il mozzicone nel prato. «Pippotto, vodkino e si vola.»

Teresa non aveva idea di cosa avesse detto, così annuì.

Qualche istante di silenzio, poi: «Sei fidanzata?» le chiese.

«No. Io... no. Tu?» disse, sentendo il sangue defluire da tutto il corpo.

«Io? Se sono fidanzato io?»

«Sì...» *Ho detto qualcosa di sbagliato?* «Sì, tu.»

«Naaa. Sai, sono tipo un leone. E i leoni mica li puoi tenere ingabbiati, ch'è contro la loro natura. Io devo stare libero. Devo cacciare.»

«Vai a caccia?» s'informò Teresa. «Mio nonno cacciava le lepri.»

Riccardo rise più forte che mai. «Cristo, sei divertentissima!»

Teresa avvampò. Stava per parlare, quando arrivò la carne a salvarla.

Pezzi spessi ricoperti da una cremina bianca e dei granelli neri con una montagnola di verdure e patate arrostite. Riccardo si armò di posate e attaccò. Bocconi grossi, li sfregava sul piatto per impiastricciarli di crema e li metteva in bocca. Teresa, inebetita, studiava il cibo.

Non l'aveva mai mangiata, la carne il venerdì. Mai. Mai in tutta la sua vita. Non un pezzetto, neanche per errore. E ora quel piatto, aspetto e profumo squisiti, le sembrava un passo gigantesco da fare. Qualcosa da cui non sarebbe potuta tornare indietro. Un tradimento, una cattiveria, un peccato.

«Ehi, cosa aspetti?» disse Riccardo, infilzando due patate. «Si fredda.»

Teresa tagliò un pezzo di carne, dita tremanti, e sollevò la forchetta a mezz'aria; era pesantissima. Guardò il boccone, grondava un miscuglio denso di sangue e crema. E lo fece sparire tra le labbra.

Le papille gustative andarono in visibilio. Sentì la bocca inondarsi di saliva, il cervello iniettarsi di sangue, le gambe farsi molli. E sentì un sorriso, largo, sincero, tentare di aprirsi proprio mentre stava masticando.

Fece un respiro profondo, e ingoiò la sua rivoluzione.

Mangiarono veloci, scambiando poche battute. Finirono la bottiglia di vino, lui ne ordinò un'altra, e nel frattempo il ristorante si fece deserto. Mezzanotte, restavano solo loro e i camerieri. Teresa si sentiva la testa leggera. Colpa di lui, che continuava a riempirle il bicchiere, colpa sua che continuava a bere, colpa del cortile che, vuoto, silenzioso, amplificava ogni emozione.

Arrivò la seconda bottiglia di vino. E bevvero ancora e ancora e ancora. Intanto chiacchieravano. O meglio, Riccardo parlava mentre lei, rapita, lo ascoltava.

Basta. Devo smetterla. Sono ubriaca. Ubriachissima.

No, macché. Vai, vai serena. È bella, 'sta sensazione. Continua.

E finì il calice in un sorso.

Riccardo fece lo stesso. Poi tornò a riempirli entrambi e, poggiandosi allo schienale della sedia, le indirizzò un sorriso largo.

«Che c'è?» si lasciò scappare lei.

«C'è che mi confondi» disse. «E a me non mi confonde mai nessuno.»

Teresa rise pianissimo, incerta se fosse un complimento.

«Dico davvero» fece lui. «Le altre, no? Le altre sono tipo rigide. Cioè, capiscimi, me la faccio solo con le fighe, io. Però anche se sono bone forti sono sempre prevedibili, diciamo.»

Teresa non respirava.

«È che tu cambi, tipo» continuò. «Quando ci siamo visti in quel Conad schifo eri tosta. Quando ci siamo fatti il Mojito in spiaggia sembravi un coniglietto che trema tutto. E adesso che c'hai 'sto sorriso e bevi... chessò, io.» Scosse il capo. «Adesso sei tipo una figa vera, no?»

Se solo sapesse come sei davvero.

Ma perché, come sono? Forse ha ragione lui: io cambio. Ecco perché non riesco a capirmi, sono davvero tutte le cose nell'armadio messe assieme.

«Senti, ce n'andiamo?» propose Riccardo. «C'ho 'sto vodkino a casa e magari ce lo possiamo sparare in spiaggia. Che dici?»

Si alzarono e attraversarono il cortile.

Erano quasi fuori quando Teresa disse: «Non chiediamo il conto?».

Riccardo, senza fermarsi, la prese a braccetto. «Comportati normale.»

Lei, rigida come avesse avuto una pistola puntata alla testa, obbedì. E, forse perché furono bravi attori o forse perché, sebbene lei si sentisse sempre addosso gli occhi di tutti, nessuno guardava mai davvero nessuno, i camerieri che incrociarono verso l'uscita non dissero loro alcunché.

Scesero le scale di marmo e raggiunsero il lungomare.

«Ma perché non abbiamo pagato?» gridò lei in un sussurro.

Quel ragazzo l'aveva convinta a rubare per la seconda volta.

«È molto più divertente. Eppoi, se una cosa mi piace io la faccio, no?» Si accese una sigaretta. «Mi sa che te l'ho già detto questo, no? Cioè, dico, se una cosa la desideri allora è tua perché dentro senti tipo che t'appartiene, no?»

Ma perché non lo capisco mai, quando parla?

S'incamminarono verso la macchina.

Il lungomare desolato, i negozi, i ristoranti chiusi. La piazza, pure quella vuota. La via principale, i loro passi rimbombavano tra le casupole. Erano gli unici vivi, loro.

Montarono in auto, Riccardo guidava verso il Villaggio.

Andava veloce, centottanta all'ora. La strada era buia, si scorgeva solo la porzione illuminata dalla BMW. Il motore rombava, le ruote strigliavano il bitume. Tutt'attorno il mondo veniva divorato da una tenebra densa.

Teresa, in quell'auto lanciata a velocità folle, si sentì divampare. Un incendio che dal ventre le salì alla testa. Che infiammò ogni cosa sulla sua strada. E che lasciò che le ceneri, mucchietto di polvere che era stato un corpo di ragazza grassa, volassero libere. Teresa era, eppure non c'era.

Si girò e guardò Riccardo.

Camicia gonfia di muscoli, collo lungo, labbra piene e brillanti. Occhi socchiusi sull'orizzonte nero, mani solide sul volante, postura rilassata.

Lo voglio, pensò senza sapere cosa significasse. E furono quelle due parole, secche e dolorose, che le fecero capire che era ubriaca marcia.

Arrivarono al Villaggio. Città fantasma.

Le strade del complesso, il viale, la villa di Riccardo. Lei, barcollando, lo seguiva. Nel soggiorno in penombra, Alessandro e Michele giacevano stravaccati sul divano circondati da bottiglie mezze vuote di alcol. Sul tavolino, il sacchetto di marijuana, l'ampolla. Tutt'attorno pareva che qualcuno avesse sparso della

Forse hanno preparato le pizze. O i biscotti. Ora li vorrei, i biscotti.

Vuoi smetterla, di fare la stupida?

Cocaina. Quella è cocaina.

farina. In tivù, tre biondone tutte nude, tette enormi, trucco pesante, si baciavano e si strusciavano e si leccavano dappertutto. Sul viso, sul collo, sul petto. Semisdraiate su un letto, si accarezzavano a vicenda e si toccavano tra le gambe e si abbarbicavano tra loro. E intanto gemevano, cacciavano lamenti e urletti. Alessandro e Michele, in mutande sul divano, dormivano.

Ma quelle in tivù stanno...

Riccardo le indicò la porta sul giardino e lei uscì.

Teresa non era capace di pensare. Il mondo vorticava più veloce. Una vertigine per poco non la spedì a terra. Doveva vomitare. Girava tutto. Sentiva il cuore battere forte, fortissimo. Voleva piangere. Sorrideva.

«Scusa» disse Riccardo, materializzatosi accanto a lei, «capita che ci facciamo una serata pippe e pippa» le spiegò. «Spiaggia?» disse, agitando una bottiglia di vodka alla pesca.

«*Pippe e...*» cercò di ripetere lei, incerta, e subito scoppiò a ridere.

«Sei cotta, eh?»

Teresa rise più forte.

«Ottimo» commentò lui, «sarà più facile», e le sorrise.

Riccardo la prese per mano, pelle bollente, fredda, coriacea, morbida, e la condusse per il giardino. I faretti in piscina brillavano nell'acqua chiara, stelle cadenti, gravide di desideri, naufragate in quell'oceano fasullo.

Dita intrecciate, uscirono dalla villa.

Percorsero il litorale, quasi al bagnasciuga si fermarono e si sedettero sulla sabbia fredda; spalle che si sfioravano. Teresa, fissando l'orizzonte che sfarfallava, pensò che avrebbe voluto stendersi. Poi sentì che lui le metteva la vodka in mano e, meccanica, bevve. Un sorso, un altro e un altro ancora.

Si girò e guardò Riccardo negli occhi. Era vicino. Vicinissimo.

Sentì di volerlo avere addosso. Sopra, sotto, dentro. Lo voleva dentro. Studiò il modo in cui i boccoli neri gli rimanevano sospesi sulla testa, in cui si inumidiva le labbra carnose.

Gli si avvicinò e gli poggiò il capo nell'incavo tra la spalla e il collo, sentendone il calore, il profumo, la durezza. Vide Riccardo dare un ultimo sorso alla vodka, mettergliela tra le labbra e, da fuori, si guardò bere. Lo vide posare la bottiglia, farsi più vicino e stringerla tra le braccia. Lì, in quella tenaglia pericolosa e rassicurante, Teresa si sentì viva.

Viva per la prima volta.

Avvertiva il sangue scorrere nelle arterie e nelle vene, il cuore battere nel petto, l'aria riempire i polmoni. Teresa avvertiva ogni cosa. E pensò che da quel momento in avanti qualsiasi cosa avesse fatto, o provato, sarebbe stata solo un'imitazione, un tentativo insulso di rivisitazione, di quella notte.

Fu allora che Riccardo le prese la mano, delicato ma autoritario, se la portò sui bermuda e premette. Lei, a palmo aperto, sentì qualcosa di duro che pareva l'aspettasse. Riccardo aumentò la pressione, e a lei sembrò che la cosa dura pulsasse facendosi più grande. Assecondò il movimento, e lui gemette.

A quel suono, roco e profondo, un brivido le sconquassò il corpo.

Riccardo si tirò giù pantaloncini e mutande e la cosa dura venne fuori. Lunga, grossa e rosea, la punta gli sfiorava la camicia. Gesto risoluto, le prese di nuovo la mano e le fece agguantare la cosa dura. Chiuse le dita di lei attorno a quel pezzo di carne e, tenendo la sua sopra, glielo fece aprire e chiudere.

Su e giù. Su e giù. Su e giù.

Pareva la stesse istruendo. E Teresa eseguiva.

Lui tolse la sua mano e lei prese a masturbarlo da sola. Ritmica, forte.

Riccardo puntellò i gomiti sulla sabbia, semisdraiato sulla spiaggia, si tirò un po' su la camicia, mostrando gli addominali, e reclinò il capo. Gemette, sbuffò, gemette di nuovo; suoni gutturali, viscerali. Teresa, guardando il volto di lui trasfigurato dal piacere, capì che quel ragazzo, semidio che non sarebbe stata capace manco di sognare, in quel momento era suo, suo e di nessun altro, suo e basta. Ora, in quella spiaggia, in quella notte, Riccardo le apparteneva.

Quell'idea la inebriò, e fu come se l'alcol ingerito si fosse prosciugato. Non era più ubriaca, adesso, ma qualcosa, droga potente, le riempiva le vene. Sostanza senza nome, la rilasciava ciò che lui aveva tra le gambe.

Ventre che formicolava impazzito, prese a masturbarlo con più foga.

Su e giù. Su e giù. Su e giù.

Riccardo, capo all'indietro, godeva con dei piccoli scatti dell'addome in tensione. I boccoli neri pendevano molli, gli occhi li teneva serrati, la bocca appena schiusa. Teresa, attirata da una forza invisibile, irrefrenabile, si avvicinò alla bocca di lui. Voleva baciarlo, sentirne il sapore. Ma Riccardo, movimento rapido, si scostò. Ci riprovò. Stava per sfiorarlo, ma lui si allontanò di nuovo.

Non vuole baciarmi. Ma perché, se si sta lasciando fare... questo?

Decise di tentare un'ultima volta. Si protese sulla sua bocca, ma lui si spostò ancora, spingendola via con una mano sulla guancia. «No» disse.

Teresa, rincretinita, seduta a gambe incrociate accanto a lui, continuò.

Su e giù. Su e giù. Su e giù.

D'un tratto Riccardo piegò le gambe, le ginocchia si alzarono e i piedi scavarono buche nella sabbia. Inarcò la schiena, portò indietro la testa, strizzò gli occhi, spalancò la bocca, arricciò le dita, gemette forte e un liquido bianco, denso, bollente schizzò fuori dalla cosa dura.

Un po' finì sulla sabbia, un po' sulla mano di lei che, imperterrita, non certa di aver finito, continuava a fare su e giù.

Riccardo, sbuffando, le tirò via la mano e si lasciò cadere sulla sabbia.

Teresa si guardò le dita impiastricciate. Ed ebbe un fremito.

Che cos'ho fatto? Dio, che cos'ho fatto? COSA?

Represse a stento un conato di vomito. Si girò e, frenetica, si ripulì la mano sulla sabbia. Affondò le dita e le agitò, furiosa. Voleva piangere, urlare. Prese un respiro, chiuse gli occhi, cercò di calmarsi. Avrebbe voluto guardare Riccardo per capire se quel che aveva fatto andava bene, ma non ci riusciva.

Devo farmi la doccia.

Dietro di lei, un frusciare. E capì che lui si stava rivestendo.

«Brava» sentì alle sue spalle. «Sei stata brava.»

Il suo cuore mancò un battito.

Era stata brava. Lei era stata brava. Non l'aveva deluso, stavolta.

Lenta, si voltò e lo fissò.

Riccardo si era alzato. Vicino a lei, la sovrastava. Attorno alla testa la luna, nascosta dietro di lui, disegnava un'aureola di luce candida. Le tese una mano, voleva aiutarla ad alzarsi, e lei gli allungò la destra.

«No quella» disse. «Ce l'hai sporca.»

Teresa gli porse la sinistra e la tirò su.

«Mado', che sonno» fece Riccardo sbadigliando. «Andiamo a casa?»

Tornarono sui loro passi, zitti. Lui, dal nulla, aveva materializzato una sigaretta e la fumava sbuffando nuvolette d'argento. Davanti al cancello rosso si fermarono e si guardarono. Lei non sapeva cosa dire, ma stanca, e incapace di mettere in fila i pensieri, non ci provava neanche, a trovare le parole.

Si fissarono per qualche istante, lui fumando e lei senza respirare. Poi Riccardo sorrise, le piazzò una mano sulla spalla e l'accarezzò. Quindi annuì, lento, aprì il cancello rosso e sparì. Teresa, sola, divenne parte del buio.

Camminò sulla spiaggia, raggiunse casa ed entrò dalla finestra.

Era di nuovo nella sua stanza, piccola e fatta di cose piccole. Era come l'aveva lasciata tre ore prima ma era anche diversa in modo profondo. Non la riconosceva, estranea come un posto mai visto. Testa vuota, sgombra di tutto, vino e vodka che minacciavano di tornare su, decise che sarebbe andata a letto lasciando il cervello in quell'inedita desolazione.

Si sfilò ballerine, bermuda e camicia e, lenta, si mise nel pigiama delle Superchicche. Sul corpo il tessuto grattava, ma cercò di non badarci. Percorse il corridoio, voleva un bicchiere d'acqua, ma in soggiorno si bloccò.

Suo padre, in poltrona, l'abat-jour acceso, leggeva un libro. Lento, tirò su lo sguardo e lo piantò su di lei. Padre e figlia si fissarono per lunghi istanti, poi lui, piano, annuì, portò un indice alle labbra e annuì di nuovo, sorridendo.

Teresa, il cuore che martellava, indietreggiò e riattraversò il corridoio. Entrò in bagno, poggiò le mani sul lavabo e si guardò nello specchio.

Quella ragazza, trucco sbavato, viso cereo, non sapeva chi fosse.

Teresa fissò la straniera, e quella le sorrise.

Un sorriso largo, larghissimo, che le deformò i lineamenti tramutando quel volto sconosciuto in una maschera cattiva. Un sorriso di plastica, la pelle tirata in modo innaturale. Un sorriso senza allegria, pallido come quello di un cadavere, fisso come l'ultima espressione di una morta ammazzata.

Dopo essersi lavata a lungo mani e braccia e faccia con l'acqua gelida, tornò in camera. Si mise a letto, arruffando il lenzuolo con le roselline sul fondo del materasso, e stette per chissà quanto a fissare il soffitto.

Alla fine scivolò in un sonno privo di sogni, dimenticando di recitare le preghiere della notte.

Paloma, inverno 2019

A mani nude. Dita scorticate, sanguinanti. Niccolò scavava nella terra dura. Tutt'attorno, un deserto sterminato. La sabbia, dune soffici, rifletteva la luce violetta che saturava il mondo. Silenzio come sott'acqua, in profondità; c'erano solo il suo ansimare frenetico e le unghie che raschiavano. Era stanco, ma non poteva fermarsi e così continuava a scavare, furioso; cuore al galoppo, fiato corto. Non sapeva cosa avrebbe trovato lì sotto ma era fondamentale che lo recuperasse, e di questo era certo. Quindi scavava, scavava, scavava. D'un tratto le dita batterono contro qualcosa di duro, le unghie quasi saltarono via. Tolse l'ultimo strato di terra, spolverandolo a mani aperte, rapido. Afferrò il suo tesoro, stringendolo come per non farlo scappare. E lo tirò fuori, usando tutta la forza che aveva. Era una sorta di baule, un forziere pirata, uno scrigno magico. Dentro, quello di cui aveva tanto bisogno. In ginocchio, studiava il baule e sorrideva. Stette così per pochi istanti che durarono anni interi. E infine lo aprì. Dall'interno del baule, lo fissava Niccolò. C'era uno specchio incassato lì in fondo e la superficie gli restituiva il suo riflesso. Erano i suoi lineamenti, il suo viso, quelli che vedeva: il Niccolò nello specchio era uguale a lui. Eppure era anche diverso in modo profondo. Niccolò, in ginocchio nel deserto, sorrideva mentre l'altro, quello nel riflesso, singhiozzava senza fare rumore. Piangeva e piangeva e piangeva. E si disperava e si tirava i capelli e urlava, zitto. Niccolò, d'un tratto, si ritrovò ad alzare un dito. Scorticato, sanguinante, terroso. Lo avvicinò allo specchio. E, quando ne sfiorò la superficie, l'altro Niccolò, il sé imprigionato, racchiuso nel riflesso, gridò. Urla atroci, di dolore rude, animalesco. E il deserto esplose.

Niccolò aprì gli occhi nella Fiesta del padre.

Aveva il torcicollo. Doveva aver dormito male, sul sedile dell'auto.

Si tirò su, si stropicciò gli occhi e mise a fuoco il mondo.

Percorrevano una strada che tagliava

Il deserto.

dei campi abbandonati. Alberi morenti, sterpe basse. In lontananza, il mare brillante. Niccolò guardò l'orologio sul cruscotto: le tre del pomeriggio.

Cazzo, ma quant'ho dormito?

Suo padre, come leggendogli nel pensiero, disse: «Ti sei fatto tre ore».

Erano in strada dalle undici.

Sarebbero dovuti partire ore prima, ma Niccolò era crollato in camera di Hendrik dopo la scopata e si era svegliato tardi. Il barista non c'era, svanito come non fosse mai esistito; tanto che Niccolò aveva dubitato di averlo sognato, ma una strizzatina all'uccello e aveva capito d'averci scopato. In camera sua aveva trovato il padre nel letto sfatto. Tivù accesa su un film con quegli sfigati, Boldi e De Sica, si sbafava pane e Nutella e intanto leggeva; *Qualcuno volò sul nido del cuculo*, Ken Kesey. Niccolò si era fatto la doccia e qualche biscotto, si era sparato un pippotto in bagno, per riprendersi,

Vola, vola, volaaa.

ed era tornato in stanza. Il padre aveva pagato alla vecchia in reception che gli aveva accollato la giornata, poi assieme erano saliti in auto e partiti.

Il primo pezzo di strada lo avevano fatto in silenzio, la radio mandava la musica di uno dei cd scelti dal padre, merda vecchia vent'anni, e Niccolò, cullato dalla strada, si era addormentato quasi subito.

«A che punto siamo?» gli domandò adesso.

Il padre alzò le spalle. «A un certo punto» disse. «Puoi riaddormentarti, se vuoi. Quando siamo a destinazione ti sveglio.»

«Che destinazione?»

«Un paese, San Paolo a Mare. Dovremmo raggiungerlo tra un'ora.»

«C'ho fame.»

«Non abbiamo pranzato, in effetti» constatò il padre. «Panino?»

Niccolò, torcendosi, infilò le mani nelle buste dell'Autogrill nei sedili posteriori e pescò pancarré e salumi. Se li mise tra le gambe, aprì le confezioni e schiaffò il prosciutto tra le fette di pane. Mangiarono. Tra un boccone e l'altro, Niccolò, cervello rotto dall'alcol schifo e dal dubbio di non aver usato il preservativo con Hendrik, sbadigliò più volte.

«Dormito poco stanotte?» fece il padre.

Niccolò non rispose.

Altro silenzio, poi, ancora il padre: «Hai usato il preservativo, spero».

«Diosantissimo, papà!» gridò prima; *come cazzo fa a sapere sempre cosa penso?*, si chiese poi. «Perché devi dire 'ste vaccate imbarazzanti? Ieri la storia della» *Cristo, vedi che mi tocca dire* «sborra. Ora questa!» Sbuffò, pestò i piedi. «Non puoi fare quello normale?»

«Ehi, ma mica c'ho scopato io, con quello. Sei stato tu. E se la storia t'imbarazza, affari tuoi. Non prendertela con me, ok?»

«Uno» s'incazzò Niccolò, «non m'imbarazza per niente. Due, si può sapere come lo sai, che c'ho scopato?»

«Ho chiesto al biondino se ti aveva visto. L'ho incontrato al bar.»

Niccolò pestò i piedi più forte.

«Cos'avrei dovuto fare?» disse il padre. «Mi sono svegliato e non c'eri. Ti ho cercato e non ti ho trovato. Mi sono preoccupato, no?»

«Forse se non t'ubriacavi com'a un coglione, ieri, lo sapevi dove...»

«Oh, ma non rompere il cazzo, non c'entra niente.»

Niccolò avrebbe voluto insultarlo, ma preferì zittirsi.

Ma mi sono sparato pure la neve, ieri notte?

Non me lo ricordo. Però secondo me il preservativo non l'hai usato.

Cercava di ritornare in quel letto, con quel ragazzo i cui lineamenti andavano già sfumando, sempre più un viso vuoto, ma pareva che qualcuno avesse dato un colpo di spugna. Via. Cancellato tutto. Ricordava le sensazioni. Il corpo di Hendrik sul suo.

Bel culo. Bel manico. Bel lavoro di lingua. Un otto pieno.

Ricordava un sapore metallico, un profumo duro. Ricordava una...

pistola. Papà ha una pistola.

Niccolò, occhi sulla strada e mani sulle ginocchia, s'immobilizzò.

Perché 'sto pazzo c'ha una pistola?

D'istinto si girò e lo fissò.

Suo padre aveva addosso la stessa serenità che c'era nei film quando stava per esplodere una bomba. E a Niccolò non piaceva per niente. Non era l'arma a spaventarlo, da sola non poteva far male a nessuno. Serviva un folle o un coglione per adempiere ai suoi doveri. E suo padre era entrambe le cose.

Aveva sparato un mucchio di volte, Niccolò. Il padre di Luca, uno del trio dei fedelissimi, ne era ossessionato, e aveva di tutto; pure un kalashnikov, diceva Luca, ma Niccolò non lo aveva mai visto. Loro ogni tanto ne rubavano un paio, e nelle notti mosce si accanivano su cartelli stradali, alberi e randagi. L'idea di provare sulle persone li aveva sfiorati, ma si erano sempre detti che era meglio picchiarli e basta, i negri e i poveracci. E così era stato fino a sei mesi prima. Maggio. Comprata una coca nuova, iraniana di alta qualità, a sentire "Relax", spaccino di fiducia, nella notte di un sabato smorto si erano sparati due grammi a testa e, rubate tre pistole da casa di Luca, avevano iniziato a girare la statale in cerca di un randagio a cui fare il favore. L'avevano notato allora, il campo rom. Osceno, fetente: una discarica piena di rifiuti umani. Silenziosi, avevano parcheggiato non molto distante, si erano nascosti nelle campagne e, sistematisi su una collinetta tutta fatta di catorci d'auto arrugginite e sventrate, ben nascosti dietro il cadavere di un Maggiolone, avevano iniziato a sparare all'impazzata. Dalle tende, i topi di fogna avevano preso a gridare e a correre alla cieca svolazzando dappertutto come falene in trappola. Le loro urla, i loro colpi di proiettile e un rovinare perpetuo di oggetti che si rompevano e mobili che si rovesciavano. Era durato solo qualche secondo. Poi, finiti i proiettili, i tre erano spariti nel buio, ululando. La mattina dopo si erano svegliati nella dépendance della villa di Mirko, con una troietta dell'Est a cui dovevano mille euro e che, a sentire lei, avevano montato tutt'e tre assieme fino all'alba. Pagata la tipa, che a stento riusciva a camminare, avevano sentito al tiggì di un caso di antiziganismo. Zero sospetti.

Ancora imbambolato sul padre, pensò di chiedergli spiegazioni ma poi decise di lasciar stare: una risposta onesta sul motivo per cui avesse un'arma, Niccolò non l'avrebbe ottenuta. Forse, pensò, poteva prenderla e basta. In fondo era nello zaino: bastava infilarci le mani quando lui era distratto. Non aveva dove metterla, però. Lui e suo padre stavano in macchina tutto il giorno, assieme, e di posti in cui nasconderla, nella Fiesta, non ce n'erano.

«Sai» disse d'un tratto suo padre, rompendo il silenzio

e strappandolo dai suoi pensieri, «non sarebbe un problema, per me, se fossi gay. Voglio dire, so che tua madre è rigida e...»

«Non sono gay.»

Quello annuì, movimenti lenti e lunghi del capo e del collo e del busto. Poi, ancora senza guardarlo: «Dico solo che per me andrebbe bene».

«Credi che m'interessa il tuo giudizio?»

«Chiaro che no.»

«E allora pensa a guidare e lasciami stare.»

«Posso guidare e parlare allo stesso tempo.»

Dagli qualcosa, sennò non la finisce più. Lo sai, com'è fatto.

Niccolò tirò un sospiro e disse: «Sto sia colle femmine, sia coi maschi. E lo so, che per voi più vecchi è roba difficile da capire. Ma è così». Si fermò qualche istante. «Mamma non lo sa, però. Quindi occhio.»

«Perché, te ne vergogni?»

«Col cazzo. Metà dei miei amici lo fa, stiamo tipo tutti con tutti. Solo che quella mi manda di filato dall'esorcista, se lo viene a sapere.»

Suo padre rise. «E comunque per me non è difficile da capire, sai?»

«No?» si lasciò scappare Niccolò.

«No» disse, semplice. «Ne abbiamo parlato ieri, di queste cose.»

«Di quali cose?»

«Del lasciarsi accadere, essere chi ci si sente, avvenire nel momento, farsi attraversare, non rimanere incastrati nelle forme, non...»

«Stai dicendo frasi a cazzo di cane, ti rendi conto?» lo interruppe.

«Dico che forse ci sono momenti in cui ti senti in un modo, quindi stai con gli uomini. E poi altri in cui ti senti diverso e vai a letto con le donne. Sei tutto perché sei niente, no? Come un liquido che prende la forma del contenitore, diciamo. E il contenitore è il momento... Anzi no. È... l'occasione.»

Niccolò, le parole che strigliavano la gola. «È... così, credo.» E, per la prima volta in vita sua, sorrise al padre. «Cioè, per me uno non è ch'è per forza sempre questo o quello. Non siamo barattoli di sughi pronti al supermercato.» Si fermò e studiò il padre. «Ma tu...»

«No, non mi è mai capitato. Solo con le donne. Anche se ormai...»

«*Ormai* cosa?»

«*Ormai* non sto con una donna da... chessò io, anni. Puttane a parte.»

«Sei stato con altre, dopo mamma?»

«Diciamo di sì. E diciamo che io e Teresa non siamo stati assieme.»

«Che significa?»

Suo padre grugnì, come a voler sancire la fine della conversazione.

«Però vi conoscete da quand'eravate ragazzi, no?» chiese Niccolò, ma senza sapere perché: lui stesso non capiva il motivo del suo interesse.

«Nessuno conosce mai nessuno. Non nel modo che intendi tu, almeno. Le persone le conosci daccapo ogni volta che le incontri.»

«A te ti piace un sacco ingarbugliarti nelle stronzate.»

Suo padre rise.

«...»

«...»

«E com'era?» chiese Niccolò, di nuovo, senza sapere perché si stesse interessando tanto, pure se il motivo, pian piano, cominciava a intravederlo.

«Teresa?» fece una pausa. «Quando l'ho vista la prima volta, l'estate di diciannove anni fa, era meno stronza. Più aperta, direi.»

«Un po' stronza lo è» rispose. «Cos'è cambiato?»

«Lei. È cambiata lei, no?»

«Grazie al cazzo» fece Niccolò. «Dico, cos'è che l'ha fatta cambiare?»

Il motivo per cui gli stava facendo quelle domande adesso lo vedeva: gli era tornata la voglia, che non sentiva da quando era bambino, di capire perché la madre odiasse tanto suo padre. E visto che si era imbarcato in quel viaggio assieme a lui, tanto valeva sfruttarlo per capirci qualcosa di più.

Il padre sembrò irrigidirsi. Strizzò lo sterzo con le dita, parve percorso da un brivido, quasi uno spasmo. Poi tornò impassibile. E non rispose.

Niccolò si scoprì deluso. Sarebbe stata una buona occasione per scoprire qualcosa in più.

A conti fatti, Niccolò sapeva poco anche di sua madre. Solo che i suoi genitori, i nonni, erano morti che lui era piccolo e che alla figlia rivolgevano a stento la parola. Lei, Maria, se l'era portata via un tumore, forse ai polmoni. Lui, Marco, aveva avuto un attacco di cuore o un ictus o vattelappesca. Di sua madre sapeva che insegnava italiano e latino nello stesso liceo dacché aveva ventisei anni, Fabrizio lo aveva conosciuto perché era un collega di università di Elena, una delle sue amiche, e che era una cattolica di serie A, di quelle spaccacoglioni. Sapeva che odiava Mina, che leggeva tanti romanzi e che odiava il Mojito; questo lo aveva scoperto di recente e per caso. Sapeva che il suo colore preferito era il turchese, che odiava il mare e amava la montagna e che stava attentissima alla linea; mangiava poco, faceva yoga, pilates e altre stronzate in cui paghi per buttare fuori l'aria dai polmoni. Ecco, Niccolò sapeva questo della madre: poca roba, inutile e insulsa. Teresa per lui non era che un manichino in vetrina che aspetta una commessa che lo vesta. Come pure il padre, sì; anche se su di lui in quei giorni si stava ricredendo. Un essere inanimato, ecco cos'era Teresa. Un essere inanimato con una storia da due soldi e passioni, hobby, piaceri del tutto comuni. Eppure l'era sempre parsa felice. Sorrideva, quel manichino. Era un sorriso di plastica, ok, ma era pur sempre un sorriso. Aveva trovato una tranquillità in cui abitare, e della sua vita Teresa sembrava parecchio soddisfatta. Felice, ma soprattutto serena. Rompeva il cazzo a ogni sospiro, sì, ma Niccolò era convinto che la sua fosse solo una posa.

«E tu?» insistette Niccolò.

«*Io* cosa?»

«Sei cambiato?»

«Rispetto a quand'ero ragazzino?» disse, e rise. «Ma mi ascolti quando ti parlo? Certo che sono cambiato. Un mucchio di volte. Di continuo. No?»

«E com'eri?»

«Ti somigliavo, credo. Forse su questo Teresa ha ragione.» Masticò le parole per qualche istante, poi si accese una sigaretta. «Mi sentivo... potente, direi. Tanto che pensavo che avrei fatto per sempre la vita che facevo allora, che sarei stato per sempre quello di allora. Solo e soltanto quello. Ma sbagliavo, è ovvio. Sbaglio spesso, no?»

«Un avvocato che sbaglia *spesso* dev'essere un avvocato dimmerda.»

«Mica faccio l'avvocato» disse il padre.

«Ma s'hai detto che sei laureato in Giurisprudenza.»

«No, ho detto che mi c'ero iscritto e che poi ho mollato.»

«E come campi?»

«Male.»

«Ce l'hai, una casa?»

«Sto in affitto. Un buco sopra la circonvallazione.»

«Ah» disse Niccolò, e d'un tratto si sentì in imbarazzo.

Aveva la sensazione di aver visto il padre nudo. In un momento che a lui, da figlio, avrebbe dovuto essere precluso. Si accese una sigaretta, aprendo un po' il finestrino. Alzò il volume della radio, Tiziano Ferro continuava a lamentarsi. E calò il silenzio.

Un'ora dopo raggiunsero il paesino in cui avrebbero passato la notte.

Era ancora pomeriggio, ma di luce ce n'era poca. In cielo, una coperta grigia che pareva trattenere a stento una gigantesca secchiata di acqua sporca.

San Paolo a Mare era minuscolo. Un paese giocattolo.

Case basse, strette, appiccicate tra loro e colorate come se a verniciarle fosse stato un cieco; blu elettrico e giallo canarino, rosso fuoco e verde acqua. Porticine laccate, vasetti di fiori rigogliosi, quadretti che raffiguravano barche e pescatori a puntellare le pareti. Di gente in strada ce n'era parecchia. Erano tutti ben vestiti, ma la loro era un'eleganza tamarra.

Uomini in camicie viola sbottonate sul petto, ciuffi di peli grigi e rosari dorati, jeans attillati, scarpe lucide. Le donne erano truccatissime, capelli ben stirati, tubini striminziti, tacchi su cui stavano a stento in equilibrio. Andavano tutti nella stessa direzione, come attirati da una forza misteriosa.

Niccolò alzò lo sguardo e vide uno striscione, circondato da luminarie dorate, che strepitava, in carattere arzigogolato, "W SAN PAOLO W".

«Cazzo, abbiamo beccato la festa del patrono» disse al padre.

Percorsero il viale principale, attraversando, lenti, il magma di corpi. D'un tratto Riccardo, seguendo la cartina, svoltò a destra, infilando una via così stretta che la Fiesta ci passò a stento, e furono in una piazzetta di sampietrini. Ai lati, muri bassi pieni di murales; angioletti che svolazzavano su una vallata rigogliosa e santi in preghiera. Davanti a loro, una fila di casette linde, fiorate.

Padre e figlio scesero dalla macchina, si stiracchiarono e presero ad aggirarsi per lo spiazzo. Il freddo era insidioso, pizzicava la pelle con cattiveria. La piazzetta sembrava finta; come il resto del paese, in effetti. Le pareti troppo colorate, le finestre troppo pulite, i rampicanti troppo fioriti.

Più si guardava attorno, più Niccolò aveva la sensazione

di trovarsi in un presepe. Le pareti delle case fatte di carta, l'acqua di mare con un foglio di stagnola, le rocce delle montagne con cumuli di sughero. Lui e il padre erano due Re Magi in viaggio verso una meta lontana e mezzo sconosciuta: solo che loro non ce l'avevano, una stella cometa a guidarli.

Un ometto, uscendo da uno degli appartamentini, corse loro incontro. Basso e grasso, senza collo. Baffetti gialli di nicotina, occhi incavati, in faccia un sorriso ebete ma sincero.

Si presentò come il gestore del b&b La piazzetta. Ancora tutto sorrisi e vocetta zucchero e miele, li condusse all'accettazione e mollò loro le chiavi della camera. Padre e figlio presero i bustoni dell'Autogrill dalla macchina ed entrarono in stanza. Lunga e stretta, al centro il matrimoniale foderato da una coperta di lana grezza su cui era ricamata una nave nel mare in tempesta. Da una parte una finestra sul litorale, dall'altra la parete spoglia. C'era un odore strano, di stantio. Un odore che a Niccolò dava la nausea, gli ricordava la casa della professoressa di Latino con cui aveva avuto una tresca l'anno prima; aveva voti pessimi, così, nelle due settimane prima degli scrutini finali, se l'era scopata forte tre o quattro volte. Promosso con nove, alla fine; il dieci pensava di non esserselo meritato perché si era rifiutato di leccargliela, alla vecchia.

Si lavarono, si cambiarono e uscirono.

Lasciarono l'auto in piazzetta, fecero la viuzza e tornarono nella strada principale. La gente era improvvisamente scomparsa, le luminarie brillavano di giallo smorto.

La piazza principale era grande, gremita di persone. In fondo, una fila di bancarelle con crêpe, giocattoli e chincaglierie. A destra, lì dove la piazza dava sul lungomare, la statua del patrono. Alto, ingioiellato dalla corona ai piedi dorati su cui i fedeli, lenti, posavano banconote, fiori e preghiere.

Padre e figlio, ritti sulle zampe dove cominciava la folla, studiavano la scena. Era una vita rancida quella che abitava il posto, la gente. Donne che, a mani nude, strappavano pezzetti di würstel e patate fritte per darli ai figli; dita oleose, labbra impiastricciate. Uomini che trangugiavano birra da bicchieri di plastica, sbrodolandosi e ridendo. Vecchi imbacuccati e ingobbiti che sembravano sul punto di quagliarsela.

Niccolò, davanti a quei disgraziati, nauseato, si ritrovò a desiderare un mitra, un fucile, una granata. Quei trogloditi consumavano aria, acqua, cibo. Occupavano spazio, inquinavano il pianeta. Erano scimmie che lo circondavano grondandogli addosso lo schifo di cui erano gravide. E lui non lo sopportava.

«Ci togliamo da qui?» chiese al padre. «C'è un macello esagerato.»

Ma l'altro, senza dargli retta, accelerò puntando alla parte opposta della piazza. Niccolò, bestemmiando piano e facendosi largo tra gli energumeni, lo seguì. A una bancarella che vendeva di tutto, cappellini e sciarpe, braccialetti e peluche, giocattoli e statuine di porcellana, suo padre si fermò.

«Scegline uno» ordinò al figlio, additando i palloncini a elio; ancorati a un lato della bancarella, fluttuavano a mezz'aria: Superman, Elsa di *Frozen*, Iron Man, erano tutti un po' sgonfi e dai colori sbiaditi.

Niccolò, sicuro di aver capito male, si limitò a guardare il padre.

«Forse quello dell'Uomo Ragno, che te ne pare?»

«Papà, ma che cazzo dici?»

«Scegline uno, dài!» lo incoraggiò, dandogli di gomito e sorridendo.

«La pianti colle stronzate?»

«Non fare il rompicoglioni. Scegline uno, no?»

«Non lo voglio» disse lui, confuso. «Che ti pare che c'ho, sei anni?»

Il padre scrollò le spalle e sorrise ai palloncini.

«Sul serio, possiamo toglierci da 'sta piazza?» ritentò Niccolò.

«Scegli un palloncino e ce ne andiamo.»

«Ma perché?»

«Be', perché...» farfugliò. «Perché sì, no?»

«Non è una risposta» disse lui, spalancando le braccia. «Non è manco una frase, checcazzo.» Sbuffò. «Andiamocene via, dài.»

«Voglio solo regalarti un palloncino!» rincarò il padre.

«Ma è una puttanata!»

«Puoi sceglierne uno, per cortesia?»

«No.»

«Per favore. Te lo sto chiedendo per favore.»

«Non lo voglio, papà, te l'ho detto! Dài, andiamo via» disse Niccolò; di sottecchi guardava gli schifosi che aveva accanto; uno gli sfiorava la spalla e lui, scostandosi sempre di più, sentiva montare nausea e rabbia.

Ora comincio a tirare pugni a cazzo di cane e chi piglio piglio.

«Ma che ti costa?» si lagnò il padre; vocetta strana, liquida.

«Mi costa che non c'ho voglia di girare col palloncino, santiddio.»

«Niccolò, per favore, ti sto solo...»

«Ho detto no. Punto.»

«È che te lo voglio regalare. Mi fa piacere. Una cosetta mia per...»

«Oh, cristodiddio, tagliala!»

Il padre lo guardò. Poi agitandosi, pesce all'amo, si portò le mani agli occhi e se li stropicciò; con un piede scalciava piano e pestava le mattonelle. Sembrava un ragazzino capriccioso a cui fosse stato negato qualcosa. Labbra all'ingiù, dita a scavare nella faccia, piedi a torturare terra.

Niccolò scosse il capo, fissando quel cumulo di materiali di scarto che si rivoltava contro sé stesso, e si girò per non guardarlo; assistere all'oscenità che era il padre era troppo penoso. Fu allora che, attorno a sé, notò che molti dei bimbi in piazza, cinque e sei e sette anni, avevano un palloncino assicurato al polso. Uno sbevazzava la birra di papino.

Uno ridacchiava, cacciava urletti in braccio a papino. Uno sparava con una pistola giocattolo in faccia a papino.

Niccolò tornò al suo, di padre, e bestemmiò tra i denti. Poi, scuotendo il capo e indicando il palloncino di Batman. «Quello. Voglio quello.»

Il padre si tolse le mani dal viso e si esibì in un sorriso largo. Pagò la donna che presiedeva la bancarella e lei glielo diede. Poi, rapido, si voltò e, afferrando il braccio del figlio, gli legò Batman al polso.

Niccolò, il corpo abbandonato alla scena, non riuscì a dire o fare niente. Solo quando il padre ebbe finito, chiese: «Contento?».

Lui sorrise più forte. «Andiamo, facciamoci un vodkino sugli scogli.»

Con Batman che galleggiava sulle loro teste, padre e figlio percorsero la piazza e furono sul lungomare. Scavalcarono la recinzione, ferro arrugginito, che separava la strada dagli scogli e andarono incontro al mare. Arrivati a pochi passi dall'acqua, si sedettero sui massi più lisci e piani che riuscirono a scovare; nascosti dai passanti, le schiene contro le rocce.

Niccolò alzò lo sguardo e fissò Batman fluttuare sopra di lui.

Dal lungomare, si disse, doveva vedersi solo il palloncino. Loro erano incuneati in mezzo agli scogli, i massi li coprivano fino ai capelli, ma Batman svolazzava a due metri di altezza. E chi camminava in strada ora avrebbe visto solo un'infanzia che non esisteva: un'illusione, una costruzione fittizia.

Il padre aprì lo zaino e tirò fuori la vodka. Nel farlo, gli cadde fuori un libro che finì tra i massi. Niccolò si chinò e lo raccolse.

«*Figlio di Dio,* Cormac McCarthy» lesse. «Stamattina era un altro.»

«L'ho finito mentre eri in doccia, quello. E ho iniziato questo» rispose il padre, sfilandoglielo dalle mani e rimettendolo nello zaino.

«Leggi un botto.»

«Direi di sì.»

«Tipo quanto?» domandò Niccolò.

«Quanto leggo, dici? Bah, non so. Ho iniziato tardi, ero all'università. Da allora non ho mai smesso. Tu niente niente?»

«So leggere, s'è questo che t'interessa.»

«È un peccato» commentò il padre. Aprì la vodka, ne bevve un sorso, poi un altro e un altro ancora, e la passò al figlio.

Niccolò ingollò un po' di alcol. «Addirittura *un peccato.*»

«Be', sì. I libri sono... come dei ponti. Ti fanno sentire meno solo.»

Non fosse stato per quel suo tono solenne, Niccolò avrebbe riso.

«Ho un mucchio di libri, nel cofano dell'auto. Li compro a un mercato delle pulci in centro» riprese il padre. «Se ti va, posso prestartene uno.»

«Naaa, non fa per me.»

«Che ne sai?»

«Ch'è, a te ti piacerebbe essere investito da un camion?»

«Non credo che le due cose possano essere comparate» disse il padre, gli prese la vodka dalle mani e ne ingollò alcuni sorsi. «E comunque me ne sono capitate, di cose strane. Chi ti dice che non mi abbia investito un camion?»

S'è successo per davvero si spiegano tante cose.

«A proposito di incidenti» fece Niccolò; il padre gli aveva passato l'alcol, ancora, quindi bevve. «Com'è che te la sei fatta, 'sta cicatrice? La storia del leone, che gl'hai raccontato ieri a quei coglioni al bar, è una cretinata. Non ci credo.»

Lui sorrise, poi rise. «Mi ha investito un camion e ho battuto la testa.»

«Oh, ma vaffanculo» sbottò Niccolò. «Sai solo cacciare puttanate.»

Rise più forte. «Cos'è, sei curioso di conoscere *il tuo papà*, adesso?»

«No» disse secco, mandò giù la vodka e gliela passò.

Silenzio. Silenzio. Silenzio. Poi suo padre cominciò a parlare: «Facoltà di Giurisprudenza, te l'ho detto, ma non mi sono mai laureato. Non ho mai fatto l'avvocato, né tanto meno il magistrato. Il giardiniere, il commesso, lo spazzino, quelli sì. Poi, vediamo... I miei non mi parlano da dieci anni, giusto il tempo di pagarmi l'università e togliersi di dosso il senso di colpa di avermi messo al mondo. Non scopo da *troppo*. Non ho un lavoro da *troppo*. Mi fa *troppo* male l'uccello quando piscio. E... direi che è tutto, no?».

Cristoddio, ma è uno degli schifosi.

«Non capisco, però... Cioè, potevi fare tipo l'avvocato o... chessò, il giudice. Perché non hai continuato l'università?»

«Non ho potuto.»

«Non hai potuto?»

«Non ho potuto.»

«E chi te l'ha impedito?»

«Io stesso.»

«Tu stesso?»

«La finisci di ripetere quello che dico?» disse il padre, ridacchiando.

«Se spari solo stronzate senza senso, non è che...»

«Non ci sono riuscito» lo interruppe lui. «Tutto qui. Fine della storia.»

Niccolò annuì; non avrebbe saputo cosa dire.

E per lunghi istanti furono ammantati da un silenzio molto rumoroso.

«Gli errori...» ritentò il padre. «Gli errori che facciamo, no? Gli errori che facciamo non se ne stanno rinchiusi negli anni in cui li abbiamo commessi come statue, tipo delle sculture che il tempo consuma e alla fine sgretola. Gli errori che facciamo sono... tipo un'infezione, secondo me. Una malattia che pian piano si piglia tutto, parte dal punto in cui te la sei presa e ti uccide.» Si fermò, chiuse e riaprì gli occhi. «E io... io questo l'ho capito tardi, credo.»

Altro silenzio.

Per la prima volta Niccolò, pur senza la certezza di aver capito, desiderò abbracciarlo, ma scacciò via l'idea.

Continuarono a passarsi la vodka, lenti, e a bere. Batman fluttuava su di loro. Solo quando la bottiglia fu mezza vuota, il cielo una coperta nera priva di stelle, decisero di cercare un posto dove mangiare.

Camminando sul lungomare notarono un ristorante che pareva meno insulso degli altri, La cambusa del capitano. E optarono per quello. Niccolò, davanti all'ingresso, si slegò il palloncino dal polso e guardò il padre. Quello annuì e lui lo lasciò andare. Batman, con l'infanzia inesistente di Niccolò, fantasia del padre, venne inghiottito dal buio, e loro traversato il molo furono al ristorante. Il locale era ampio e caldo, grazie al lavoro delle pompe di calore, con le pareti tutte vetrate e circondate dal mare. Un cameriere, in un completo candido, li condusse in fondo alla sala. E padre e figlio sedettero al loro tavolo.

Niccolò, guardandosi attorno, si sentì nel suo ambiente.

Gente elegante, stavolta ben vestita per davvero. I lampadari, cristalli pendenti dal soffitto di legno scuro, proiettavano lamelle di luce calda in tutta la stanza. Finestre linde, tavoli foderati da tovaglie ben stirate. La sala era sul mare, poggiava su una pedana che dalla terraferma si proiettava sull'acqua per una ventina di metri.

Entrambi erano già alticci ma ordinarono comunque due bottiglie di bianco e poi, senza prendere fiato: linguine allo scoglio, chitarre con l'astice, spaghetti con i ricci, aragosta, tartare di tonno, gamberoni alla griglia.

Mangiarono a scoppiare. Il cibo era buono, ben condito, ben cotto, ben impiattato. Si scolarono entrambe le bottiglie di vino, ne ordinarono una terza e si fecero pure una fetta di torta alle noci. Chiesto il conto, il padre tirò fuori la mazzetta dallo zaino, la srotolò sotto gli occhi del cameriere e, una volta saldato, gli mollò una mancia da trenta euro. «Per la mastoplastica di tua moglie» disse.

Uscirono, sedettero sulla ringhiera dietro agli scogli e finirono la vodka.

Dopo un po' notarono un baraccone, dall'altra parte della strada, con due montagnole lardose d'uomini a preparare crêpe, waffle, pancake, cialde. Colorato, lungo e con fili luminosi simili a quelli che si aggrappano agli alberi di Natale ad arrampicarsi ovunque. "Dai fratelli belli" recitava l'insegna un po' acciaccata. Niccolò trovò fosse una scena triste. Di clienti non ne avevano e i fratelli belli, brutti come una carestia, sembravano presi a interrogarsi sul significato delle loro esistenze, vuote in modo evidente. Il padre, com'era prevedibile, attratto da quello scempio, prima che Niccolò potesse protestare si mosse in direzione del camioncino.

Checcazzo.

Gli andò dietro. Suo padre gli chiese cosa volesse e lui, certo che stare lì a obiettare che quei dolci schifo non li voleva non sarebbe servito a niente, optò per un waffle. Ne presero due, tutti ricoperti di cioccolata fusa, Smarties e scaglie di qualcosa che sembrava cocco, fin troppo secco e vecchio. Rifecero la strada e tornarono ad appollaiarsi sulla ringhiera accanto al ristorante. E lì, armati di forchettine di plastica, si spazzolarono i dolci.

«Buoni, no?» bofonchiò il padre con la bocca piena.

«Mhmm» mormorò Niccolò, era buono, sì, ma non gli avrebbe dato alcuna soddisfazione. «C'è troppa cioccolata.»

«La cioccolata non è mai troppa, figlio mio.»

Figlio mio.

«Non mi c'hai mai chiamato, così.»

«Così come?»

«*Figlio mio.*»

«Ma tu *sei* mio figlio» obiettò il padre con una naturalezza stronza.

«Io questo lo so. Sei tu che te lo dimentichi, ogni tanto.»
«Sei ingiusto.»
«Fai sul serio?»
Coglione.
Il padre si chiuse nelle spalle.
Il paese era zitto, come se l'intera popolazione si fosse acquattata e messa in ascolto di quei due stranieri con un modo bizzarro di traversare l'esistenza. Il mare non scrosciava più, stava alle loro spalle come una lastra di pietra. Il cielo era una coperta nera e pesante.
«E comunque» disse d'un tratto il padre, infilandosi l'ultimo boccone tra le labbra e posando il piatto vuoto sul muretto «non me lo dimentico mica, che sei mio figlio.»
Niccolò lo fissò, poi attaccò il waffle e riprese a mangiare. Non aveva voglia di farsi intrappolare in uno dei suoi macchinamenti inutili e intricati. Sentiva il cervello gravargli come un'appendice estranea. Dovevano essere i pensieri di cui il genitore lo aveva infarcito in quei giorni: il suo corpo sembrava volesse rigettarli.
«Se lo pensi...» ritentò. «Se pensi che lo dimentico, diciamo, non...»
«Possiamo evitare, per favore?» lo interruppe Niccolò.
«*Evitare* cosa?»
Lui mollò il piatto, rimaneva l'ultimo pezzetto di waffle, e, allargando le braccia, disse: «Questo». Scosse il capo, si pulì le labbra impiastricciate con le dita. «Stai sempre a complicarti la vita. Sempre a sforzarti con 'sti pensieri che dovresti lasciare andare ebbasta.»
«È così che fai tu? Lasci andare tutto e basta?» gli chiese il padre.
«Sì» si sentì dire lui.
«Avevi la risposta pronta.»
«Era una domanda semplice. E pure abbastanza del cazzo.»
Il padre annuì, ma più tra sé che al figlio.
Perché non fai il papà ebbasta? Perché non puoi essere normale?

Ogni tanto Niccolò pensava che qualcuno da chiamare "papà", in effetti, l'avrebbe voluto. Qualcuno a cui appellarsi da piccolino di fronte a un dubbio, qualcuno da cui andare per un abbraccio, per un pomeriggio davanti alla tivù. Ogni tanto Niccolò sentiva la mancanza di tutto ciò che non aveva mai avuto, come se l'avesse posseduto, quel qualcosa, e poi gliel'avessero rubato, sottratto di colpo dalle mani. E allora s'incazzava.

Si alzò, si pulì le mani sui jeans e si accese una sigaretta, sperando che il padre proponesse di tornare al b&b, ma quello non accennò a muoversi.

«Sai, non penso che funzioni proprio proprio così» disse invece.

Niccolò sbuffò. «Di che parli?»

«Ti riempi e ti svuoti. *Lasci andare.* Ma solo perché hai l'età che hai. Capisci?» Si accese una sigaretta pure lui e cacciò una nuvola al cielo. «Voglio dire, arriva un momento in cui non puoi più farlo, no? Arriva un momento in cui non puoi più lasciar andare, in cui non puoi più svuotarti: quello che sei è ciò che sarai per sempre. È naturale ed è meglio se lo sai prima, che non potrai più farlo, a un certo punto.»

Niccolò non rispose. Sentiva una certa voglia di piantargli un cazzotto in piena faccia. Ed era più concentrato sul reprimere quel desiderio che sulle parole di suo padre.

«Capisci che intendo?» tornò alla carica il padre.

«È tardi. Andiamocene a dormire, dài. C'hai tutta la strada domani per fare 'sta filosofia del cazzo che ti piace così tanto.»

Quello rise. «Dico solo che bisogna stare attenti.»

«*Attenti* a cosa?» gli venne fuori, di getto.

«Senti, voglio solo che tu non faccia i miei errori, ok?» Il padre saltò giù dalla ringhiera e gli andò incontro. «Che tu la veda adesso, questa cosa.»

«*Questa cosa* cosa?»

«Che un po' di quello che sei stato lo sarai per sempre, e

che arriva per tutti un momento in cui ci si blocca, e cambiare diventa impossibile.»

«Si può sapere perché ti complichi la vita a cazzo?»

Suo padre gli si avvicinò, erano a un palmo di distanza. Ritti, l'uno di fronte all'altro, gli sguardi intrecciati. «Lo capirai» disse, poi gli sorrise, tirò su una mano, lento, e, per la prima volta in vita sua, carezzò una guancia al figlio.

Niccolò, tanto vicino a lui da poterne sentire il respiro, in quel sorriso scorse qualcosa che gli fece venire voglia di piangere. Suo padre non faceva altro che sorridergli e fissarlo. E lui sentiva gli occhi bruciare.

Era come se in qualche modo quei discorsi comunicassero con una parte di lui più profonda. Forse con una parte superficiale che però non aveva ancora conosciuto. Non lo capiva, con chi o cosa dialogasse, ma di certo aveva accesso a una sorta di scatola nera dentro di lui. E quando blaterava di quelle stronzate, a Niccolò sembrava di ascoltare una canzone in una lingua sconosciuta. Una canzone di cui non capiva il testo e che gli faceva sciogliere lo stomaco e il petto e tutto.

Aprì la bocca per parlare, ma il padre lo anticipò.

«E comunque non me lo dimentico mai, che sei mio figlio.»

Camporotondo, estate 2000

Su e giù. Su e giù. Su e giù.

Cinque giorni dopo la sera con Riccardo, Teresa non era ancora capace di guardare la sua stessa mano senza sentire montare la nausea.

Il ricordo di quella notte era una sorta di anestetico. Teresa camminava e respirava e faceva le cose di tutti i giorni come in automatico, e osservandosi dall'esterno. Per l'intera settimana era riuscita solo a fare la spola dal letto al bagno, docce lunghe e ghiacciate, dal bagno alla cucina, latte e biscotti a tutte le ore del giorno, e dalla cucina al mare, dove si stravaccava a sonnecchiare.

Il mondo sembrava più confuso, più angusto, più marcescente.

Le canottiere e il costume a pezzo intero e il lenzuolino con le roselline l'asfissiavano, le davano il prurito e la facevano sentire sporca, come se tra gli interstizi del suo corpo si fosse raccolto un lerciume invisibile. Camminando per il litorale verso il punto in cui si arenava ogni mattina, poi, si sentiva addosso gli occhi di tutti. La fissavano, borbottavano che era lei quella che aveva fatto le cosacce in spiaggia. E Teresa desiderava soltanto spogliarsi della sua stessa pelle, scuoiarsi viva e liquefarsi. Eppure, l'unico a sapere che quella sera fosse uscita di casa era suo padre. Certo, non avrebbe potuto immaginare ciò che

Su e giù. Su e giù. Su e giù.

era successo, ma che fosse evasa dalla villetta lo sapeva. Il padre, però, non le aveva chiesto niente. E lei aveva tirato un sospiro di sollievo.

Una persona soltanto sapeva per filo e per segno cosa fosse capitato la notte di cinque giorni prima, ma pareva fosse sparita dalla faccia della terra. In cuor suo, Teresa aveva sperato che Riccardo la cercasse. Che si presentasse alla porta di casa e la baciasse; quel bacio che non le aveva concesso, che ancora le bruciava sulle labbra.

L'aveva immaginata più volte, la scena.

Lui che bussava alla portafinestra, lei che apriva. Lui che le diceva di amarla, lei che, dopo un piantino dei suoi, gli rispondeva di amarlo a sua volta. Lui che le cingeva i fianchi e la baciava, lei che, adulta, rispondeva al bacio.

Era un film, il suo. Una romanticheria da due soldi, da bimba. Se ne rendeva conto. Pochi minuti dopo aver fantasticato si sentiva cretina, e tornava il senso di vergogna per

Su e giù. Su e giù. Su e giù.

quel che era successo.

Se non avesse raccontato a qualcuno ciò che le era capitato, il peso che sentiva addosso l'avrebbe spezzata, resa pazza, uccisa. Ma quel giorno stesso avrebbe potuto farlo. Liberarsi, raccontare ciò che era successo e

Smettila di dire in questo modo, non è "successo", l'hai fatto. Sei stata tu a volerlo. È colpa tua. Tua e basta.

fare la domanda che le scassava la testa: era una cosa normale quella che le era capitata o aveva fatto una cosa *sbagliata*?

Oggi, infatti, sarebbe arrivata Elena.

L'amica dei vestiti segreti, la sola che avesse. L'unica di tutta la scuola che sopportasse Teresa nonostante fosse strana, diversa, bimba. Erano amiche dalle medie, quando entrambe erano piccole davvero. Elena poi era cresciuta, come le altre, mentre lei era rimasta bimba. Non lo capiva, per quale ragione Elena la frequentasse. Le sere a sfogliare "Ragazza moderna", "Top Girl" e "Cioè", a rimpinzarsi di patatine e a parlare dei ragazzi con cui Elena faceva cose. Lei era bella, intelligente, popolare. Eppure aveva scelto Teresa.

Ogni anno Elena veniva giù, al Sud, e trascorreva due notti in casa di Teresa, al Villaggio. Non era che una tappa. Passava di lì per andare dagli zii, a due ore di autobus da Camporotondo, dove trascorreva un mese con i cugini più grandi, con cui andava a feste e faceva un mucchio di altre cose.

Teresa aveva aspettato quel giorno trattenendo respiro e vomito.

Elena l'avrebbe aiutata, le avrebbe detto che fare, le avrebbe spiegato ogni cosa. E il mondo sarebbe tornato ai colori di sempre, a quei grigio e nero che odiava e a cui però si aggrappava con tenacia.

Si alzò, togliendo le lenzuola che le si erano attorcigliate alle gambe e che adesso volevano tenerla lì, nella culla. Andò in cucina, le pareti verniciate dell'arancione del primo mattino, e preparò latte e biscotti. Poi, camminando piano e attenta a non far tracimare il latte dalla tazza, aprì la portafinestra, da cui non era mai arrivato Riccardo, e sedette sul dondolo nel portico.

Il sole, liquido e tremolante, nasceva ora dal mare. La spiaggia deserta, l'acqua di granito, il profumo di salsedine ad appestare tutto. Teresa si guardò attorno, tra le mani la tazza, e si sentì molto sola. Quando sentì rumore di stoviglie alle sue spalle si alzò e tornò in casa.

Trovò i suoi in cucina, scemi di sonno.

Il padre leggeva "la Repubblica" sorseggiando caffè lungo, la madre era tutta presa a sgranare il suo rosario, in piedi accanto al lavabo. Vedendola già sveglia, le lanciò un'occhiata indagatrice.

«Oggi arriva Elena, sono contenta e... non riuscivo a dormire» mentì.

«A che ora?» chiese il padre.

«L'autobus arriva in via Polo alle dieci, come gli altri anni.»

«Già che ci siete, dovete prendere delle cose» disse sua madre. «Pane, pizza secca e biscotti.» Piantò gli occhi su Teresa. «Qualcuno in questi giorni se n'è fatti tre pacchi, di quelli. Ma tanto i soldi crescono sugli alberi, no?»

Teresa abbassò lo sguardo.

«Preparati, allora» disse lui alla figlia. «Usciamo alle nove.»

«Posso andarci da sola, in paese» rispose lei; non le andava di passare con lui i quindici minuti che li separavano dal paese, aveva paura che le chiedesse spiegazioni su *quella* notte. «Prendo la navetta.»

«No» s'inserì sua madre, pronta, «c'andate assieme. Non vedo perché dobbiamo spendere pure i soldi per quello schifo di navetta. Ci verrei anch'io, ma oggi è il mio turno di raccogliere le offerte alla parrocchia e Rita Lini non aspetta altro che mi assenti per pigliare il mio posto e...» Si fermò e scosse il capo, arricciando le labbra.

«Alle nove» ripeté lui alla figlia, facendole l'occhiolino.

Teresa forzò un sorriso e uscì dalla cucina.

S'infilò in doccia, l'ennesima di quei giorni, e quando si sentì addosso il profumo del bagnoschiuma mandorle e cocco si sentì un po' più pulita; una sensazione che sarebbe durata poco, lo sapeva. Indossò la roba meno cretina che avesse e, spazzolati capelli e denti, fu pronta.

Uscì con suo padre con cinque minuti di anticipo.

In silenzio, fecero la via che tagliava le campagne. Teresa, mani giunte sul ventre, ascelle bagnate, fissava la strada lanciando brevi occhiate al padre.

Adesso mi chiede cos'è successo. Adesso me lo chiede e poi racconta tutto a mamma e sono finita.

Uscendo dal Villaggio e durante il primo pezzo di strada, Teresa ebbe l'impressione che il mondo si fosse ingrigito di botto. I colori tirati via, come risucchiati da un aspirapolvere gigante piazzato su Camporotondo. Il cuore le rimbalzava nel petto impazzito. I palmi delle mani sudavano tanto che doveva asciugarli di continuo sulla canotta. Di saliva in bocca non ne aveva più e con la lingua era costretta ad andare da una parte all'altra. Era certa che suo padre l'avrebbe interrogata, e messa all'angolo, per farle vuotare il sacco su ciò che aveva fatto quella notte così da riferirlo alla madre, poi. E quasi non respirava.

Nella sua mente fece capolino la sala interrogatori di "Starsky & Hutch". A lei non piaceva, troppe pistole e troppe persone che urlavano, ma alla madre sì, e costringeva spesso figlia e marito a guardarla. Ora, nell'auto con il padre, Teresa immaginò di trovarsi nella saletta, grigia e fredda, che i due poliziotti utilizzavano per torchiare assassini, ladri e vattelappesca. Al posto loro, però, c'erano i suoi genitori. Lei, in lacrime su una sedia di metallo ghiacciato con i polsi ammanettati sul tavolo. I suoi a fare avanti e indietro, di fronte a lei, e a farle un mucchio di domande su dove fosse andata, con chi fosse stata, su cosa avesse fatto. Suo padre era il poliziotto buono, che le bisbigliava a un orecchio che non sarebbe uscita da quella situazione, che era meglio dire la verità. Sua madre quello cattivo, che urlava e sbatteva le mani sul tavolo e minacciava di spedirla al collegio delle suore Orsoline.

Si voltò a guardare il padre. Stava per confessare tutto ma poi, dal nulla, qualcosa dentro di lei la bloccò. E i suoi occhi tornarono alla strada, zitta.

Lui non solo non fece alcun cenno a ciò che era capitato, ma non parlò per tutto il tragitto. E a destinazione Teresa si ritrovò a odiarlo.

Fu un cambiamento tanto repentino quanto strano. Passò dal terrore di essere scoperta al desiderio di essere alleggerita dal peso di quel segreto. Alla speranza che lui, per una volta, si interessasse alla sua vita e cercasse di entrare nel suo mondo. Voleva sentirlo vicino, fosse stato pure per una cosa che con ogni probabilità l'avrebbe condotta dritta

dritta alle urla e agli strepiti di sua madre. Ma no, nulla. E Teresa per questo lo detestò.

Quale padre vede la figlia tornare di notte, confusa e spaventata, e non parla? Quale padre non trova la figlia nel letto e non indaga, non chiede, non fa domande, non inquisisce? Quale padre non sbraita, non punisce?

Un padre morto.

Sì, suo padre era morto. Pure se quella sera era sopravvissuto, pure se i paramedici lo avevano salvato, lui era morto lo stesso.

Dicembre, due anni e mezzo prima.

Rientrata con la metro dalle ripetizioni di chimica, Teresa non vedeva l'ora di spaparanzarsi sul divano e, facendosi la pizzetta con il prosciutto cotto e i würstel del panificio sotto casa, guardare "Beverly Hills 90210". Sua madre era al lavoro, e sarebbe tornata dall'ufficio di cui era segretaria all'ora di cena. In casa avrebbe trovato solo il padre. Mollato lo zaino in stanza, era andata in cucina per scaldare la pizzetta in forno, e poi in soggiorno, ma del padre non c'era traccia. Luci spente, aria sospesa. Tornata in cucina, la pizzetta che iniziava a fare un bel profumo, aveva visto un bigliettino sul tavolo. Era un pezzetto di carta mezzo stropicciato; sopra, poche parole tracciate con la grafia elegante di suo padre: "Era tutto troppo". Teresa aveva letto la frase più volte, con una strana sensazione nel petto, e aveva deciso di chiedergli spiegazioni. Era andata in camera dei suoi: deserta. In balcone: vuoto. Nello studio: niente. Ed era stato allora che il silenzio della casa, denso come avesse avuto corpo, aveva iniziato a parlarle, a sussurrarle cose che non capiva e che però sentiva. Ed era stato allora che il cuore aveva preso a martellare. Eppure, in testa non aveva nulla, era vuota come l'appartamento; e nei giorni successivi, Teresa si era detta che il corpo l'aveva compreso prima del cervello, che quel pomeriggio si era consumato un atto osceno. Con il pezzo di carta tra le dita tremanti, gambe deboli e bocca asciutta, era andata verso l'unica stanza in cui non era entrata. Il bagno. Aveva sgambettato lungo il corridoio, sulle punte per mimetizzarsi con la quiete che la circondava, e aveva bussato. Tre colpetti leggeri con le nocche esangui, che nel silenzio divoratore dell'appartamento avevano prodotto un gran baccano. Ma niente, nessuna risposta. L'aveva fatto di nuovo, più forte: niente. Di nuovo, di nuovo e di nuovo: dall'altra parte pareva ci fosse il vuoto. Eppure, in bagno qualcuno c'era. Teresa lo sentiva, ne era certa. Così, lenta, le gambe che minacciavano di abbandonarla e la testa che vorticava e il torace che faticava a incamerare aria, aveva abbassato la maniglia. Piano, aveva dato una spintarella alla porta, che aveva strillato in un lungo cigolio sommesso. E il mondo era precipitato, in caduta libera verso un baratro buio ed eterno. Per una frazione di secondo, Teresa aveva visto solo nero. Di aria non era più riuscita a prenderne, il petto schiacciato da un peso allucinante. Una vertigine l'aveva quasi atterrata. Ma non aveva gridato, non si era mossa: immobile sull'uscio, era rimasta a fissare il padre che moriva nella vasca da bagno. Occhi chiusi, labbra ceree, braccia porpora; le maniche della camicia a quadretti tirate sopra i gomiti. La testa in una posa innaturale sul bordo della porcellana. La pelle del volto tirata, lucida, giallognola sotto la luce della lampadina che, pensò lei, pareva illuminasse il corpo come i faretti del teatro a scuola. Di fianco alla vasca, sulle mattonelle bianche, una pozza porpora, densa, che sembrava voler inondare il bagno, la casa, il mondo; lambendo il tappetino menta di fronte al lavabo, lo macchiava di marrone. Teresa, sulla porta, non aveva sentito neanche di dover vomitare. Il fiotto, acido e bollente, era uscito dalla bocca all'improvviso. Si era piegata e aveva dato di stomaco, insozzandosi scarpe e capelli. Era tornata a guardare il padre, e aveva sentito un dolore al petto. Erano passati secondi, minuti, ore, giorni, settimane, mesi, anni quando, come se qualcuno l'avesse destata da un sonno profondo, si era mossa. Uscita di casa, era salita e aveva bussato ai Risi. Quando il figlio di sei anni aveva aperto la porta, lei non aveva parlato, ancora una volta non si era mossa. Si era solo limitata a fissarlo, sporca di vomito, e il bimbo aveva urlato un *mamma* spaventato. La donna era arrivata correndo e Teresa senza parlare l'aveva portata di sotto, dove suo padre stava lasciando il mondo. Era stata lei a urlare, era stata lei a chiamare l'ambulanza. Teresa si era seduta sul divano, zitta, le gambe a signorina come le aveva insegnato sua madre, e aveva puntato gli occhi sulla parete di fronte, dove si era aperto un buco nero che si preparava a ingoiare la sua famiglia. La vicina di casa intanto non aveva fatto che urlare, correre finché non erano arrivati i soccorsi. Teresa, mentre tutto esplodeva, non si era mossa. L'odore della pizzetta che bruciava in forno, assieme a un forte puzzo di sudore e vomito e ospedale, aveva preso ad appestare gli angoli della casa. Le si era pure infiltrato nel naso, ottundente, schifosissimo. E lei, per non farsi rimpinzare da quel fetore, aveva preso una ciocca di capelli e ci aveva affondato la faccia; e il Garnier Ultra Dolce all'albicocca aveva riempito il suo mondo. Poi, il buio l'aveva divorata.

Il padre non era morto, ma era riuscito comunque sia a uccidersi sia a sterminare la sua intera famiglia.

Erano malati terminali, i Vasta. S'infettavano a vicenda, alimentando l'uno il morbo degli altri, dacché Teresa potesse ricordare. Era chiaro a tutt'e tre. Ma suo padre, quel pomeriggio di dicembre, aveva accelerato il processo. E adesso la sua famiglia, agli occhi di Teresa, era di morti che camminavano.

In paese, ancora in silenzio, comprarono ciò che Maria aveva ordinato di prendere. Pane, biscotti, pizzette. Latte, acqua, detersivo per il bucato. Usciti dal supermercato e infilate le buste della spesa nel cofano della Panda, Teresa fece per entrare in auto e sedersi al suo posto quando il padre, parlando piano, le disse di seguirla. Lei, sbuffando un po', obbedì. Lasciarono la Panda infilata a spina di pesce davanti al Conad, attraversarono la strada, era il corso principale, e camminarono fino alla piazza. Lì il padre si fermò e le indicò il negozietto di cosmetici. Era minuscolo. La merce, scatoline opache e ingiallite dal sole, foderata da uno strato di polvere spesso e triste.

Teresa non capì, e con lo sguardo chiese spiegazioni al padre.

In risposta lui le allungò dei soldi. «Comprati qualcosa.»

«In che senso?»

Lui si chiuse nelle spalle.

Teresa si girò e guardò la vetrina del negozio. «Non capisco.»

«Ho solo pensato che magari vuoi dei trucchi, magari. Un rossetto, un...»

«Un rossetto?»

«Be', sì. O forse uno... uno... non lo so, uno smalto?»

«Ma perché dovrei volere dei trucchi?»

Lui fece su e giù con le spalle.

Teresa non sapeva che dire, cosa pensare. Il padre non aveva mai fatto nulla del genere. E la ragione per cui ora volesse comprarle dei trucchi non riusciva a capirla. Doveva avere a che fare con la sera in cui l'aveva vista tornare tardi e di nascosto: non c'erano altre spiegazioni possibili. Che fosse una minaccia? Una punizione? Voleva farla sentire in colpa? Voleva dirle "Ok, visto che ti credi grande, un'adulta, comprati un rossetto, vediamo se lo sei davvero". No, non era da lui. E se invece avesse capito, compreso? Se avesse intuito che sua figlia aveva bisogno di cose del genere, per uscire dal mondo narrato sempre e solo dalla moglie, da sua madre?

Se fosse un'offerta di pace?

Guardò di nuovo la vetrina, poi tornò al padre: le stava sorridendo. Un sorriso che, per chissà quale ragione, le sembrò sincero, bello. Teresa si trovò a sorridergli in risposta, i denti si erano scoperti da soli, come non fosse stata lei a deciderlo. E, ancora come se il corpo fosse sfuggito al suo controllo, vide le sue mani prendere i soldi da quelle del padre e i piedi portarla nel negozio e le dita scegliere e pigliare e pagare un rossetto a caso e metterselo in tasca.

Di nuovo fuori, sul marciapiede con il padre, sentiva il cuore battere a un ritmo lento e leggero. Il sorriso era ancora lì, così come quello del genitore.

Andarono in via Polo. L'autobus arrivò qualche minuto dopo e vomitò i suoi passeggeri. Un omone in canotta bianca che si sbafava una mafalda con la mortadella, una coppia di anziani che fissava tutti con schifo, alcuni ragazzi pieni di tatuaggi e piercing che bevevano Moretti. Elena, un trolley rosa, le lettere LV stampigliate ovunque, scese la scaletta, andò loro incontro e si tuffò su Teresa avvoltolandola in un abbraccio alla vaniglia.

«È andato bene il viaggio?» le chiese il padre di Teresa.

Lei scrollò le spalle. «Come ogni anno. Non cambia mai niente, qui.»

«Be'» fece lui, «anche tu non cambi mai. Bella come sempre.»

«Prendi la valigia e andiamo, papà» s'intromise Teresa.

Il padre aveva ragione, Elena era bellissima, ma mica poteva dirlo lui.

Cascata castana e liscia raccolta in una coda morbida, occhi grandi, naso all'insù. Pelle perfetta grazie a tutti gli intrugli che usava, denti bianchi, dritti come aveva ordinato l'apparecchio ortodontico. Elena era alta, tonica e magra; non una magrezza eccessiva, come quelle che a scuola i maschi definivano "ossa per i cani": era magra in modo giusto. Da poco aveva iniziato a fare la modella, sagre di paese, centri commerciali, ma il sogno era la tivù. Spesso costringeva Teresa a guardare "Passaparola", e quando le Letterine sfilavano lei, serissima, le imitava, sculettando e ammiccando a un pubblico immaginario.

Giunti a casa, fermi all'ingresso della villetta, Teresa avvertì un senso di disagio che conosceva bene e che, come sempre, si costrinse a ignorare.

Il padre di Elena era un chirurgo estetico, sua madre aveva ereditato certi palazzi in centro e in famiglia di soldi ne avevano da buttare. Vivevano in una villa a tre piani. Giardino, piscina e dépendance con una saletta cinema. Vestiti firmati, auto sportive. In estate alle Maldive e in inverno in settimana bianca nella baita in Svizzera. Erano il ritratto della salute e della freschezza.

I Vasta vivevano in un appartamento sopra un ristorante cinese da cui si levava puzzo di fritto a tutte le ore. Il massimo del lusso per loro era la casa lì al Villaggio, comprata con i soldi lasciati dai nonni paterni. Ma anche quella era niente in confronto agli abiti costosi, ai macchinoni, ai viaggi.

Così, quando Elena veniva al Villaggio in estate, nell'appartamento a Paloma in inverno, Teresa si sentiva una poveretta. Un essere inferiore che Dio e la natura e la società avevano deciso di denigrare stringendo un patto crudele. Un senso di vergogna i cui colpi con il tempo aveva imparato ad assorbire.

Sua madre andò loro incontro con un sorriso largo sulla faccia porcina. Disse a Elena di sistemarsi. Aveva preparato il letto vicino a quello della figlia e in bagno avrebbe trovato asciugamani e un bagnoschiuma alla vaniglia. Poi, quando le due ebbero finito di sorridersi, Teresa portò l'amica in camera sua.

Elena disfece il trolley e indossò il costume; un due pezzi bianco con un D&G dorato al centro. Teresa, appollaiata sul letto a gambe incrociate, la osservava ammaliata. Pancia piatta, reggiseno pieno, sedere alto e sodo. E Teresa, senza accorgersene, si coprì con il lenzuolo i rotoli di ciccetta dell'addome che si intravedevano pure attraverso la canotta.

Tornarono in cucina.

«Vi ho preparato dei panini imbottiti» trillò la madre. «Mi sono detta che forse volete starvene per i fatti vostri, e così potete pranzare in spiaggia e tornare per cena, poi.» Consegnò loro uno zaino, con dentro anche due lattine di Coca e dei cioccolatini, e indirizzò a Elena un sorriso caldo.

Quando s'incontravano, sua madre si trasformava in un angioletto.

Sfilatasi di dosso la folle cattiveria che l'abitava quand'era con figlia e marito, diventava uno zuccherino. E Teresa, assistendo a quel cambiamento, si chiedeva sempre perché lei non se la meritasse, quella versione della madre.

Le due amiche attraversarono la spiaggia affollata. Bambini a scorrazzare ovunque. Ragazzi a giocare a racchettoni sul bagnasciuga. In mare, due moto d'acqua si inseguivano chiassosamente.

Sistemarono i teli e si tuffarono. Fuori dall'acqua fresca si spalmarono la protezione e si stesero; una al sole per abbronzarsi e una sotto l'ombrellone per non sudare. Elena intanto non la finiva di parlare di sé e Teresa, che adorava ascoltarla, le prestava ogni briciola di attenzione.

«Hai presente Gino Marchi?» chiese Elena. «Quello che a scuola arriva sempre colla moto pazzesca che fa un rumore pazzesco.»

«Ha gli occhi belli, lui. Molto blu» mormorò Teresa, quasi tra sé.

«Vabbè, Terri... gli occhi, sì. Comunque, ce la siamo fatta assieme.»

«Nooo!»

«Eravamo da Sofia Triglia, lui aveva una camicia Tommy pazzesca.»

«E avete fatto...»

«No, ma che schifo, Terri! C'è stato un lavoretto e basta.»

Teresa, indecisa, si esibì in una risatina squillante.

Avrebbe voluto raccontarle di Riccardo, le pareva un buon momento, ma il sole non la mollava. La illuminava, risaltava il suo corpo grasso e storto che non apparteneva a ciò che era successo. E decise di rimandare alla sera.

«E com'è stato?» azzardò.

Elena scrollò le spalle. «Ce l'ha piccolo. E curvo. Però non curvo tipo normale, sai, come ce l'hanno a volte, era... non lo so, curvo strano... all'ingiù.»

Scoppiarono a ridere.

«A quanti l'hai fatto?» le chiese Teresa dopo qualche minuto.

«Intendi cose tipo seghe e pompe?»

Lei, viso bollente di sole, sangue e vergogna, annuì.

«Buh. Si contano quelli con cui scopi, non 'ste cose.» Poi, stendendosi sulla pancia e slacciandosi il pezzo di sopra. «Una decina, penso.»

Teresa avrebbe voluto farle altre domande, ma decise di lasciar stare.

«Ehi, quand'è che torni da 'sto posto?» chiese Elena.

«Al solito, fine agosto.»

«Non ci sarò, i miei hanno prenotato 'sta crociera sui fiordi svedesi.» Scosse il capo. «Te l'immagini, due settimane in una nave coi miei? Mi sparo.»

«Ma la crociera dev'essere bella. A me da sempre piacerebbe una...»

«Sì, però ce ne siamo già fatte due. Cioè, anche basta, no? È figo, non dico di no. I maschi, la spa, la palestra, le piscine, la disco... c'è tutto, ok... epperò, dài, coi miei due settimane mi uccido, checcazzo.»

Teresa si disse d'accordo, ma non ne era sicura.

Chiacchierarono per tutta la mattinata. Il caldo, tremendo, s'insinuava ovunque costringendole a bagnarsi spesso. Pranzarono, panini con prosciutto, Sottiletta e un bel retrogusto di sale di mare e crema solare. Veloce, andò via anche il pomeriggio. Il sole calava, la spiaggia si vuotava. Elena aveva parlato per tutto il giorno di festini e ragazzi. Teresa, con un senso di leggerezza che non provava da settimane, non aveva fatto altro che ascoltarla.

Guardarono il tramonto, nel litorale di gente ce n'era poca. Gruppi di ragazzi che fotografavano il sole che scendeva sotto il mare, genitori che, sotto i gazebi, cercavano di vestire i figli che si dimenavano e frignavano e urlavano. Il faro, poco distante, che si preparava alla sua guardia. E rincasarono.

Il padre apparecchiava la tavola, la madre cucinava una pasta alla Ferragosto e friggeva una pila altissima di cotolette di pollo.

Si chiusero in bagno, accesero la radio portatile e, con Irene Grandi o Laura Pausini o Elisa a riempire l'aria, si prepararono, cantando e ridendo.

Il profumo di vaniglia del sapone, la musica, il vapore dell'acqua.

Teresa, tutta sorridente, si docciò per prima. Quando uscì, andò al lavabo per far spazio a Elena ma si bloccò, braccia penzoloni. Fu una frazione di secondo. Poi, rapida, prese l'asciugamano e si coprì dal collo alle cosce. Occhi bassi, si strinse il telo addosso e sbuffò. Elena non si era accorta di niente, o così pareva, e, continuando a canticchiare, s'infilò in doccia.

Per un istante erano state nude, l'una di fronte all'altra. Teresa grassa, con pezzi rossastri di sole e altri bianchicci di solitudine e i peletti del pube e delle gambe che ricrescevano tutti sgorbi. Elena magra, abbronzata in modo perfetto e senza peli in tutto il corpo.

«Vado in stanza» si sentì dire.

Si vestì, si pettinò i capelli, lasciandoli bagnati per combattere il caldo, e si sedette sul letto, immobile. Quando Elena fu pronta, presero posto a tavola. Mangiarono. La pasta, con una cremina di pomodori, zucchine e cipolle, e le cotolette, croccanti e oleose. Il padre, con un sorriso raro, versò nei bicchieri delle ragazze un dito di vino rosso e lo annacquò.

«Idiota» lo rimproverò la moglie, «hanno sedici e diciassette anni!»

Lui non rispose, ma il sorriso gli si sciolse in faccia.

La madre mangiava in modo diverso dal solito. Con i gomiti che non puntellavano la tavola, le labbra ben pulite. E tra un boccone e l'altro faceva a Elena un mucchio di domande. Se pensava già all'università, se con la danza volesse continuare, se i suoi avessero ancora casa a Capri. Teresa, ascoltando la madre e la sua migliore amica chiacchierare, si scofanava il bis di cotolette.

«Sai, sto cercando di convincerla a fare nuoto da anni» fece la madre, rivolgendosi a Elena ma parlando di Teresa. «Epperò niente, non vuole!»

«Eh, lei è fatta così» rispose Elena, vaga.

«È fatta male» tagliò corto. «E continua a ingrassare.» Bevve il vino. «"Fai piscina" le dico. "Ti si aprono le spalle" le dico. "Diventi più carina" le dico. Ma niente» e sorrise a Elena.

L'altra, rispondendo al sorriso, sentenziò: «Col tempo cambierà».

Teresa le guardò, e un po' le detestò.

Quando quelle due si trovavano nella stessa stanza la storia era sempre uguale. Confabulavano, chiacchieravano di lei come se lei, lì con loro, non ci fosse. E Teresa tutte le volte si sentiva come agli incontri genitori-insegnanti a cui la trascinava sua madre.

Mangiarono la macedonia, poi le ragazze tornarono in stanza.

«Ti va se andiamo in spiaggia?» propose Teresa.

«*Uh*, bagno di notte?» trillò Elena.

«Sì, perché no. Ma devo pure raccontarti una cosa che è successa e...»

«Massì, certo! Andiamo in spiaggia, sì.» Fece un sorriso largo. «Anche perché c'ho una cosetta che voglio che provi.» Si chinò e prese dal trolley una bustina di muschio simile a quella che aveva visto a casa di Riccardo. «Erba. Me l'ha data Immanuel. Sai l'egiziano in quinta H? Che poi, non sono razzista e lo sai, epperò fa riflettere ch'è proprio lui ad avercela, l'erba. O mi sbaglio, scusa?»

Teresa si disse d'accordo.

S'infilarono nei costumi ancora umidi e riattraversarono la villetta.

Dissero agli adulti che sarebbero andate in spiaggia, scesero i gradini marci della veranda e, quasi alla battigia, si sedettero sui teli da mare.

La luna, lattiginosa, i contorni sfocati, galleggiava nella volta buia. Le stelle erano fuggite tutte. Il mare immoto, una gigantesca lastra di pietra scura su cui si rifletteva il nulla. La spiaggia desolata. Lontano, il faro ora brillava.

Elena, esperta, preparò lo spinello. «Senti» iniziò, rivolgendo gli occhi a Teresa; erano così vicine da sentire l'una il respiro dell'altra. «È la tua prima, e gli può capitare, ai verginelli, che gli prende un po' male, ma stai serena.»

«Che significa "prende un po' male"?»

«Che ti pigliano le manie.» Lo disse come fosse un'ovvietà.

La voglia di provarla, l'erba, non l'aveva mai neanche sfiorata. Quella era l'anticamera della droga pesante, diceva sua madre. E, anche se lei non lo sapeva, a cosa si riferisse, nella sua testa vedeva i tizi sporchi e vestiti di stracci che, sotto i portici in centro, chiedevano l'elemosina; sua madre, passando di lì, le sussurrava sempre: "Li vedi, a questi? Sono drogati. Peccatori".

«Ma che sono le manie?» domandò Teresa. «Ele, senti, non so se è...»

«Eddai!» si lagnò. «L'ho portata per te! Eppoi» continuò, guardandola negli occhi «non puoi farmi fumare da sola. È la regola.»

«Non mi pare una regola vera» s'insospettì Teresa, e ridacchiò.

«Oh, ma che ne vuoi sapere tu!» la rimproverò, ridendo pure lei. «Dài, fidati di me.» Sbatté le palpebre in un'occhiata dolcissima e tutta per Teresa.

«Non lo so, Ele.»

«M'hai davvero così paura?» le chiese, secca.

Perché continuavano tutti a farle quella domanda?

Eh, mica ci vuole un genio per capirlo.

Lenta, Teresa si guardò attorno, e non riuscì a vedere niente. Era come se la notte avesse inghiottito ogni cosa. Restavano solo loro che, sotto la luce pallida della luna, splendevano come un incendio nel deserto.

E allora brucia, ragazza. Lasciati andare.

Non sarebbe divampata di certo per una canna, di quelle i compagni a scuola ne facevano di continuo. No, non era lo spinello in sé, ma il gesto. Era come il filetto con Riccardo il venerdì prima, come ciò che

Su e giù. Su e giù. Su e giù.

era capitato in spiaggia con lui.

Il volto crucciato, arrabbiato di sua madre si materializzò nella sua testa. Aveva già mangiato la carne di venerdì, adesso stava pensando di fumare una canna. Ma cosa stava facendo? Che le prendeva? Quella non era lei.

Perché, chi sei tu?

Non lo sapeva, non davvero.

Mangiando il filetto, e uscendo di nascosto con Riccardo, aveva avuto paura di sentirsi sporca, poi. Di sentirsi una poco di buono, una *sbagliata*, una cattiva. Aveva temuto che quel tradimento, nei confronti della madre e di tutto quel che era stata finora, le si potesse incastrare dentro e sedimentare in una roccia indistruttibile. Un sasso che, piazzatosi nello stomaco, non sarebbe mai più andato via. Ed era successo, sì: il sasso era comparso, ma non era pesante come si era aspettata e, piano piano, sembrava si fosse addirittura alleggerito. E poi, in effetti, la madre non faceva altro che complimentarsi con Elena. Non faceva che ripeterle che era bella e brava, una ragazza perfetta, in pratica. Che male c'era, quindi, a somigliarle un po' di più?

Sorrise all'amica e le disse che sì, ok, avrebbe fumato.

Elena esultò e accese la canna. Fece qualche tiro, poi le spiegò come fare. Passò lo spino a Teresa e lei, dita tremanti, la imitò. Saporaccio schifo, acido. Tossì a lungo e quando tornò a Elena, vedendola ridere, rise pure lei.

Piano piano andò meglio e dopo un po' riuscì a fumare senza abbaiare.

Qualche minuto e la canna era finita.

«Come ti senti?» le chiese Elena, studiandola con un sorriso lezioso.

Teresa ridacchiò. «Bene... credo.» Si passò la lingua sulle labbra, non aveva più saliva. «Forse ho la testa un po'...»

«Leggera?»

«Eh.»

Scoppiarono a ridere.

E da quel momento Teresa riuscì ad avvertirsi solo in astratto.

Per un po' risero e basta, quando l'eccesso si fu spento, Elena le chiese cosa dovesse raccontarle e Teresa, affidandosi alla notte, disse ogni cosa. Dal Conad alla notte lì nel litorale con Riccardo.

Su e giù. Su e giù. Su e giù.

Finito, mormorò un flebile «Non so che fare».

«Ma che significa "non so che fare", scusa?» disse Elena. «Cioè tu seghi un tizio, e quello neanche ti bacia? Devi mandarlo affanculo, ecco cosa.»

«È tanto grave?»

«Cazzo, è gravissimo!»

«Ma perché non l'ha fatto? Cioè, forse non sono stata brava e...»

«Teresa, ma che porcaputtana dici?»

Lei si zittì.

«Voglio pensare che a farti dire 'ste merdate è la canna» sbottò. «Non fotte un cazzo se sei stata brava o meno. Tu gli stavi facendo un favore, a 'sto qui, non è il contrario. E quello come minimo ti doveva baciare.»

«Ma perché non l'ha fatto?» implorò di sapere Teresa.

Elena la fissò, si vedeva che in bocca masticava la risposta, ma quando parlò disse solo: «Non è importante. È uno stronzo e basta».

Teresa annuì.

«Si può sapere come t'ha convinta a fare una cosa del genere, *a te*?» le chiese. «Tu a 'ste cose non c'hai mai pensato, manco lo sapevi, ch'erano. E di botto questo ti piglia la mano, se la mette nelle mutande e tu lo seghi?»

Teresa fece per parlare, ma l'altra la bloccò.

«E non dirmi ch'è stato l'alcol! L'ho inventata io, 'sta scusa.»

Lei richiuse la bocca.

Silenzio, poi Elena: «Scusa, sono stata troppo dura. È che tu non...».

«No» stavolta fu lei a interromperla, «credo... non lo so, credo forse che avessi bisogno di questo. Di un... boh, di un rimprovero.»

«Non ti sto rimproverando. Non hai fatto una cosa sbagliata, ma...»

Teresa, sentendo quelle parole, le si tuffò addosso e l'abbracciò.

«L'ho fatto perché mi piace» bisbigliò quando si furono sciolte.

«Ti piace?» fece Elena, stranita.

«Eh.»

«'Sto tizio. A te ti piace 'sto tizio. Mi stai dicendo questo.»

«Sì.»

«Cioè a te ti piace uno che si fa segare senza baciarti?»

«Mannò, mica è per quello... Cioè, ha dell'altro che mi piace, credo.»

Tipo cosa? si chiese, rendendosi conto di non saperlo.

Elena annuì, lenta. «Lo capisci, però, ch'è un coglione, no?»

«Sì, direi di sì» rispose, *no, non lo è*, pensò.

«Lo vuoi?» chiese Elena; pareva stesse parlando di un gelato al bar.

«In che senso *lo vuoi*?»

«Eh, in che senso, Terri, c'ha un senso soltanto.»

Teresa avvampò e prese a torturarsi le dita. «Però io non so se...»

«Gesù, ma finiscila!» s'incazzò l'altra. «O fai la grande che tira seghe a maschi sconosciuti o fai la bambina che c'ha paura di tutto. Scegli.»

«Io...» tentò Teresa. «È che... è che non lo so.»

«Non sai *cosa*?»

«Non so quale sono delle due! Io non... non so quale sono delle due e mi fanno schifo entrambe. Mi faccio schifo quando sono sia l'una sia l'altra.»

Elena sbuffò, e Teresa si sentì inondata da un moto di vergogna.

«Terri, ascolta...» cominciò Elena.

«Scusa» la interruppe Teresa, vomitando la parola. «Scusa, scusa, Ele, io non...»

«Ma perché cazzo ti stai scusando?»

Teresa ammutolì.

«Ok» riprese Elena, «intanto calmati. Ok?»

Lei annuì.

«Mi pare che qui ci stiamo allontanando dal punto.» Scacciò un insetto invisibile, le posò le mani sulle spalle e affondò lo sguardo nel suo. «Lo vuoi, 'sto tizio?»

«Sì. Lo voglio» si sentì dire.

Elena annuì, poi scosse il capo. «Ok, però dev'essere messo agli atti che io non sono d'accordo con 'sta cosa.»

«Perché?»

«Ma perché questo è uno stronzo, Terri. È uno di quelli che ti usano fin'a prosciugarti tutta la vita che c'hai dentro eppoi ti mollano vuota. Non va bene, credimi. Ma è il tuo primo, e i primi sono sempre uno schifo.»

«Mi aiuti?» le chiese; non ne capiva il motivo, ma si era incaponita, e pure se non sapeva cosa significasse *averlo*, di certo adesso sapeva di *volerlo*.

«T'aiuto, sì» sbuffò Elena. «Hai detto che 'sto coglione se

la fa al bar in spiaggia, no? Bene. Domani mattina ci facciamo strafighe e c'andiamo.»

Il cuore di Teresa mancò un battito. «No, aspetta, non è il caso di...»

«Non rompere il cazzo!» sbottò. «Facciamo come dico io, ok?»

Teresa, incerta, acconsentì.

«Ora, però, ci facciamo un altro tubo, che con 'ste paturnie m'è venuto il mal di testa» decise Elena, e si rimise a lavoro.

Fumarono ancora nella spiaggia nuda, buia. E per minuti lunghissimi non fecero che ridere e chiacchierare. Elena dal niente propose di fare il bagno e Teresa, cervello ottenebrato, sorriso perenne, la seguì.

L'acqua non era fredda, e l'avvolse benevola.

Immersa nel mare, il suo corpo grasso, orripilante abbandonato a riva, Teresa esisteva priva di ogni forma, priva di ogni linea, priva di ogni fattezza.

Paloma, inverno 2019

La pioggia si abbatteva sulla Fiesta con una violenza bastarda, pareva volesse fracassare la macchina e i suoi passeggeri. Il vento sferrava sberle potenti alle fiancate dell'auto facendola vibrare e sussultare. Era ancora pomeriggio, ma il cielo era di un nero incazzato e quando i fulmini lo venavano, percorrendolo da parte a parte, s'illuminava di un viola lugubre.

Il mondo stava affondando. Noè, estatico, sarebbe spuntato a momenti raccogliendo le bestie e lasciando che l'umanità annegasse nel suo miscuglio di acqua e merda. Nel diluvio, padre e figlio traversavano una strada desolata.

A destra della carreggiata, il nulla. A sinistra, il mare che si agitava e ribolliva come se nei fondali si fossero consumate esplosioni potentissime.

«Papà, dobbiamo fermarci» disse Niccolò per l'ennesima volta.

Non era preoccupato, solo che quella cazzo di pioggia gli dava il mal di testa, lo sbandare della Fiesta la nausea. Non ce la faceva più, a stare chiuso in quella latta. Finestrini sigillati, aria condizionata calda a palla, buio pesto. Nell'abitacolo, tra il fumo delle sigarette e i loro fiati, c'era un'aria pessima.

«Sì, ma dove?» ribatté il padre; scosse il capo, si accartocciò la faccia con le mani. «Pensavo che avremmo potuto fare più strada, io... il motel sulla cartina è a trenta chilometri e... mica potevo immaginare che...»

«Non possiamo usare il cazzo di Maps?» domandò Niccolò.

«No.»

«Ma perché?» sbottò. «Così vediamo se c'è un...»

«Ho detto no» tagliò corto. «Stiamo fuori dal mondo, noi.»

Niccolò bestemmiò tra i denti.

Qualche istante di silenzio, la pioggia tamburava selvaggia.

«Va bene» acconsentì suo padre, in un sussurro, «fermiamoci a una di queste cazzo di ville e chiediamo se sanno di un motel nelle vicinanze.»

Si riferiva alle case sul mare, a sinistra. Costeggiavano il litorale buio. Gigantesche e nuove e, all'apparenza, svuotate di ogni forma di vita.

Non c'ha senso. Con Maps ci sbrighiamo subito.

Ma state fuori dal mondo, voi.

E adesso 'sta cosa che significa?

Niccolò avrebbe voluto protestare, magari aprire Maps per davvero, il padre non avrebbe potuto impedirglielo, ma qualcosa lo fermava. Una vocina che nella moltitudine che gli affollava la testa non aveva mai sentito e che ora gli sussurrava cose strane, cose che captava a stento. Era la stessa che lo aveva convinto a imbarcarsi per quel viaggio. Dalla notte prima, dopo la cena in quel cesso di paese e dopo ciò che si erano detti mangiando i waffle sul lungomare, quella vocina aveva iniziato a pretendere la sua attenzione.

«Maccheccazzo, non ci sarà nessuno, in 'sti posti!»

«Ma dove?» rispose il padre.

«Lì.»

«*Lì* dove?»

«In 'ste cazzo di case, papà. In 'ste cazzo di case dimmerda.»

«Che ne sai?»

«È novembre, la gente c'andrà in estate, mica ora.» Niccolò si allungò sul sedile del padre e cercò una forma di vita qualsiasi. «Tant'è che sono tutte al buio, checcazzo.»

«Vabbè, se è così è pure meglio» decretò.

«In che senso?»

Niccolò non ebbe risposta.

Il padre svoltò a sinistra e, traversando la carreggiata opposta, s'infilò in una stradina accidentata che, tagliando il nulla, portava a una delle ville. Si immisero in un vialetto di ciottoli. Ai lati, inferriate alte. Lo percorsero per intero e giunsero alla casa, fermandosi nello spiazzo di fronte all'entrata.

Alta tre piani, di un bianco che nella notte pareva brillare, tutta spigoli, cemento e vetri. Tre cubi piazzati uno sopra l'altro che assieme si protendevano formando una veranda abitata da chaise longue di plastica e mobiletti di vetro. Dell'interno non si vedeva nulla, finestre scure e foderate di pioggia.

Sembrava non ci fosse nessuno.

Padre e figlio, nella Fiesta martellata dal temporale, stettero per un po' a fissare la villa, i fari dell'auto disegnavano coni di luce gialla sull'ingresso. Poi Riccardo, ordinando al figlio di restare lì e senza dargli il tempo di parlare, scese e s'immerse nel diluvio. Niccolò lo vide salire i gradini che portavano alla veranda, accostarsi all'ingresso e spiare l'interno. Premere il pulsante del citofono, poi scendere di nuovo la scalinata e sparire nel retro della villa.

Niccolò era solo nel nubifragio, adesso.

«Porcatroia, papà!» abbaiò all'abitacolo.

La pioggia batteva. I tuoni rintronavano. Il buio divorava.

Cercò il padre con lo sguardo, ma vedeva solo il portico illuminato dai fari della Fiesta. Mise la mano sulla maniglia della portiera, bestemmiò una e due e tre volte e stava per aprire e uscire a cercarlo, il cretino, il deficiente, lo stronzo, quando lui, zuppo d'acqua, spuntò dal nulla e rientrò in auto.

«Puttanaeva, perché fai 'ste cose?» sbraitò Niccolò.

«Ma che ho fatto, scusa?»

«Affanculo» gli urlò in faccia, dando un pugno al finestrino.

«Piglia le buste dell'Autogrill e seguimi» disse il padre, come se non lo avesse sentito, prendendo il suo zaino.

La pistola. Devo togliergli quella pistola.

«C'è qualcuno? C'hai parlato?»

Ma il padre uscì di nuovo dalla macchina e sparì come poco prima.

«Cazzo!» esclamò Niccolò. «Cazzo cazzo cazzo!»

Diede un pugno al cruscotto, prese le buste e ci mise dentro cellulare e scatola delle meraviglie. «Perché deve fare così? Perché, porcaputtana, perché?»

Stette per qualche secondo immobile sul sedile, guardando il buio che sbranava la villa; il padre aveva tolto le chiavi dalla toppa dell'auto, la tenebra era pesante. Poi, bestemmiando, uscì dalla Fiesta.

In pochi istanti si era già bagnato dalla testa ai piedi.

I capelli e il piumino e i jeans massacrati di pioggia. Il freddo pungeva, il vento schiaffeggiava. Costeggiò un lato della villa e raggiunse il retro. Non si vedeva nulla. Buio impenetrabile. Niccolò, fermo, braccia lungo i fianchi, stava per tornare indietro, quando sentì un rumore. Lo seguì, salì dei gradini, inciampando sul primo, che non aveva visto, e andò alla cieca. Batté le gambe contro qualcosa di duro e riprese a camminare. In fondo, una luce. Senza pensare, le corse incontro. E fu nella villa.

La porta si chiuse dietro di lui, le luci si accesero e il diluvio si spense.

Niccolò strizzò gli occhi e mise a fuoco.

«Che te ne pare?» fece il padre; ritto sulle zampe, fradicio pure lui, lo fissava con espressione soddisfatta. «Questa non è roba da poveracci, eh?»

«Ma... ma che... che significa?» balbettò lui.

«*Ma che significa* cosa?»

Niccolò aprì le braccia e le agitò, indicando ciò che aveva davanti.

«Non ti capisco» rispose il padre, e rise.

Poi, sicuro come se il posto lo conoscesse da cima a fondo, fece pochi passi e si addentrò nella villa. Niccolò, incerto, lo seguì.

«Papà, che significa?» ripeté.

«Significa che stanotte ce la spassiamo sul serio, no?»

«Non c'è nessuno?»

«Esatto.»

«E vuoi dormire qui?»

«Esatto.»

«A casa della gente?»

«Esatto.»

«Ma...» cominciò Niccolò, senza sapere come continuare.

«*Ma* cosa?»

Bestemmiò.

«E lascialo stare, a Dio, che non c'entra niente, lui.» Rise.

«La porta... come hai aperto la...»

«Un trucchetto.»

«*Un trucchetto?*»

«Un trucchetto.»

«E se ci scoprono?»

«Come?»

Eh, come?

«L'antifurto. Le telecamere. I vicini. La...»

«Cazzo, rilassati!»

«Papà, è un'idea dimmerda. Andiamocene, dài.»

«Senti» fece il padre andandogli incontro e piazzandogli le mani sulle spalle, «non ci verrà nessuno, qui. L'hai detto tu stesso. È novembre, e i ricchi proprietari di questi posti non ci torneranno prima dell'estate. Dico soltanto di passare la notte qui. Che male può fare?»

Se qualcuno li avesse scoperti sarebbe scoppiato un casino.

E di modi per beccarli, i proprietari o i vicini o i passanti, ne avrebbero avuti parecchi.

Era un piano folle, idiota. Una stronzata bell'e buona.

E a Niccolò piaceva.

«Ok» si sentì dire.

«*Ok?*»

«Ok.»

«Ok!»

E insieme, giubbini e jeans e capelli zuppi, fecero un tour della villa.

Il piano di sotto era diviso in due da un bancone pieno di statuine.

Da una parte, la cucina. Gli elettrodomestici, tutti nuovi, scintillanti, a circondare tavolo e sedie. La dispensa era piena, avrebbero potuto strafogarsi per giorni e di roba ne sarebbe rimasta comunque.

Ma se c'è tutto 'sto fottio di cose da mangiare, non significa forse che i proprietari ci vengono pure d'inverno, qui?

Eh vabbè.

Eh vabbè?

Eh vabbè.

Presero un tubo di Pringles a testa e andarono in soggiorno.

Da un lato, divani di pelle, tivù, stereo, il proiettore che puntava alla parete. Dall'altro, la Jacuzzi vuota, il tavolo da ping-pong e l'angolo bar. Accanto alla tivù, enorme, la cineteca; *Forrest Gump*, *Grand Budapest Hotel*, *Birdman*, *La ciociara*, *Il cavaliere oscuro*. Nell'angolo bar tanto alcol da poter mandare in coma etilico una squadra di calcio. Salirono le scale.

La prima stanza doveva essere di un ragazzo, probabilmente il figlio dei ricchi proprietari di merda. Alle pareti, poster di Metallica, Iron Maiden, AC/DC, la bandiera a stelle e strisce e una foto di Megan Fox. Vicino a tivù e stereo, il bagno. Vasca con i piedi a zampa di leone, doccia con idromassaggio, sedile e arnese per la sauna; c'era la tivù pure lì, davanti al cesso. La cabina armadio era piena a scoppiare. L'altra camera era la padronale. Letto al centro, in corrispondenza sul soffitto uno specchio enorme. Alle pareti, quadri coloratissimi in cornici dorate. Bagno e cabina armadio identici a quelli dell'altra stanza.

«Se facessi la cacio e pepe per cena?» propose il padre.

«Sei in grado?»

«Ti leccherai i baffi.»

«Però prima ci docciamo, no?» disse Niccolò.

La casa era fredda e loro avevano ancora i vestiti bagnati.

Senza neanche accordarsi, il padre andò nella stanza padronale, lui in quella del ragazzo. Niccolò posò le buste ai piedi del letto e s'infilò in bagno. Si spogliò, andò di corpo, si fissò allo specchio. Poi, nudo, sgambettò di nuovo in stanza e si fece una

Vola, vola, volaaa.

pippatina. Giusto per stare un po' in grazia di Dio.

Tornò in bagno, smascellando, grattandosi la testa con le unghie il cui turchese andava smangiandosi, ed entrò in doccia. Ci stette per molto tempo, sotto l'acqua calda con l'idromassaggio a pungergli la schiena. Accese anche l'arnese per la sauna. Il vapore lo inghiottì, e lui svanì nella nuvola biancastra. Si lavò con un bagnoschiuma al sandalo e si asciugò con un telo morbidissimo che trovò in un mobiletto lì vicino. In stanza, fissò le buste dell'Autogrill per qualche secondo, poi le mandò affanculo ed entrò nella cabina armadio.

Optò per una camicia Chanel, dei pantaloni Dior, delle ciabatte Gucci.

Tornato di sotto, trovò il padre ai fornelli in un pigiama di seta azzurro. Dall'impianto stereo, una canzone tutta voce e chitarra, agli angoli del soffitto i led si coloravano di blu, rosso, verde. C'era un bel calduccio in tutta la villa, e Niccolò capì che il padre doveva aver azionato il riscaldamento.

«Ce n'hai messo di tempo» lo accolse.

Lui sedette sul bancone e accese una sigaretta. «Chi sono, secondo te?»

«Ah?» fece il padre, rimestando in una padella una cremina bianca.

«Loro. Quelli ch'abitano qui. Secondo te, chi è che sono?»

Il padre scrollò le spalle.

«Hai notato che non ci sono foto?» disse Niccolò, guardandosi attorno come per averne conferma. «Solo 'sti *quadri schifo*, di loro nessuna traccia.»

«Sopra c'è un Boccioni.»

«E ch'è?»

«Uno scultore e pittore. Nella stanza dove sto io c'è un quadro suo.»

«Ah, ok» fece Niccolò.

«Voglio dire, mica sono quadri schifo se c'è un Boccioni, no?»

«Chi se ne fotte di 'sto Boccioni. Dico, non ci sono foto loro, di questi che c'abitano. Pare che non esistono, no? Come se sono solo un'idea nostra.»

«Siamo tutti solo le idee che gli altri hanno di noi, no?»

«Non attaccare, ti prego.»

Suo padre rise e rovesciò gli spaghetti nella pentola. «E secondo te chi sono?»

«Secondo me sono madre, padre e figlio.» Ci pensò su per un po'. «Lei fa la mantenuta del cazzo. Lui è tipo un medico, anzi fa il chirurgo...»

«Plastico» completò il padre.

«Esatto. Rifà le tette delle tardone coi soldi.»

«Il figlio?»

«Mi sa ch'è uno schizzato» decise Niccolò.

«Pure secondo me. Ha la tua età?»

«Poco più piccolo. Tipo diciassette anni» rispose Niccolò. «Ed è uno di quelli che vuoi pigliarli a schiaffi solo a guardarli. Di quelli che consumano più porno che aria.»

«Sono felici?»

«No.»

«Sicuro?»

«Sì.» Niccolò finì la sigaretta e la spense in un bicchiere preso da una mensola. «Infelici ma viziati, e quindi incazzati.»

Silenzio, la cremina faceva un gran bel profumo, il temporale fuori era peggiorato ma loro, lì nella la villa, erano al sicuro. Il tepore addensava l'aria, abbracciando e carezzando i due inquilini.

«L'uomo si chiama Ettore, e fa le corna alla moglie» riprese il padre.

«Anche lei!» esclamò Niccolò. «Col giardiniere e l'idraulico e...»

«E con il manutentore della piscina e l'istruttore di pilates.»

Risero entrambi.

«Lui però c'ha una relazione con una minorenne» disse Niccolò.

«Chiaro. Con una compagna di liceo del figlio. E il ragazzino idiota si chiama... Attilio» decretò il padre. «Sì, ha un nome bestia forte.»

«Il ragazzo li ha scoperti, e ricatta il padre. Gli chiede soldi.»

«E con quei soldi...»

«Ci compra i porno indiani cogli stupri di gruppo» finì Niccolò.

Scoppiarono a ridere di nuovo.

«Attilio, apparecchia la tavola» ordinò il padre.

«Subito, Ettore» rispose il figlio.

«Ma mica puoi chiamarmi per nome, no?»

«Sono uno di quei coglioni che chiamano i genitori per nome.»

«Cazzo, hai ragione. È ovvio, sì.»

«Di amici non ne ho» affermò il figlio, Attilio.

«Solo quelli online con cui stai sui videogiochi» fece il padre, Ettore.

«E di fidanzate manco a parlarne. Sono un verginello sfigatissimo.»

Attilio sistemò tovaglia, piatti e bicchieri. Ettore, la pasta che fumava in pentola, impiattò. Mangiarono veloci, e intanto continuarono a raccontarsi.

«C'ho due tatuaggi» disse Attilio. «Sulla schiena c'ho un'aquila colla bandiera americana. Sul polpaccio un maori che manco so che significa.»

«E io quei tatuaggi li odio, li guardo e mi ricordano quanto sei stupido.»

Finita la cena, Attilio e il padre Ettore posarono le stoviglie nel lavabo e, sigarette a pendere dalle labbra, andarono in soggiorno. Fecero due partite a ping-pong, decisero di fare il bagno nella Jacuzzi e, pigiando bottoni a caso, la riempirono; dal fondo emerse un flusso d'acqua calda. Sgranellarono un flacone di sali profumati e, in mutande, s'immersero. Stettero nella vasca fino a raggrinzirsi. Dallo stereo, una canzone rock. Attilio disse che era roba sua ed Ettore che lui i gusti musicali del figlio non li sopportava e Attilio che doveva lasciarlo esprimere e allora Ettore rise e rise anche Attilio.

Uscirono dalla Jacuzzi, salirono e ognuno andò in camera propria.

Attilio, meccanico, pescò la bustarella con gli acidi dalla scatola delle meraviglie. Scelse un francobollo con su Bart e Homer Simpson. Se lo piazzò sulla lingua, la saliva inondò subito la bocca. E serrò la mascella.

Un paio d'ore e avrebbe volato sul serio.

Rovistò nell'armadio. Afferrava indumenti a caso e se li lanciava alle spalle, spedendoli al centro della stanza.

Una camicia a tema floreale da frocio forte. Una canotta con su scritto "Frankie say relax". Dei pantaloni strappati e bucherellati. Una maglietta Prada, nera e dorata. Una giacca salmone con la Vergine in preghiera sulla schiena. Delle scarpe lucide nere con il mezzo tacco. Scartò una quantità di schifezze, pareva di rovistare nei camerini di un teatro di Drag Queen, finché non trovò ciò che voleva.

Una giacca a rombi neri e azzurri con l'interno felpato e

dei pantaloni a vita alta, e a zampa d'elefante, di un azzurro molto acceso.

Si vestì e andò allo specchio del bagno.

Sotto la giacca, niente. Addominali scolpiti e pettorali gonfi di muscoli in bella mostra. I pantaloni, tessuto sottile, gli facevano un gran bel culo, alto e sodo. Si guardò a lungo. E gli si rizzò il cazzo.

«Ciao, Attilio.»

Si sistemò meglio davanti al riflesso e, scorrendo con gli occhi il suo corpo puntando i pezzi di pelle nuda, tirò fuori l'uccello eretto, grosso, lungo, e prese a segarsi. Si fissava, e intanto si masturbava, lento e deciso.

In quello specchio, in quella villa, in quei vestiti non c'era lui, Niccolò, ma Attilio. In quello specchio, in quella villa, in quei vestiti era altro da sé.

Quando ebbe finito, orgasmo potente, brividi a scuoterlo tutto, culo in avanti, capo all'indietro, spedì un bacino al riflesso di Attilio e tornò di sotto.

Ettore si era infilato una vestaglia di seta viola acceso, tutta ricamata di perle, che disegnavano delle roselline su braccia e schiena. In una mano un cocktail mezzo bevuto, nell'altra una sigaretta mezzo fumata. Occhi chiusi e braccia spalancate, ballava da solo al centro del soggiorno. Dalle casse dello stereo, sparate al massimo, The Weeknd cantava tutto zucchero e miele. I led al soffitto, a percorrere i bordi, erano i soli a illuminare la stanza, che si tingeva di verde e di rosso e di blu seguendo il ritmo della musica.

Fermo sulla porta, stette per un po' a guardare suo padre che beveva e ballava. E si trovò a pensare che fosse folle, cattivo, perverso che ognuno per abitare nel mondo così come si sente d'essere, come si avverte davvero, debba indossare i vestiti di chi non è mai diventato.

Attilio accese una sigaretta e sedette su uno dei divani. Il padre quindi si fermò, lo guardò, braccia spalancate come il

Cristo di Rio, e gli sorrise. Salì sul tavolino da tè e proclamò al figlio, al mondo: «Ho un'idea».

Attilio sbuffò e ridacchiò. «Lascia stare, l'ultima idea ch'hai avuto ci ha portati a fare 'sto viaggio.»

«Appunto» fece Ettore. «Idea grandiosa, formidabile, pazzesca!»

Lui rise di nuovo e scosse il capo.

«Ok, ecco l'idea.» Pausa teatrale, sorriso. «Potremmo restare qui.»

Attilio gli lanciò un'occhiata confusa.

«Pensaci!» continuò il padre, saltellando sul tavolino. «Potremmo...»

«Ettore, occhio che si rompe e ci cadi dentro.»

«... trasferirci, no? Solo per l'inverno. Chessò, fino a maggio.»

«Fai sul serio?»

«Sììì!» Ballonzò più forte. «Facciamo la spesa in qualche supermercato qui vicino e campiamo nel lusso! Film, musica, Jacuzzi... il massimo, no?»

«E delle nostre vite cosa ne facciamo?» chiese Attilio.

«Le nostre vite le rifacciamo, ecco cosa» rispose il padre.

«Non funziona così.»

«Ah, no?» Saltellò più forte, più rapido, più in alto.

«Eh, no.»

«Invece sì, è così. Non siamo niente. Creta da modellare.»

«Però se stai sempre a maneggiarla, 'sta creta, finisce che si logora.» Attilio lo fissò, incerto; The Weeknd era stato sostituito da Post Malone. «Dài, lascia perdere, è una stronzata. E lo sai.»

«Tu non mi ascolti. Tu non mi capisci. Tu non...»

Porcatroia. «Non puoi vivere nel mondo senza...» Il ragionamento nel suo cervello aveva una forma chiara, ben definita, ma Niccolò aveva difficoltà ad acciuffarlo. «Non puoi... cazzo!» urlò e si fermò sforzandosi d'imbrigliarlo, quel pensiero. «Non puoi vivere nel mondo senza abitarci. Ecco, sì.» *Checcristo*. «E se non lo capisci non ti lasci accadere, come dici tu, ma ti nascondi.»

Il padre smise di saltare, fissò il figlio e gli sorrise. «Bravo. È così.»

Poi, come se il mondo fosse collassato, Ettore cadde.

Il vetro del tavolino si ruppe in un gran fracasso e lui sprofondò. Prima dritto come un chiodo, poi in avanti. E finì con il busto sul divano, accanto al figlio, le gambe incastrate nella carcassa del mobiletto.

Attilio non si mosse, ma attese che il padre alzasse il capo, che gli era finito affossato nei cuscini, e quando quello lo guardò: «Te l'avevo detto».

Scoppiarono a ridere. Ridevano e ridevano e ridevano. Qualche istante però e capirono che non c'era un cazzo di divertente. Ettore aveva lunghi tagli profondi su gambe e ginocchia. Il sangue veniva fuori copioso, insozzando il tappeto e il pigiama e la vestaglia, che si erano mezzo stracciati.

«Siediti» gli disse il figlio. «Vedo se ci sono disinfettante e garze.»

Attilio trovò l'occorrente nel bagno della camera padronale. Tornò di sotto, il padre svaccato sul divano, e gli medicò le ferite. Attento, lento, gliele disinfettò, carezzandolo con i batuffoli di cotone imbevuti nell'alcol, e gliele fasciò, passandogli le garze, delicato, attorno ai polpacci.

«Stai bene?» chiese al padre. «Te l'ho messa troppo stretta, la garza?»

«Mi sembra buona.»

«Posso vedere se trovo degli antidolorifici, se vuoi.»

«Naaa.»

Si sorrisero, poi accesero la tivù e scelsero un film dalla cineteca.

Il padre non aveva mai visto quelli della Disney, così Niccolò decise che avrebbero guardato *Alla ricerca di Nemo*. Si sistemarono sui divani, l'uno di fianco all'altro, accucciati vicini sotto un plaid, e si spararono il cartone.

Erano a metà pellicola quando Niccolò vide Marlin e Nemo venir fuori dallo schermo e nuotare in giro per la stanza. Il soggiorno, semibuio, si riempì d'acqua, ma lui poteva ancora respirare. I pesci pagliaccio, sorridenti, grandi come umani, lo invitavano a galleggiare con loro, facendogli cenno con le pinne.

Gli acidi.

E il suo corpo si librò. Subito quello del padre, lì accanto a lui, fece lo stesso. D'un tratto il soggiorno si scoperchiò, tetto, pareti e mobili dissolti, e il fondale di un oceano rigoglioso si materializzò attorno a loro.

Scogli ricoperti di muschi colorati, tappeti di alghe che facevano una ola lenta, ipnotica, barriere di coralli che svettavano infinite. E ovunque, pesci minuscoli ed enormi. Sardine, spigole, saraghi e squali, piovre, balene. Stelle marine rossissime, ricci incastrati nelle rocce, conchiglie grandi e piccole.

Nel blu, padre e figlio nuotavano lievi.

Camporotondo, estate 2000

Il giorno dopo la serata con Elena, Teresa si svegliò tardi.

Ferma nel letto, fissava il soffitto muffito. In bocca un sapore orribile, schiena e ascelle sudate. Elena dormiva nel letto vicino, bocca schiusa, capelli sparsi sul cuscino. La fissò per qualche secondo di troppo, poi si tirò a sedere e con la mano andò in cerca della Lete di fianco al materasso. Ingollando sorsi lunghi e avidi, studiava il mare calmo oltre la finestra e cercava di mettere in ordine i pezzi della sera prima.

«Acqua» sentì dire alle sue spalle. Elena si sedette accanto a lei, prese la Lete e bevve a canna. «Oh, ieri ci siamo fatte una seratina pazzesca.»

«Cacchio, però gira tutto...» borbottò Teresa.

«E che mal di testa... porcaputtana, 'sta erba era un cesso. Quel negro dimmerda spaccia lo schifo» fece Elena pressandosi le tempie. «Pensi che tua mamma ce l'ha, un Aulin? Se non me lo sparo subito finisce ch'esplodo.»

Si guardarono, scoppiarono a ridere.

Decisero di fare colazione, ma prima passarono dal bagno.

Teresa fece una pipì lunga, e qualcosa lì sotto bruciò. Si sciacquò viso e ascelle, fissando il suo riflesso nello specchio. E, mentre Elena entrava in bagno, sgambettò in soggiorno. Suo padre, sul divano, leggeva un romanzo e beveva tè freddo. Si diedero il buongiorno, lui le disse che la madre era in paese a sbrigare certe faccende e poi, senza aggiungere altro, tornò alle pagine del libro. Schiena ricurva, capo inclinato, braccia magre poggiate sulle gambe. Aveva le maniche della camicia tirate ai gomiti e le cicatrici, in bella vista, parevano quasi illuminarsi. Egocentriche, felici di avere un posto lì, nel soggiorno, tra i Vasta. In quella posa plastica da Cicciobello abbandonato, il padre pareva una statua di cera.

Teresa pensò di chiedergli se fosse tutto ok ma poi, senza dire una parola, si girò e andò in cucina, pestando i piedi e strizzando i pugni.

Apparecchiò la tavola.

La tovaglia, ben stirata fino ai bordi. Latte e Macine, vicini e al centro. Le tazze, una per sé e una per l'amica, di fronte alle sedie con i cucchiaini e i tovaglioli piegati perfetti, a triangolo. S'infilò nella dispensa fino al petto, la ciccia non le concedeva di procedere oltre, e andò in cerca di qualcosa da aggiungere. Trovò una tavoletta di cioccolato al latte, che divise in quadretti da impilare in una ciotola e del succo d'arancia. Era caldo ma, pensò, avrebbe fatto colore in tavola. E dei panini con le gocce di cioccolato scaduti da una settimana, ma Elena non se ne sarebbe accorta. Dispose ogni cosa con ordine. Poi, ammirato il risultato, uscì in veranda, colse un mazzolino di gerani e uno di margheritine dai vasi di sua madre e li immerse in un bicchiere d'acqua al centro del tavolo.

Arrivata Elena, fecero colazione.

Teresa, nella cucina illuminata e colorata, non la finiva di sorridere.

«Non ce n'hai, caffè?» le chiese l'amica. «Io senza non connetto.»

«Massì!» esclamò lei, piazzandosi una manata in fronte; *com'hai fatto a scordarti il caffè?* «Certo, sì che ce l'ho! Scusa. Certo, certo, certo. Arriva.»

Armò la moka e, quando iniziò a borbottare, versò la fanghiglia in una tazzina per Elena e in una per sé. Teresa non lo beveva mai, il caffè. Le faceva schifo; amaro, scuro. Ma quella mattina le parve squisito; a dire il vero, però, ci aveva messo dentro una montagnola di zucchero: uno, due, tre cucchiaini.

Si guardò attorno e la cucina, la cucina dove faceva colazione, pranzo, cena tutti i giorni d'estate da quand'era piccola, le sembrò un posto in cui non era mai stata. Luminosa, accogliente, un doppione della stanza che conosceva in un universo parallelo bello da morire. Eppure non era cambiato niente, lì. Era tutto uguale. A modificarsi, pensò, erano stati i suoi occhi.

Fecero colazione chiacchierando, ridacchiando. Teresa intanto sentiva di voler correre, ballare, saltellare in giro per casa. «Ma ne hai altra, di erba?»

Elena scoppiò in una risata squillante e felicissima.

Finirono di colazionare e si alzarono.

Elena, come ricordandosi di una cosa fondamentale, le disse: «Oh, ma allora adesso andiamo a 'sto bar nella spiaggia, no?».

Il sorriso di Teresa, quel sorriso che pareva immortale, invincibile, si spense. «Ele, ma sei sicura che invece non dovremmo...»

«Sicurissima. Al cento per cento. Al mille per mille. Okay?»

Teresa si costrinse ad annuire, per nulla convinta.

Tornarono in stanza.

Elena, in piedi davanti all'armadio di Teresa, disse che per prima cosa avrebbero dovuto trovare dei vestiti adatti. «Questo per andare a un funerale è il top. Questo glielo devi restituire alla monaca di Monza, che lo vuole indietro, e pure di corsa. Questo ce l'aveva uguale uguale Gesù nelle immagini sul mio libro del catechismo. Questo...» cantilenava, prendendo i vestiti dell'amica e scartandoli con schifo.

Alla fine decise che le avrebbe prestato lei un top e un pareo.

«Ma mi staranno minuscoli. Mica ci entrano, loro...» protestò Teresa, indicandosi il petto.

«Appunto. C'hai le tette. E allora facciamogliele vedere, no?»

Dopo la doccia, Elena le spazzolò i capelli legandoglieli in una treccia. Le modellò le sopracciglia, dicendole che da sola aveva fatto un vero disastro; specie con gambe e braccia. E la truccò. Finito, le fece indossare i suoi vestiti. Un bikini striminzito, un top che la stritolava come un corsetto medievale, un pareo troppo lungo. «Pronta per il tuo principe» decretò.

Teresa si guardò nello specchio, e le venne fuori un "grazie" felice.

«Pensavo, no?» fece Elena, dietro di lei. «S'eri la Bella addormentata nel bosco 'sto tizio, che di baci non ne dà, è probabile che ti stuprava» e rise.

«Ma finiscila!» la rimproverò Teresa, girandosi di scatto. «È una cosa bruttissima da dire!» Uscì dal bagno, lasciandolo all'amica, e, movimenti lenti per non sudare, mise in ordine l'armadio, un campo di battaglia tra indumenti.

Un po' come sei tu, no?

Quando Elena tornò in stanza, bellissima nel suo due pezzi turchese, uscirono. Salutarono il padre, che di nuovo non notò niente del cambiamento della figlia; e Teresa, di nuovo, si ritrovò a odiarlo. Uscirono dalla villetta. La madre doveva essere ancora in paese: per casa non l'avevano vista. Teresa tirò fuori un sospiro di sollievo. Non era vestita in modo provocante, il pareo era lungo, la copriva dal petto alle caviglie e quasi nascondeva del tutto il bikini, ma con la madre non si poteva stare tranquilli: Teresa, traversando il corridoio verso il soggiorno, aveva avuto paura di buscarle come quando l'aveva vista rincasare dopo la mattinata con Riccardo.

Camminavano sulla spiaggia, andavano verso il bar.

Teresa adesso grondava di sudore. Il cuore al galoppo sembrava voler fuggire. Le gambe erano panini zuppi. Più volte durante il tragitto aprì bocca con l'intenzione di dire a

Elena che non le andava di fare quella cosa. Ma non ci riuscì. E così la seguì.

Il bar era affollato come due settimane prima. Ragazzi e ragazze della loro età che ballavano, bevevano e ridevano. Belli, selvatici, immensi.

«Com'è che non ci siamo mai venute, qui?» fece Elena. «Cioè, ma 'sto posto è una figata totale!»

«Ele, ma quando lo troviamo che facciamo? Che gli diciamo?»

«Niente. Dev'essere lui a parlarci per primo. Chiaro, no?»

No, per niente.

E s'infilarono tra i corpi scuri di sole.

Musica a un volume esagerato. Il deejay tutto preso dalla sua consolle e dalle strafighe abbronzatissime che gli sculettavano accanto. Al bar, una fila lunga e già alticcia. A un lato, un mucchio di ragazzi. Si strusciavano tra loro, si palpeggiavano, cantavano. Dai tavoli si levavano risate, urla e chiacchiere.

Teresa, gli occhi incollati al pavimento, si torturava le dita. Pareva se le volesse staccare una per una. Ancora sull'uscio, ingobbita, sudata, pregava di non incontrarlo, Riccardo. Desiderava solo tornare a casa, adesso. Mentre Elena, accanto a lei, ancheggiava piano, a ritmo di musica, e studiava la folla davanti a loro, con un sorrisetto furbo sulla faccia.

Passarono secondi, minuti, ore, giorni, ma forse solo pochi istanti. Poi dal nulla una risata potente. E Teresa levò gli occhi dal parquet, in automatico.

Riccardo era lì, poco distante da lei. Rideva e fumava e beveva.

Indosso, una delle sue camicie di lino bianche sbottonate all'ombelico, un costume al ginocchio rosa salmone e un sorriso che pareva illuminare tutta la spiaggia. In mano, una sigaretta e un bicchierone di plastica mezzo vuoto.

È bellissimo.

«È quello?» le chiese Elena.

Lei, senza volerlo, annuì.

«Bono è bono...» commentò. «E brava Teresa!» Rise. «Ok, seguimi» le ordinò. «Sta' zitta, non lo guardare. Cammina e basta.»

Non ebbe il tempo di protestare che Elena si mosse nella direzione del tavolo a cui sedeva Riccardo. Era con i due ragazzi che aveva visto a casa sua, qualche giorno prima, e tre tipe magre, abbronzate e belle da farla vergognare.

Stronze, si ritrovò a pensare, sorpresa. E desiderò picchiarle.

Vacci piano, Jackie Chan.

Cuore al galoppo e cervello ottenebrato, Teresa andò dietro l'amica.

Due ragazze, ridendo, per poco non le finirono addosso. Un gruppetto di maschi, ballando, le pestò i piedi. Uno di femmine al suo passaggio si fermò e all'unisono, come comandate da remoto, la scrutò come fosse un mostro.

Teresa, cercando di farsi piccola, invisibile, continuava a camminare.

D'un tratto vide Elena pigliare da un tavolo vuoto un bicchiere pieno di un liquido bluastro. La vide marciare in direzione di Riccardo, determinata. E, quando gli fu vicino, la vide fingere d'inciampare e, rapidissima, versargli il mezzo cocktail su una spalla.

La reazione fu immediata. Riccardo balzò, il sorriso che si tramutava in una maschera di sdegno, e portò le braccia al cielo. «Macchecazzo!»

Elena si fermò; Teresa quasi le finì addosso. «Ce l'hai con me?» disse.

«Mi pare che sei stata tu a...» cominciò lui, ma si bloccò e, piantando gli occhi addosso a Teresa: «Macciao» la salutò.

«Lo conosci?» fece Elena, indicando Riccardo con un dito insultante.

Teresa, che non avrebbe saputo spiccicare parola, scrollò le spalle.

«Massì che ci conosciamo» rispose lui. «Pure bene, direi... no?» e le fece l'occhiolino.

Qualche istante di silenzio, poi Teresa si sentì dire: «Ah, mi sa di sì».

Bel colpo!

«"Mi sa di sì"?» la scimmiottò lui, ridacchiando. «Non ti ricordi di me?»

Lei spalancò gli occhi. «Sì! Sì, sì... sì» balbettò precipitosa, penosa.

Elena le diede una gomitata quasi impercettibile.

«Mi dispiace che non ci siamo più visti» fece Riccardo, asciugandosi il cocktail di dosso con dei tovaglioli. «Mi dispiace, sì» e tornò a sedersi.

«Eh, la dicono quelli che non si sforzano di cercare, 'sta frase» rispose Elena, pronta; e Teresa le fu grata. «Vabbè, comunque, t'ho versato due gocce addosso, ok, sì, tante scuse, ma non montare 'sto teatrino, ok?»

Riccardo rise. Poi si fece serissimo. Poi rise di nuovo e più forte.

Pareva attraversato di continuo da stati d'animo che non controllava. Teresa lo squadrò dalla testa ai piedi, senza manco volerlo. E quando gli occhi le caddero sul costume, lì al centro, sentì una vertigine percorrerla dalla testa al petto e allo stomaco e giù fino al ventre.

«Perché non vi sedete per un...» attaccò lui.

Ma Elena lo interruppe con un tono stronzissimo: «Abbiamo daffare».

«Assì?»

Lei annuì. «È stato un piacere, caro.»

«Mi chiamo Riccardo. Come il re.»

«Ah, che bravo che sei. Buon per te.»

Teresa rise.

Riccardo la fissò. «Dicevo sul serio: mi dispiace che non ci siamo più visti. In spiaggia è stato...» Sorrise, le schiacciò l'occhio per la seconda volta; lei trovò ci fosse qualcosa di sbagliato, in quel gesto, ma non sapeva dire cosa.

Così, ancora incapace di parlare, annuì e basta.

Pregava Iddio di aprire una faglia sotto ai suoi piedi e di farla sprofondare nelle viscere della terra. Di darle un bazooka per far esplodere il bar con tutti quelli che ci ballavano dentro. Di farle perdere peso di botto, di cambiarla, di modificarla e renderla bella, bellissima, una strafiga, un'adulta, una...

«Volevo cercarti, eh» proseguì lui, strappandola alle sue elucubrazioni. «È ch'è stata una settimana bestia. Un sacco di cose da fare. Un sacchissimo.»

Teresa si strinse nelle spalle. E il silenzio riprese a dilatarsi tra loro.

«Vabbè, noi andiamo, allora» s'intromise Elena.

«Io e i ragazzi stiamo organizzando una roba figa... un festino» disse subito Riccardo, pareva non volerle mollare. «Perché non venite? È stasera.»

«Abbiamo da fare anche stasera» rispose Elena.

«Sicura? Una com'a te ci starebbe da Dio.»

«Una com'a me?» chiese, mostrando finto scandalo.

Riccardo, intravedendo uno spiraglio, schiacciò l'occhio pure a lei. Ed Elena, cambiando espressione e posa in modo repentino, prese a ridacchiare, altisonante, e gli posò una mano sulla spalla.

Gliela tenne addosso solo per qualche istante. Un pezzo del suo palmo toccava la pelle abbronzata di lui, tra i pettorali e il collo. E Teresa, sangue al cervello e cuore in accelerazione, sentì l'impulso di togliergliela, quella mano

da cretina. Da stronza. Da traditrice cattiva maledetta schifosa.

dalle unghie dipinte, affusolata, e di

tirarle un ceffone in faccia. Picchiarla. Ammazzarla.

portarla via da lì, la sua amica, d'implorarla di tornare con lei a casa.

Riccardo si voltò e, rivolgendosi solo a Elena. «Michele, Alessandro» disse, dando di gomito agli amici seduti al tavolo con lui.

Quelli si girarono e si presentarono a Elena; Teresa manco la guardarono. Prima sbranarono Elena con gli occhi, poi, insieme, esibirono sorrisoni esagerati.

«Non ti conosco, ma t'aspetto da sempre» disse Alessandro.

Elena rise per la seconda volta.

«Ti va un Mojito?» le propose.

Lei fece no con la testa. «Siamo impegnate.»

«È un peccato» constatò Alessandro.

«Pensi?»

«Ne sono sicuro.»

Elena rise per la terza volta.

Era un risolino fastidioso e strano che, Teresa lo capì ora, la sua amica riservava soltanto ai maschi; e neanche a tutti, solo ai *boni*. Una via di mezzo tra il richiamo di un delfino e lo squillo del telefono di casa, il fisso.

«Dài, siediti con noi» insistette lui. «Facciamo due chiacchiere, no?»

«Non posso.»

«Sicura sicura sicura?»

Elena rise per la quarta volta; ancora quel rumore strano. E subito rise pure Alessandro. E Michele. E Riccardo. E d'un tratto ridevano tutti assieme. E Teresa sentì di voler piangere e di volerli prendere a schiaffi e di voler tirare Riccardo a sé per stringerlo, sentirlo suo come quella notte sulla spiaggia.

«Stasera vieni, però. Alla festa, dico» riprese Alessandro. «Sai, c'ho un regalino... un bel pacco... col fiocco e tutto il resto.»

«Un regalino, dici... per me?» cinguettò lei, sorridendo ancora.

«Per la ragazza più bella della festa. E tu... be', tu forse puoi vincere» concluse lui, squadrandole in modo palese le tette e le gambe.

Elena rise per la quinta volta.

Stronza. Sei una stronza. Una stronza, una stronza, una stronza.

Fu allora che Teresa si accorse che stava strizzando i pugni e pestando i piedi per terra. Aveva tutti i muscoli del corpo rigidi, la mascella serrata così forte da farle dolere i denti. Cercò di calmarsi, ma fu solo peggio.

Passò qualche secondo di silenzio.

Elena e Alessandro si sorridevano. Riccardo chiacchierava fitto con le bionde al tavolo. E intanto nessuno badava a Teresa. Era trasparente.

«Be'» miagolò Elena, «forse il tempo per un cocktail c'è.»

«No» disse Teresa; l'aveva quasi urlato e se ne vergognò, ma la bocca aveva fatto tutto da sola; come al Conad quando aveva gridato alla guardia in divisa: era come se qualcuno dentro di lei, coinquilino maleducato, prendesse il controllo dell'intero edificio del suo corpo, ogni tanto. «Noi ce ne dobbiamo andare. Ora» continuò; poi, vedendo che la fissavano tutti: «Noi abbiamo... un impegno. Vero, Elena?» e la guardò, dura.

Quella rispose all'occhiata, inspirò e sbuffò forte. Infine annuì.

Alessandro ridacchiò.

Che ti ridi, cretino?

«La tua amica dove abito lo sa» s'inserì Riccardo rivolgendosi ancora una volta soltanto a Elena. «Siete invitate tutt'e due, chiaro. Inizia alle undici. C'è l'alcol buono. E la musica. E la neve.»

La neve. Ad agosto. Ma che significa? Perché non li capisco mai?

Si salutarono. E le ragazze uscirono dal bar.

Fatta la passerella, raggiunsero la battigia e si diressero verso casa.

Una camminava curva, con la testa bassa, le gambe pesanti che riusciva a muovere a malapena. Si torturava una ciocca di capelli marciando in silenzio. L'altra gasata, sorridente, emozionata. Sculettava forte e agitava il capo di continuo, ridacchiando e facendo svolazzare i capelli.

«Gesù, ma quell'Alessandro era *bonissimo*» squittì Elena. «Dobbiamo andarci per forza, stasera. Per forza!»

Teresa, zitta, le andava dietro.

«Oh, ma che c'hai?» le chiese l'amica. «È andata bene, direi.»

No, è andata male. Malissimo.

«Non lo so, Ele. È andata bene?»

Quella si bloccò e la guardò. «Me lo dici, che ti piglia ora?» Prese aria, sbuffò, scosse il capo. «Merda, giuro che non ti capisco.» La guardò un attimo, fece ancora no con la testa e, mani sui fianchi, fissò prima la sabbia e poi il cielo azzurro. «Che c'è? Cos'è che non t'è andato bene?»

Teresa abbassò gli occhi. «È che...» *Cosa, Terri? Cosa, eh?* «È che mi trattate da bimba. E non mi piace quando lo fate.»

Elena arcuò le sopracciglia. «Ma che dici? Chi ti tratta da bimba?»

«Voi.»

«Noi?»

«Voi.»

«Ma *noi* chi?»

Tutti, pensò, ma lo intese da sola e subito, che non poteva dirlo. Così fu solo capace di tirare fuori il labbro inferiore e di chiudersi nelle spalle.

Elena annuì, lentissima; pareva stesse cercando di capire una formula matematica complessa. «Può essere che forse... guardami un secondo, eddai» disse, agitando il capo per acchiappare i suoi occhi. «Può essere che non siamo noi a trattarti da bimba? Può essere che ti ci senti tu e che quindi ti ci comporti e che quindi ci diventi anche agli occhi degli altri, una bimba?»

«Sarebbe a dire?»

«Che sei stata zitta tutt'il tempo, Terri!» sbottò Elena. «Ferma lì, tipo una bambola o un... un coso, come si chiama... uno spaventapasseri. Voglio dire, se ti stai ferma e zitta a guardare il pavimento che speri di ottenere?»

Sta dicendo che è colpa mia. Questo vuole dirmi.

Non credo.

Sì, invece. Sta dicendo questo. Per loro è tutto facile. E se una cosa ti risulta complicata è solo perché sei tu che non ce la fai. Perché sei sbagliata.

Teresa le sorrise e le disse grazie e che le voleva tanto bene. Fingendo un sorriso largo, sereno. Poi, spalla a spalla, presero a camminare verso casa.

Teresa sentiva mani, braccia e spalle tremolare. Come se avesse avuto milioni di formichine sottocute. Selvagge, minuscole, rapide: le percorrevano il corpo andando tutte in direzione degli arti. Convergevano alle mani, le sue formichine, smaniose di prendere il controllo e fare di testa loro. Cos'avessero in mente, quale fosse il loro piano, però, lei non lo capiva ancora. Ma sentiva che la risposta era lì davanti ai suoi occhi: doveva solo sforzarsi un po' di più. Doveva solo assecondarle, forse, le sue formichine. Seguirle. Così da riuscire a comprendere quale via volessero prendere, quale fosse la strada che lei dovesse imboccare e percorrere.

Sì, ecco cosa doveva fare: doveva lasciarsi andare alle sue formichine.

Paloma, inverno 2019

«Niccolò?»
«Mario?»
«Niccolò!»
«Mario!»
«Ma tu che ci fai qui?»
«No, tu che ci fai qui?»
«Ci lavoro.»
«Ci lavori?»
«Eh.»

«Sembra una discussione tra cretini» rise Niccolò. «Figo qui. Saranno 'sti finestroni enormi sulla spiaggia, 'st'azzurro delle pareti, 'sto tetto di legno colle lampadine che pendono, ma mi pare il ristorante a...»

«A Phillip Island, in Australia» concluse Mario per lui, e sorrise. «Te lo ricorda perché è uguale. Gliel'ho fatto fare identico a quello che c'era sulla scogliera dove ci siamo fatti l'ultima cena.»

«Che vuol dire che "gliel'hai fatto fare"?» chiese Niccolò.

«Eh, è una storia lunga. Ma perché non ti fermi? T'offro il pranzo, no? Tanto stiamo chiusi ch'è inverno e non c'è nessuno. Sto qui perché m'hanno detto che c'è stato 'sto tempaccio ieri e volevo controllare s'era tutto ok, e mi sono portato due cose per mangiare, che sennò mi sembrava un peccato venirci solo per cinque minuti. Almeno mi godo la vista del mare.»

«Ma è tuo 'sto posto?»
«Te l'ho detto, è una storia lunga.»
«Scusa, non c'abiti più, a Paloma?»
«No, macché. Sto a Roma da due anni, è a un'ora da qui.» Annuì. «Oh, eddai, ti fermi a pranzo, allora, no?»
«Mhmm. Sai cucinare?»
«Così pare.»
«Andata!» accettò Niccolò. «Ma vendi anche le sigarette? Sono venuto apposta, Maps mi diceva che le vendi, le sigarette.»
«Sicuro. E dovrebbe esserci rimasto qualcosa. Che vuoi?»
«Camel blu.»
«Ecc'a te. Quindi, com'è che ci sei finito, qui?» gli chiese Mario.
«È una storia lunga pure la mia. C'ho 'sta casa sulla spiaggia» mentì, «siamo arrivati ieri sera, col diluvio che dicevi. Sto con mio padre. A lui l'ho lasciato che dormiva. Ho fatto due passi sulla spiaggia per comprarmi le siga e... cazzo, sembri un'allucinazione!»
«Dài, faccio una spaghettata al volo eppoi, colle pance belle piene, ci raccontiamo 'ste storie lunghe. Non ci vediamo da quanto... tre anni?»
«Due e mezzo» disse Niccolò. «In pratica dal viaggio in Australia. Oh, eddai, se mangiamo assieme però muoviti che c'ho fame.»
«Vado a preparare, sì. C'ho un po' di pescetti in cucina, che pensavo di farmi un pranzetto in solitaria e li ho portati apposta. Mettiti al tavolo che ti piace di più, tanto la vista sul mare è uguale ovunque.»
«Di' un po'» fece Niccolò quando Mario fu tornato in sala; tra le mani una pentola di linguine allo scoglio, «qual è la storia di 'sto posto? Insomma... no, no, basta così, grazie, semmai dopo faccio il bis... t'ho lasciato che volevi fare il calciatore. Stavi nella primavera o come cazzo è che si chiama.»
«M'hai lasciato che volevo fare il calciatore, sì, ma...» Ma-

rio si fermò e masticò parole e vongole. «Mio padre è morto pochi mesi dopo l'Australia.»

«Cristosanto.»

«Tumore, l'ha scoperto due settimane dopo il nostro viaggio. Il cancro se l'è divorato. Un massacro del cazzo, ti giuro.»

«Mario, mi dispiace tantissimo, io non sapevo...»

«Tranquillo, va tutto bene. Non l'ho detto a nessuno.»

«Dio... Merda... Io non...»

«È morto che noi stavamo al terzo anno, quindi ho mollato la scuola e il calcio e ho iniziato a lavorare. Sai, mia madre non capiva un cazzo, depressa forte, e serviva qualcuno che guadagnava o finivamo sott'ai ponti.» Si chiuse nelle spalle. «Ho fatto il cameriere, poi un amico di famiglia m'ha preso come aiuto cuoco nel suo ristorante e lì mi sono detto che quel lavoro mi piaceva. L'anno dopo con l'assicurazione sulla vita di mio padre ho messo su 'sto posticino.» Spalancò le braccia a indicare il ristorante. «Aperto a giugno, lo gestiamo io e Clara. L'estate è andata bene, la spiaggia si riempie di gente e a luglio c'è venuto Totti, che ce l'ha portato il mio mister di quand'ero nella primavera, e appena s'è sparsa la voce che ci vengono anche i calciatori... *Boom*, la sala s'è riempita.»

«Ancora con Clara?» sbottò Niccolò. «State assieme da secoli!»

«Da quattro anni. Voglio sposarla.»

«Porcoddue, ti vuoi sposare? Ma che cazzo dici!»

«Lo so, ch'è presto, ma a me che me ne fotte. La amo, no?»

«Capisco.»

«Già.»

«Già.»

«C'esci ancora, coi fedelissimi?» s'interessò Mario.

«Come no!»

«I soliti coglioni?»

«Pure peggio.»

«Ma ti ricordi che cazzo combinavamo assieme?»

«Porcaputtana, che folli» borbottò Niccolò, mandando giù una tellina.

«La volta ch'abbiamo dato fuoco a quella Panda in piazza Beccaria?»

«Me la ricordo! Mirko voleva vedere s'esplodevano come nei film.»

«E quando abbiamo rapito quel cazzo di Chihuahua dal terrazzino del preside e gliel'abbiamo fatto trovare verniciato di rosa in palestra?»

«Quel cagnetto figliodiputtana m'ha quasi strappato un dito a morsi.»

«Gesù, che merde eravamo!» gridò Mario, battendo le mani sul tavolo.

«*Eravamo?*»

«In effetti m'hanno detto che voi tre non vi siete ancora calmati.»

«Te l'ha detto un uccellino?» chiese Niccolò ridendo.

«Uno stormo, direi. Siete sulla bocca di mezza scuola.»

«Che cazzo di problemi c'ha l'altra metà?»

Mario rise.

«Ce la godiamo al massimo, sì» assicurò Niccolò.

«Non ti sei ancora accasato, quindi.»

«Ah! Mai. Non succederà *mai.*»

Mario rise di nuovo, poi, dopo qualche istante: «E quindi» disse piano «qual è la tua storia lunga? Perché sei qui con tuo padre? Pensavo che non vi parlavate. Cioè, era così quando uscivamo ancora assieme. O sbaglio?»

«Eh, no. Non sbagli.»

«Epperò hai detto che siete qui assieme.»

«Sì. Ha comprato da poco 'sta villa, una di quelle sulla spiaggia» inventò.

«Figo.»

«Fighissimo. C'ha pure la Jacuzzi.»

«La Jacuzzi!»

«E la sauna.»

«La sauna!»
«E il proiettore per i film.»
«Il proiettore per i film!»
«Sai, è molto ricco» disse Niccolò.
«Tuo padre?»
«Eh.»
«Che lavoro fa? Non penso che l'ho mai saputo.»
«Oh» rispose Niccolò, scacciando una mosca che non c'era, «sai, fa il magistrato. Uno di quelli tosti. Combatte la mafia.»
«Davvero?» chiese Mario, ammirato.
«...»
«...»
«No» si sentì dire Niccolò. «No, macché, è un *mezzo barbone*. Scusa, era una balla. Era una balla e non so perché... non so perché l'ho detta.»
«Ah. Ok.»
«...»
«Ma s'è un mezzo barbone, la casa...»
«L'abbiamo scassinata ieri notte.»
«Niccolò, ma che cazzo dici?»
«Forse è meglio se non ne sai niente.»
«Eh, forse» concluse Mario; non sorrideva più, adesso.
«...»
«...»
«Diciamo ch'è solo una parte della mia storia lunga.»
«...»
«E non giudicarmi, checcazzo!» sbottò Niccolò.
«Non ti sto giudicando. Sono zitto.»
«Vabbè, si vede.»
«Che ti sto giudicando?»
«Appunto» disse Niccolò, e si accese una sigaretta.
Mario rise. «Non sei cambiato per niente, porcaputtana.»
«Vale a dire?»
«Vale a dire che sei ancora incazzoso e presuntuoso.»
«Se me la diceva qualcun altro, 'sta roba qui, gli davo un

pugno. Ma uno: tu sei troppo grosso e ci finirei io, a terra. A proposito, fai ancora palestra?»

«Football americano.»

«Ah, ecco.»

«Sì.»

«E due: mi conosci troppo bene, cazzo.»

Risero entrambi.

«Mi sei mancato, sai?» fece Niccolò.

«Pure tu, fratello.»

«Perché ti sei allontanato dal gruppo, allora? Eravamo i *fedelissimi* per un motivo, no?» Sbuffò una nuvoletta grigia.

Mario scosse il capo. «Sai, la malattia di mio padre e... il resto. Io...»

«Ma ti potevamo aiutare, no? Eravamo i tuoi amici» disse Niccolò. «E invece niente, sparito. Manco a scuola riuscivamo a beccarti. Non rispondevi alle telefonate, ai messaggi. T'abbiamo pure suonato a quel cazzo di citofono di casa per ore e ore. Ma pareva che t'eri dissolto.»

«Lo so, lo so. E mi dispiace. Ma...» cominciò Mario.

«Mirko voleva fare una rappresaglia, pestarti, diceva che se c'ignoravi era perché ti sentivi superiore.»

«Non è così.»

«E infatti li ho convinti a lasciarti stare, no?»

«Ero confuso, ecco tutto. Mio padre... il dolore è stato troppo forte.»

«Me l'immagino, ma... che cazzo ne so, potevamo aiutarti sul serio.»

Mario fece di no con la testa.

«No?»

«Non credo.»

«Ma perché?» chiese Niccolò.

«...»

«Oh, e quindi?»

«E quindi... chessò, è che forse ho pensato che dovevo farlo da solo, tipo. Capisci?»

«Che vuol dire, scusa? C'avevi bisogno di liberarti di noi?»

«No, non è questo... è che... non so, forse è che non volevo più... non volevo più fare certe cose. Capisci che voglio dire?» mormorò Mario.

«Tu volevi liberarti di noi, punto e basta. Non cacciarmi balle.»

«...»

«...»

«Ti fai ancora?» chiese Mario.

«Ecco. È questo il problema?»

«Non m'hai risposto.»

«Ogni tanto» disse Niccolò.

«Coca, fumo, alcol e tutto l'armamentario?»

«Eh.»

«Mhmm.»

«*Ti sei liberato dalla droga?* È questo che vuoi dirmi?»

«Anche» rispose Mario.

«Buon per te, certo» fece lui sollevando il bicchiere. «Alla tua!» propose. «Sei sempre stato migliore di noi. Il più bravo.»

«Non era questo che intendevo.»

«Massì, dài, fai quello onesto, porcocazzo.»

«No, proprio no.»

«Noi il dolore non l'abbiamo conosciuto mai, sì, e quindi?» continuò Niccolò. «Mica la colpa è nostra se... chessò, se il dolore non c'ha maledetti.»

«Pensi ch'è una maledizione?»

«Penso che il dolore a te t'ha fatto solido, Mario, ecco cos'è che penso. E questa sì ch'è una cazzo di maledizione. Ma tu dovresti saperlo. Eravamo d'accordo, no? Non ci dovevamo diventare, com'agli altri.»

«Le cose cambiano.»

«E le persone cambiano colle cose. Appunto» disse Niccolò, rapido.

«Ma voi non siete cambiati di un cazzo. Questo non capisci.»

«Noi cambiamo ogni giorno del cazzo, invece, ok? Mentre tu, colla tua fidanzatina dimmerda e col tuo ristorante e colla tua vita da perfettino sei sempre lo stesso. Uguale. Un morto che non lo sa.»

«Voi pippate e tracannate e andate a puttane tutt'i giorni come quando c'avevamo sedici anni. Ti pare che siete cambiati?»

«Lo vedi? Lo vedi, che ti senti migliore?»

«Non è vero!»

«Sì, invece» ringhiò Niccolò. «E comunque è diversa da come la dici.»

«Con tutta quella coca tagliata colla merda e colle femmine che manco guardate in faccia e...»

«Cazzo, tagliala, di sputare nel piatto dov'hai mangiato!»

«Sono solo cambiato, ok?»

«Stronzate.»

«È così.»

«Come sei bravo, Mario. Quanto sei intelligente!»

«Fottiti» sibilò lui; si alzò con i piatti e sparì in cucina. Quando tornò aveva due fette di torta poggiate su dei tovaglioli. «Alla crema, come piace a te.»

«Scusa» disse Niccolò, finito il dolce. «Forse ho esagerato.»

«Non preoccuparti. E comunque, la storia del diventare solidi... Scusa se te lo dico, ma funziona così quando succede qualcosa che ti fa crescere.»

«Continuo a non capirti» disse Niccolò.

«È che... è che può pure succedere che vai a sbattere contro qualcosa di duro, se ti muovi com'è che facevamo noi. Tipo uno spuntone che ti fa male e... e se appresso c'hai a qualcuno, se con te mentre che rimbalzi c'hai uno a cui vuoi bene... cazzo, allora lo spuntone gli fa male pure a lui.»

«Hai sbattuto contro al tuo spuntone?» chiese Niccolò.

«...»

«Lascia stare, non me lo devi raccontare per forza. È solo che...»

«Quando me l'hanno detto» rispose Mario, interrompendolo, «quando i miei m'hanno detto che lui c'aveva il cancro, ero... cazzo, Nico, ero fatto...» Si passò una mano tra i capelli. «M'ero sparato una quantità di coca e c'avevo messo pure un acido, che lo sai che c'avevo un debole per quelli. Quando me l'hanno detto, poi... cazzo, ho riso. Gli sono scoppiato a ridere in faccia.»

«...»

«Tornato lucido, volevo soltanto che a crepare ero io. Non lui. E allora ho capito che nel mondo ci devono stare anche i cattivi. Ci devono stare anche quelli che nella vita degli altri portano dolore e... merda, noi eravamo quelli. E io non ci sono riuscito più, a sopportarlo.»

Niccolò non fu capace di dire niente.

Il mare, al di là della parete finestrata, era un'immensa lastra di cristallo scintillante, immota. Il cielo, ancora sereno, sembrava sbandierare quella pace celeste che alla terra era sempre stata preclusa. La spiaggia era vuota. Una fila di palme a sinistra s'inzuppava dei raggi freddi del sole. Nel bar, un silenzio pesante, quasi sinistro. Ogni cosa immobile.

Era come se il mondo avesse smesso di girare, l'universo di funzionare e tutto si fosse posato al suolo, facendosi duro e pesante.

«Mi dispiace, scusa. Mollarvi senza dire niente è stata una carognata» disse Mario in un sussurro. «Solo che non ho retto più.»

«Va bene così» rispose Niccolò.

«Ho sbagliato a raccontarti 'ste cose?»

«No, credo di no. Ma... ma non lo so ancora.»

«Cos'è che non sai ancora?»

«Poco fa m'hai chiesto che ci faccio qui oggi» disse Niccolò. «Ecco, mi sa che questi giorni con mio padre sono il mio spuntone.»

Camporotondo, estate 2000

Quella sera il caldo era insopportabile. Teresa, appiccicosa di umidità, non faceva che asciugarsi con due dita la peluria tra naso e labbro superiore.

Era in camera sua, ritta davanti all'armadio in cui pareva fosse esplosa una bomba; vestiti dappertutto, alcuni franati fuori come se il mobile li avesse vomitati. Braccia penzoloni lungo i fianchi, fissava la montagna di indumenti da dieci minuti buoni ma non aveva ancora deciso cosa indossare.

Forse, in effetti, è meglio quando sono gli altri a dirmi che mettere.

Non aveva idea di come sarebbe andata la serata. La festa da Riccardo era un buco nero che l'attraeva e la terrorizzava. E lei, incapace d'intendere a cosa stesse andando incontro, non capiva in cosa avrebbe dovuto infilarsi. Ora indosso aveva il pigiamino delle Superchicche, grosse macchie di cioccolato sulle tette, e una sensazione molto simile a quella che provava a Capodanno. Malinconia, ansia ed eccitazione mescolate assieme. Ma quei due, il pigiama e la sensazione da fine dell'anno, addosso non avrebbe potuto averli.

Elena, ancora umida di doccia, entrò in stanza zampettando, micia che si avvia verso la ciotola della pappa. «Sono gasatissima. Mi tremano le ovaie!»

Che cosa schifosa da dire.

«Non hai ancora scelto che metterti?»

Teresa fece no con la testa, tenendo lo sguardo basso e le labbra ingiù.

«Oh, Madonna santa!» sbottò Elena, percorrendo la stanza e andando a sedersi sul letto vicino all'armadio, di fronte a lei. «Ci risiamo? Davvero?»

«Ele, tu vacci, alla festa. Io... io resto a casa» mormorò.

«Ma perché?»

«È che non mi va» rispose con un filo di voce.

«Sei stata tu a iniziare 'sta cosa, non puoi tirarti indietro!» disse Elena. «Sei stata tu a chiedermi d'aiutarti a rimorchiare 'sto coglione. Tu a...»

«Senti, lo so, ok?» fece lei alzando la voce. «Lo so e non c'è bisogno che mi fai il riassunto di... di me stessa.» Sospirò. «Ho solo cambiato idea.»

«C'è una ragione?»

C'è?

Non lo so, Terri. Credo di sì.

«Non mi va» disse tracciando un cerchietto con il piede.

Elena sbuffò. «Ci sta avere paura delle cose nuove, ma se ogni tanto non ti butti stai sempre nel punto in cui stai. E diciamocelo, Terri, tu mica sei felice di rimanere nel punto in cui stai.»

Teresa fece no con la testa.

«Appunto!» squittì. «E se la strada ch'hai percorso finora non t'è piaciuta, allora devi fare qualcosa di diverso. Tipo stasera, no? Mica poi è detto che quel ragazzo ti piace veramente, magari ti fa schifo, magari vuoi farti suora e...» Si bloccò. «Ch'è, vuoi farti suora, per caso?»

«Mannò!»

«Puoi dirmelo, eh. C'avrebbe senso, credo.»

«La pianti?»

Risero entrambe.

«Però, insomma, capisci che cos'è che ti voglio dire?» chiese l'amica.

«Sì, direi di sì.»

Elena la studiò per qualche istante di troppo. «Lo so, che a volte pensi che sono troppo dura con te. Ma lo faccio perché ti voglio bene, no?»

Teresa annuì. «È che...» *Cosa?*, le girava un po' la testa, «ho cambiato idea, mi sa. Anche se lo so, che hai ragione. Io... lo so.»

«Mica è un problema se ogni tanto cambi idea, eh. Lo facciamo tutti. Cambiamo idea e cambiamo pure noi e...»

«E come fai a sopportarlo?» la interruppe. «Cioè, come la sopporti questa cosa di... di cambiare così?»

«Ma porcammerda, è una figata! Cioè, Terri, guarda che secondo me, poi, arriva l'età che non possiamo più cambiare. E lì sì che sono cazzi seri.» Annuì. «Ma adesso c'abbiamo diciassette anni, possiamo fare come ci pare, possiamo... *essere* chi ci pare. Goditela e affanculo, no?»

Teresa, incerta, annuì. «Ok.»

«*Ok?*»

«Ok.»

Non la convinceva, il discorso. Ma la rabbia che aveva provato quella mattina, la sensazione che le avevano dato le formichine schizzando ovunque, voleva provarla ancora. E qualcosa le diceva che andando alla festa non solo sarebbe successo, ma ne sarebbero arrivate altre, di formichine.

«Bene. Allora non fare più la scassacazzi e andiamo a prepararci.»

Si chiusero in bagno.

Teresa si chinò, aprì il cassetto sotto il lavabo e mostrò all'amica tutti i trucchi di sua madre. Elena, sicura, cominciò a rovistare, sorridendo.

«Ma è davvero di tua madre 'sta roba?»

Lei rispose di sì.

«Scusa, ma perché allora è sempre così...» Agitò una mano. «Insomma, perché non li usa mai?»

Teresa si chiuse nelle spalle. «Mi sa che vorrebbe, ma... ma non può.»

«Non può?»

«Non può.»

«In che senso? Chi glielo impedisce?»

Sé stessa, pensò, ma non lo disse: per qualche ragione quella risposta, per quanto le sembrasse ragionevole, sensata, la faceva vergognare.

«È che... Sai, per la Chiesa truccarsi troppo non è proprio...» cominciò.

«Cazzo!» proruppe Elena, spalancando gli occhi. «Non si trucca *per la religione*? Davvero?» Sbuffò forte, poi rise. «Ma è tipo scritto nella Bibbia?»

Teresa annuì, ma pensava che ci fosse dell'altro, che se sua madre non si truccava non era solo per questioni religiose. «Diciamo di sì.»

«Però vorrebbe» continuò l'altra. «Sennò mica le comprerebbe, tutte 'ste cose, no? Vorrebbe, ma non lo fa... pensa te che storia» e rise di nuovo, ora scuotendo il capo. «Ma se li utilizziamo non se n'accorge?»

«Credo di no» disse Teresa, e si chinò accanto a lei. «Non li usa mai, però mi sa che ogni tanto controlla quali sono scaduti e li butta senza neanche guardarci dentro.» Quando trovava le confezioni nella pattumiera infatti erano sempre ben sigillate: non le apriva proprio. «Possiamo usare quello che ci pare e poi rimetterlo nelle scatole. Non credo che riesca a capire che i tubetti sono vuoti solo dal peso, no?»

Elena la guardò, ammirata. «Ma da quand'è che sei così furba, scusa?»

Teresa sorrise.

«Checcazzo, allora affanculo!»

Cominciarono a prepararsi.

Non potevano agghindarsi, truccarsi e indossare i vestitini per la festa lì in casa, però. Se la madre di Teresa le avesse viste conciate così come Elena aveva deciso per entrambe, con quegli abiti scollati e con quel trucco pesante, le avrebbe ammanettate al tavolo della cucina. Le avrebbe costrette a sgranare il suo rosario in madreperla. Avrebbe chiesto l'aiuto di padre Renato, il prete della chiesa del Villaggio. Così si limitarono a docciarsi e cospargersi di una lozione all'aloe che, a sentire Elena, rendeva la pelle morbidissima e lucente. Quindi uscirono dal bagno e tornarono in stanza.

Lì indossarono bermuda di jeans e canottiere, roba semplice, da tutti i giorni. Infilarono negli zaini i vestiti per la festa, con le scarpe e i trucchi della madre di Teresa, e, ridacchiando piano, traversarono il corridoio.

I genitori di Teresa erano convinti che le due sarebbero andate in paese per una pizza, un gelato e una passeggiata. Fosse stata sola, Teresa non avrebbe mai ottenuto il permesso di fare una cosa del genere. Ma quella sera era con Elena, e quando c'era di mezzo lei sua madre non diceva mai di no. Era stata l'amica, infatti, a parlare con i suoi. Con una naturalezza che Teresa non avrebbe saputo neanche fingere, quel pomeriggio era entrata in cucina, si era versata un bicchiere d'acqua e, sorridendo a tutto spiano, aveva solo detto "Stasera io e Terri c'andiamo a fare pizza e gelato in paese". Teresa, sull'uscio del soggiorno, nascosta dalla tenda di corda, aveva visto la madre strabuzzare gli occhi e aprire un po' la bocca, senza però emettere alcun suono. Suo padre, invece, tirando su lo sguardo da *Furore* di Steinbeck, aveva sorriso, ma poco, come per non farsi vedere.

Era fatta.

Attraversarono il soggiorno, uscirono in veranda e trovarono i genitori, seduti al tavolino di vimini. Lei leggeva "Famiglia cristiana", lui era ancora alle prese con Steinbeck. La radiolina portatile di sua madre, proprio al centro del tavolino, mandava Radio Maria.

«Noi andiamo» esordì Elena.

Teresa, che dall'amica aveva ricevuto il preciso ordine di non fiatare, annuì e basta, burattino a cui avevano tirato su il filo legato alla testa.

La madre di Teresa sorrise, ma a Elena soltanto. Poi diede

di gomito al marito e lui, con la sua solita lentezza snervante, mise una mano nella tasca dei bermuda e ne pescò quarantamila lire. Fece per allungare le banconote a Teresa ma la moglie, lesta, gliele tirò via e le diede a Elena.

«Questi sono per le pizze e i gelati» disse sorridendo. «A che ora... a che ora tornate?» chiese, quasi a bassa voce.

A Teresa sembrò remissiva e molto cauta, come si vergognasse di fare quella domanda. Continuava a guardare solo Elena.

«Non tardi» rispose lei. «Andiamo con la navetta, penso che al ritorno prendiamo l'ultima, quella di mezzanotte. Forse però prima di metterci a letto ci facciamo un bagno» continuò, annuendo e sorridendo. «Ieri è stato proprio bello, il mare di notte è tanto tranquillo.» Altro sorriso. «Negli zaini abbiamo i costumi e i teli, così non dobbiamo entrare in casa e non vi svegliamo.»

La madre di Teresa sorrise a sua volta, come se Elena le avesse appena fatto dei complimenti meravigliosi. «Ma certo, mi sembra una bella idea.» Poi, facendosi molto seria: «Te la raccomando» disse, additando la figlia. «Lei non c'è abituata, a uscire la sera e fare tutte quelle cose che fate voi.» Annuì, grave. «La sto affidando a te, ok?»

Teresa, ancora ferma e zitta sul posto, sentì l'impulso di urlare. Di chi era la colpa se non le faceva mai, lei, *quelle cose*?

Un po' è anche tua, Terri.

Non è vero. Non è vero per niente.

«Certo!» trillò Elena in risposta, e poi si voltò a guardare l'amica; e Teresa riconobbe in quegli occhi la stessa lucina che vedeva nelle persone che si trovano davanti a un cucciolo di cane. «Ci penso io» disse infine.

E si congedarono.

Uscirono, fecero il vialetto e, guardandosi attorno attente, andarono in spiaggia. Il litorale era ammantato da un buio liquido. Solo la luce della luna, come nebbiolina leggera, cercava di allentarne le maglie. Non c'era un'anima. Le villette che lo costeggiavano avevano le finestre illuminate, ma parevano lontane anni luce. Il mare calmo sembrava fosse in attesa che le due ragazze che gli camminavano davanti, strascicando i piedi sulla sabbia fresca, ridendo e confabulando, dessero inizio al loro spettacolo. In cielo non una stella.

Elena, procedendo rapida e sorridente, disse che le era venuta un'idea e, senza aggiungere altro, andò al bar della spiaggia. C'era un mucchio di gente, quel posto sembrava popolato a tutte le ore del giorno. Andarono al bancone ed Elena ordinò una bottiglia di vodka, dietro gli occhi esterrefatti di Teresa. Pagò con le quarantamila lire del padre e, ringraziando il barista con una strizzata d'occhio, uscì. Teresa, che intanto avvertiva il cuore tamburare e le mani sudare, non fu capace di parlare. Anche quella sera, com'era capitato con Riccardo, era in balìa di qualcun altro.

Tornarono indietro, verso la villetta dei Vasta, ma si fermarono a metà strada ed entrarono negli spogliatoi, quelli in cui Teresa si era cambiata prima d'incontrare Riccardo al bar della spiaggia. Adesso erano mezzi bui, la sola luce era quella dei neon scassati, infarciti di falene e insetti morti, sopra gli specchi che sormontavano la fila di lavabi. Sulle mattonelle bluastre, il solito pantano di sabbia secca e pozze giallognole d'acqua di mare e piscio.

«Gesummio, che schifezza!» fece Elena, guardandosi attorno. «Ma c'è poca luce, qui dentro, non veniamo mica bene, così.»

"... non veniamo mica bene."

Elena si modificava come fosse materia estranea a sé stessa. Sembrava che ora, negli spogliatoi, dovesse farsi un autoritratto. Che dovesse creare lei stessa l'immagine di come sarebbe stata quella notte. Dipingere la Elena che avrebbe abitato il mondo, e che sarebbe andata alla festa di Riccardo, per poi farla sparire e sostituirla con un nuovo dipinto.

Teresa l'ammirava per questo. Per lei le strade percorribili erano due. Entrambe confuse, offuscate da una nebbia che non accennava a diradarsi. E poi, la forza di cambiare con quella rapidità e facilità non ce l'aveva. Quando le era capitato di farlo, le era parsa roba difficilissima, stancante da morire.

Ci riuscirò mai, a essere così?

Perché, pensi sia il modo giusto di vivere, quello di Elena?

Non lo so mica, però quantomeno sembra felice.

Si sistemarono in un angolino degli spogliatoi, tra una parete scrostata e un lavabo che pareva il meno zozzo. Appesero gli zaini ai ganci traballanti, sembravano artigli di uccellacci infilati nel muro. E, attente, si cambiarono. Prima su una gamba e poi sull'altra, tremolando, rischiando di cadere più volte e sudando. Ma allo stesso tempo ridacchiando, spintonandosi piano a vicenda e cacciando urletti felici quando una delle due stava per finire a terra. Teresa si sfilò maglia e bermuda. Mantenere l'equilibrio, al buio, con Elena che non la smetteva di ridere e spingerla, fu difficile, ma il sorriso non svanì neanche per un istante. Mise i vestiti vecchi nello zaino e prese gli altri: un abitino turchese, scollato e dal tessuto sottilissimo, e le scarpe con i tacchi. Era tutta roba di Elena, tant'è che il vestito le andava un po' stretto. E poi, lei non li aveva mai indossati, i tacchi. Figurarsi averne, di scarpe così.

Elena si sbrigò poco dopo di lei, e fu il momento del trucco.

Teresa lasciò che l'amica la trasformasse; bambola nelle mani capaci di una bimba che vuole giocarci, modificarla, cambiarla.

Sono Barbie Magia delle feste.

Con il pettine, Elena le sistemò i capelli. Poi le fece chiudere gli occhi e la truccò, le tirò via i baffetti e le sparse un po' di brillantini un po' sul viso e un po' sulle braccia.

«Pronta!» le disse infine.

Teresa si mise allo specchio e si studiò.

Ombretto, correttore, fondotinta, lucidalabbra, mascara, eyeliner, fard. Guance incavate, naso meno pronunciato, occhi più grandi. Teresa indossava una maschera. Un travestimento che della realtà, di quel che c'era sotto, di sé stessa, non lasciava trapelare niente. Indossava una nuova verità. E d'un tratto paura e disagio sparirono, lasciando il posto a un senso di sicurezza sconosciuto e a un inedito desiderio di conquista. Ecco, sì: Teresa voleva conquistare un pezzetto di mondo, un fazzoletto di terra che fosse solo suo.

«Allora, che te ne pare?» la incalzò Elena.

Lei si voltò e la strinse in un abbraccio.

«Eddai, t'ho solo truccata. Non fare 'sto teatrino» e ridacchiò, incerta.

Teresa tornò al proprio riflesso. «Voglio mettermi il push-up» decise.

«Che zoccola!» proruppe l'altra, e scoppiarono entrambe a ridere forte. «Posso prestarti un reggiseno dei miei» continuò. «Nello zaino ne ho due, ché ero indecisa su quale mettermi, e con le tette che ti ritrovi sembra che ce l'hai sul serio, il push-up.»

Così Teresa indossò il suo.

Si truccò pure Elena e misero tutto negli zaini. Nel farlo Teresa rischiò di finire con le chiappe a terra due volte, e dovette poggiarsi alla parete.

«Ma non è che cadi, con quei tacchi?» fece Elena.

«Eh, me lo stavo chiedendo pure io.»

«Cammini com'a un dinosauro.»

Risero entrambe.

«Sul serio, però» continuò Elena. «Forse puoi metterti qualcos'altro, no? Cioè, voglio dire, è la tua prima volta sui tacchi e magari ci...»

«No» rispose lei, decisa. «Li voglio tenere.»

Elena tirò su le mani, come a dire "Ok, sta' calma". «Ho un'idea!» fece poi, quindi aprì lo zaino e ne tirò fuori la vodka; Teresa se n'era scordata ma, in effetti, non le era chiaro cosa avrebbero dovuto farci, con tutto quell'alcol. «Ora noi due ci facciamo un preserata coi fiocchi!» disse, agitando la vodka. «E nel frattempo ti eserciti a camminarci su» concluse, indicando i tacchi.

«Ma cos'è un *preserata*?» chiese Teresa.

«È quando bevi prima di andare da qualche parte.»

«Ma perché si dovrebbe bere *prima* di andare in un posto?»

Elena, spazientita, cacciò un insetto che non c'era. «Perché poi ai locali costa troppo o c'è la fila al bar o l'alcol è uno schifo o... Senti, 'sta cosa si fa e basta, ok?» disse infine. «E poi è divertente!»

Uscirono dagli spogliatoi.

Teresa, le tette che le pareva le sfiorassero il mento e i piedi infilati in quei trampoli traditori, si pensava goffa. Eppure non la smetteva di sorridere. Si sentiva in missione, parte di una squadra; lei e la sua migliore amica erano invincibili. Erano un *team*. Erano Kelly e Tati di "Occhi di gatto", due ladre che sotto copertura si divertivano a fare del mondo il loro parco giochi.

Si fermarono sull'uscio del cubo di cemento grezzo. All'entrata c'era una larga pedana di legno, assi mezzo marcite e scollate tra loro, e fu lì che si sedettero. Spalle al muro e gambe stese, si appollaiarono vicine, le braccia a sfiorarsi, e aprirono la vodka. La luna le illuminava gentile, senza rimarcarne i difetti. Il silenzio rotto solo dalla risacca, un crepitio che sembrava lontano.

La spiaggia e il mare, il mondo intero, erano tutti per loro.

Cominciarono a bere la vodka. Prima una e poi l'altra, ne prendevano piccoli sorsi e se la passavano di mano. Nel frattempo chiacchieravano, o meglio: Elena parlava, mentre Teresa l'ascoltava. Le raccontò di un *preserata mattofollepazzo*, mesi prima con certe amiche che Teresa non conosceva. Lei non disse niente, ma avvertì la morsa della gelosia strizzarle un po' le budella. Le raccontò che una aveva vomitato prima di entrare in discoteca, che un'altra aveva *limonato duro* con uno sconosciuto che le aveva prestato l'accendino, che lei, Elena, aveva finito l'intera bottiglia di gin da sola. Teresa, estasiata, intanto continuava a bere, fissando l'amica. E quando Elena ebbe messo un punto al racconto, Teresa si rese conto d'essere alticcia.

Elena dovette notarlo, perché le prese la bottiglia di mano e disse: «Sì, ora basta, eh?». Rise. «Se c'arrivi ubriaca, da quello, non riesci a farci niente.»

Teresa scoppiò a ridere.

«Dài, fammi vedere come ci vai, su 'sti tacchi.»

«Ma ora?»

«Eh.»

«Ma qui?»

«Eh.»

Era buio, e le assi di legno erano tutte sghembe: non ce l'avrebbe mai fatta senza finire con il muso a terra, era un'idea pessima.

«Se impari ora, fidati che puoi camminarci in tutte le condizioni.»

Non aveva torto.

Teresa allora si tirò su, ma una vertigine cercò di metterla al tappeto, tanto che dovette fermarsi per un istante. Poi si guardò attorno, attenta e lentissima, e cominciò a camminare.

Braccia aperte, uccellino che sta per spiccare il volo, occhi ben piantati a terra e busto rigido come avesse avuto una camicia di forza. Pareva stesse procedendo su una fune, equilibrista inesperta. Non era facile, ma manco poi così difficile. Fece avanti e indietro una, due, tre volte. Si fermò per chiedere con gli occhi l'approvazione di Elena e quella annuì, incollando le labbra alla vodka. Quindi riprese, rilassata. E al decimo giro andò meglio. Braccia lungo i fianchi, piedi sicuri, occhi che si aggiravano per il litorale: senza rendersene conto, camminava in automatico.

Elena si complimentò con lei, tirandosi su e dandosi delle forti pacche sul sedere per scrollarsi la sabbia di dosso. Poi, sbrigativa, come se solo ora si fosse accorta di essere in ritardo per un appuntamento importante, decise che era il momento di andare alla festa.

Teresa sentì un tuffo al cuore, ma cercò d'ignorarlo.

Nascosero i loro zaini negli spogliatoi, li avrebbero presi al ritorno, si diedero un'ultima occhiata allo specchio e si diressero alla villa di Riccardo.

Teresa cominciò a sudare davvero. Il galoppare del cuore non lo poteva più ignorare, troppo forte, insistente. Le gambe si facevano sempre più deboli. Vedeva la villa di Riccardo farsi sempre più vicina e le parve fosse la casa a venirle incontro. Si costrinse a non dire niente, però. Elena era così contenta. Rideva, l'abbracciava, saltellava: non le andava di guastarle l'umore. Così, zitta, proseguì assieme all'amica lungo la spiaggia e, dopo pochi minuti, eccole.

A destinazione, varcarono il cancelletto rosso. E il mondo esplose.

Dalle casse, sparate a tutto volume, Britney Spears. Affisse al portico, la macchina del fumo, che inondava il patio di nebbia, quella delle bolle, che volavano leggere, e quella delle luci stroboscopiche, che schizzavano ovunque. In piscina, gonfiabili dalle forme strane; un delfino, una giraffa e una balena; ce n'era uno a forma di donna, con bocca e gambe spalancate. A ballare, a tuffarsi, a bere, ragazzi che urlavano, ridevano, si spintonavano.

Ben vestiti, ben fatti e modellati. Erano bellissimi e capaci d'indossare quella loro avvenenza con una naturalezza stronzissima per lei. E d'un tratto, dinnanzi a quella fauna, Teresa regredì di botto.

Era di nuovo piccola. Una bimba cretina. Brutta, bassa, grassa.

Voleva tornare a casa. Nella sua stanzetta, nel suo pigiamino, nel...

Ricordati: se il mondo la bellezza non ce la dà, noi ce la prendiamo.

Ma non lo so, come si fa.

Fai un tentativo, allora. Lasciati andare, ragazza.

Seguendo Elena e ingoiando il disagio, Teresa s'inoltrò tra i corpi.

Un gruppo si era disposto a cerchio attorno a una bottiglia che veniva fatta girare come la lancetta di un orologio. Due limonavano duro sulla gramigna. Una trentina di ragazzi, tutti ammassati, sudati, ballava con le braccia al cielo; Christina Aguilera aveva preso il posto di Britney. In piscina, tra tuffi, schizzi e limoni, dei ragazzi avevano preso sulle spalle delle ragazze, che lottavano tra loro. La musica rintronava. Le urla s'impennavano. C'era un odore strano. Sudore e alcol e cloro. Le luci stroboscopiche impazzavano selvagge.

«Facciamoci un cocktail» propose Elena.

Raggiunsero il tavolo sotto la veranda, foderato di una tovaglia a scacchi rossi e bianchi; sopra c'era una foresta di bottiglie, bicchieri sporchi e puliti, cannucce e tovaglioli. Elena preparò due drink. Brindarono e mandarono giù. Poi ripresero a zigzagare per il giardino, tra le bestie selvatiche.

Un tizio muscoloso uscì dalla piscina, si mise davanti al cancello rosso e si lanciò di pancia sulla gramigna, scivolando fino al portico come una foca. Una ragazza si eresse sul trampolino e prese a ballare con il putto, culo e tette in aria. Tre ragazzi montarono sulla donna gonfiabile e si lanciarono in vasca.

Ogni cosa pareva dettata dall'insensatezza.

Era un girone infernale dove i dannati erano felici di essere stati puniti. Dove tutti agivano in funzione di un'istintività primordiale che aveva messo a tacere ogni regola e linea di confine. C'era un senso di libertà assoluto in quei pezzi di carne, e Teresa ora voleva che possedesse pure lei.

D'un tratto tutti alzarono gli occhi e lei, automatica, li imitò.

Riccardo, indosso un costume a slip, torreggiava sui peccatori come il demone capo del girone, in piedi sul tetto della veranda. Si sbracciò per avere l'attenzione dell'intero inferno, si scolò il cocktail che aveva in mano e lanciò il bicchiere sulla folla. Fece un inchino, prese la rincorsa sulle mattonelle del tetto e, rapido, energico, sicuro, si tuffò in piscina.

Fu un salto di sei metri d'altezza e tre di lunghezza.

Quando riemerse, mani al cielo, tutti esplosero in grida e applausi.

Uscì dalla vasca, diede il cinque a chi gli si parò davanti e, come procedendo verso una meta già stabilita, andò incontro a Elena e Teresa. Si piazzò davanti a loro, sorrise e si scrollò l'acqua di dosso come un cane. «Ehilà» salutò.

«Hai fatto un bel volo» si complimentò Elena.

«Vola solo chi osa farlo» rispose Riccardo.

«Ah, pure filosofo.»

«Si può sapere perché cazzo sei così acida con me?» le chiese.

«Sono acida con tutti quelli che trattano male la mia amica.»

«T'ho trattata male?» domandò Riccardo, girandosi verso Teresa.

Bagnato da capo a piedi, il costume lasciava intravedere il ventre, i cui muscoli disegnavano una V precisa. Gli addominali brillavano, i boccoli neri sussultavano a ogni movimento.

Quanto ti voglio.

Riccardo sorrise e, senza attendere una risposta, riprese: «Siccome mi sono rotto il cazzo di sentirti parlare come se t'ho ucciso la famiglia» disse a Elena, «e siccome sono un Dio misericordioso, ora facciamo una cosa.» Si girò, gridò qualcosa e Alessandro accorse come se a reclamarlo fosse stato il Padreterno. «Tu ti vai a fare un giro collui» continuò Riccardo, rivolto a Elena, «mentre io e te ci facciamo una cosetta da bere e mi dici quand'è che t'ho trattata male» concluse, stavolta parlando con Teresa.

Elena non se lo fece ripetere e sparì con Alessandro nella folla.

Teresa e Riccardo andarono al bar. Lui versò la vodka in due bicchieri, poi bevve la sua e la fissò. Teresa, quindi, lo imitò, represse un conato di vomito e sorrise. Bevvero ancora e ancora e ancora. Ogni volta d'un fiato, scolandosi i cocktail per intero. Infine lui le fece cenno di seguirla e la condusse in casa.

Luci basse. In cucina, due ragazzi limonavano, strusciandosi.

Ma... sono... sono due maschi?

Nella Jacuzzi, tre ragazzi e tre ragazze si baciavano, alternandosi. Su uno dei divani ci dormiva un tizio. Sul tappeto, una pozza di vomito. Riccardo lo afferrò per i capelli, lo buttò giù e lo fece atterrare nel suo stesso rigurgito.

«Perché quelli lanciano le palline del ping-pong nei bicchieri di birra?» chiese Teresa, prendendo posto sul divano.

Riccardo rise. «Si chiama *beer pong*, è un'americanata.»

«E tu perché ti sei buttato dal tetto?»

«M'andava di farlo, no?»

E io perché sorrido?

«Ah, porcocazzo, aspetta qui, torno subito subito» disse lui.

Si alzò, andò in cucina e cacciò i due ragazzi che si palpavano poggiati al frigo; quando entrarono in soggiorno, lei notò che i loro costumi erano gonfi.

Sì, erano due maschi.

Riccardo aprì il fornetto, ne prese una bustina piena di farina e ne mise una striscetta sul bancone. Si tappò una narice, si chinò e, con l'altra, aspirò. Alzò gli occhi al cielo, si grattò il naso, frenetico, e sbuffò.

Tornò da lei. «Alle due si fa il tiro alla fune maschi contro femmine.»

Oddio. Ma ha appena... «Il tiro alla fune?»

Annuì. «La squadra che perde poi deve farsi il bagno tutta nuda.»

«Oooh!»

«Eh, sono un asso a fare le feste. Il migliore, tipo» disse lui, fiero, poi diede una spintarella con il piede nudo al tipo svenuto nel vomito e lo insultò. «Ma ch'è, per caso sai chi cazzo è 'sto coglione?»

Teresa fece di no con la testa.

«Vabbè, basta che non schiatta qui» disse. Prese dal tavolino di fronte una sigaretta da un pacchetto abbandonato e un cocktail bevuto a metà e iniziò a fumare e a bere. «T'ho trattata male, quindi?» e le sorrise, serissimo.

Lei, senza volerlo, si esibì in un sorriso largo e sconosciuto che decise di non reprimere; voleva assecondare ogni istinto quella sera, pure i più idioti.

«Eh, mi pareva che t'era piaciuto pur'a te, infatti» rispose lui.

Teresa non disse niente, ma il sorriso si crepò appena.

«Oh, parlami un po' di te» fece lui, «voglio conoscerti davvero, sapere com'è che sei qui» e con un dito le sfiorò il petto, lì dove c'era il cuore.

«Ma la festa...» disse lei; si tuffò nel cocktail e se lo scolò.

Era al quinto, adesso girava tutto. Il mondo era lontano, lei confusa.

«Oh, ma ci sei?» Riccardo la fissava, divertito.

Teresa lo guardò a lungo, forse troppo. «Come?»

«T'eri bloccata» e rise.

Rise pure lei.

«Se non vuoi raccontarmi di te va bene.» Si raddrizzò. «Volevo essere gentile, no? È che tu mi confondi. Te l'ho pure già detto, no? Una volta scappi, una volta mi...» Si fermò, scrocchiò il collo. «Volevo essere gentile, ecco, ma, cioè, se preferisci fare come l'altra volta possiamo salire in camera mia e...»

«Mi piace l'idea che ti confondo» si sentì dire, e bevve il drink di lui.

Riccardo la fissò un attimo, poi: «Porcoddue, sei strana forte, lo sai?».

Teresa fece per parlare, ma finì per sorridere e basta.

Occhi che si chiudevano, braccia, gambe molli che pareva si potessero sciogliere da un momento all'altro. Bocca impastata, sapore come di melone ma più zuccheroso. Testa che girava furiosa, rumori ovattati, vista annebbiata.

Stava perdendo il controllo del suo stesso corpo.

«L'altra volta hai detto che se vedi una cosa che ti piace, te la prendi.» Riuscì a dire: «Si...» balbettò; singhiozzo, vertigine. «Significa che ti piaccio?»

«Pulcino, a me mi piace tutto e tutto voglio perché tutto m'appartiene, e quindi tutto devo avere.» Rise. «Ehi, ho fatto la rima!»

Ma che rima?

Un istante di silenzio, poi Teresa prese a ridere in modo isterico. Finito l'eccesso, aprì la bocca per parlare, senza sapere cosa dire, quando tre ragazzi arrivarono in soggiorno correndo, bagnati e ubriachi lerci.

«Puttanadellamiseria, Richi!» urlò uno. «Ti cerchiamo da tipo otto ore! Ci sono tre femmine che si baciano in piscina ed è una cosa della Madonna!»

Lo sollevarono di peso e, rapidi, sparirono tutti oltre la porta vetrata.

Teresa rimase sola.

Si mise sulle gambe, e il mondo vorticò selvaggio. Ricadde sul divano, si fece una risata, si rialzò. Resistette alle vertigini, prese un respiro, uscì.

La gente pareva muoversi a scatti, la terra cedeva sotto i suoi piedi. Di Elena non c'era traccia, ma tra la confusione della villa e quella nella sua testa era probabile che non l'avesse vista. Si mosse verso la piscina e...

Buio.

Era nella pista da ballo, circondata da corpi estranei, sudati, bellissimi. Musica che martellava, fumo che serpeggiava, luci che coloravano. E in quel macello fluido di gesti e rumori e odori, Teresa si sentì parte di qualcosa. Alzò le braccia, chiuse gli occhi, reclinò il capo. Cominciò a ballare. Al centro della pista, al centro del mondo, era come tutti gli altri. Lei *era* tutti gli altri.

Lasciati andare, ragazza.

Tirò le braccia più in alto, serrò gli occhi più forte, reclinò il capo più indietro. E si lasciò andare davvero. Ancheggiava. Muoveva le spalle. Portava il culo all'insù, le braccia all'infuori, il petto in avanti. Seguiva il ritmo della musica e il bollore dei corpi. E ballava.

... lasciatiandareragazzalasciatiandareragazzalasciatiandareragazza.

Carne estranea a lambirla. Avvertiva quei corpi vivi, caldi e forti tanto vicini da sentirli parte di sé stessa. Il loro calore, il loro odore. In quella bolgia erano una sola grande massa. Fluido senza forme. E lei muoveva le mani e le braccia e le spalle e il petto e il capo e ancheggiava e si abbassava e si rialzava. Dita tra i capelli, se li scarmigliava. Palmi sui fianchi, si massaggiava. Ballava e si muoveva e tirava su le braccia e le agitava e...

Buio.

Era tra la piscina e il tavolo da ping-pong. Da sola. Ferma. Si guardava attorno, cercava qualcuno, qualcosa, ma non riusciva a riconoscere alcunché. Girò su sé stessa e...

Buio.

Le veniva da vomitare e da pisciare. Ci vedeva a stento. Girava tutto.

Elena. Ho bisogno di Elena. Dov'è Elena?

Zigzagò per la villa, prima sulla gramigna poi in casa, cercando la sua amica, barcollando tra i selvatici. Ma Elena pareva sparita. Uscì di nuovo e...

Buio.

Traversò il giardino, ragazzi ovunque che bevevano e ballavano e che, credette, la fissavano come avesse avuto qualcosa di orribile in faccia. Aprì il cancello rosso e andò verso il mare, barcollando sulla sabbia fresca. Stava per sedersi, mollarsi a peso morto, quando qualcosa catturò la sua attenzione.

Si fermò.

Sembrava un animale ferito. La bestiola, qualsiasi cosa fosse, guaiva ritmica. Veniva dal punto in cui le lacrime di un salice piangente, con le radici in una villa vicina a quella di Riccardo, piovevano sulla spiaggia.

Teresa si guardò attorno, soffermandosi sul pezzetto di riva che pareva essere la fonte dei lamenti, e come in trance barcollò lenta in quella direzione. Quand'ormai era a pochi metri dal salice, li vide.

Elena e Alessandro, ingarbugliati tra loro.

Lei stesa sulla schiena, lui le stava sopra. Lei con il vestito alzato e le gambe aperte, lui con i bermuda calati e i piedi affondati nella sabbia. Lei che gli artigliava la schiena nuda e muscolosa, lui che, muovendo il bacino avanti e indietro, pareva colpirla con il ventre.

I guaiti che Teresa credeva fossero di una bestiola venivano dalla bocca di Elena. Capo reclinato, tette a traboccare dal vestito, gambe a cingere il sedere di lui che, lento, deciso, si dimenava sopra di lei.

Urletti, schiocchi, gemiti.

Si aggrappavano l'uno all'altra, si stringevano, si graffiavano. Lei gli mordeva il collo e gli tirava i capelli e continuava a graffiarlo ovunque. Lui, puntellando i pugni sulla sabbia, inarcando la schiena, le dava manate rapide sui fianchi e sul culo e intanto le affondava la cosa dura dentro il corpo.

Teresa, a pochi metri, li fissava: non riusciva a distogliere lo sguardo.

Braccia abbandonate lungo i fianchi, capo appena inclinato, le labbra disegnavano un ovale perfetto. Il cuore batteva veloce, ma adesso la testa non girava più, il mondo le si parava davanti agli occhi con una nuova nitidezza.

E fu in quel momento che sentì qualcosa spezzarsi, dentro di lei. Come le era già capitato al Conad, settimane prima. Un filamento logoro, sfilacciato, si era spezzato. Una cordicella dentro di sé che, forse, finora aveva funzionato da argine. Strappatasi quella, il corpo venne invaso da milioni di formichine. Era sempre stata una fune dura e molto ben intrecciata, resistente. Una corda che negli ultimi mesi si era assottigliata sempre di più come se qualcuno, forse più di uno, ne avesse tagliato i tantissimi piccoli filamenti di cui era costituita. E adesso, adesso che quella fune era stata spezzata, le formichine erano libere. Libere di riversarsi dappertutto, di correre nel corpo di Teresa e di prenderne il controllo.

D'un tratto la musica dalla villa di Riccardo s'impennò, ci fu un boato ed Elena, tirando su il capo, urlò: «Teresa, che cazzo fai!».

I due si staccarono, rapidi, calamite che si baciano con gli stessi poli.

E lei, senza cambiare posa, si girò e se ne andò.

Diede le spalle a Elena, ad Alessandro, alla festa e, sgambettando sulla spiaggia, si diresse verso casa, verso il faro che brillava. Occhi al cielo senza stelle, mani aggrappate al vestito, piedi che si muovevano automatici.

In testa non aveva niente.

«Teresa, ferma! Ferma, cazzo, ferma!»

Qualcosa le artigliò un gomito e le fece fare una piroetta.

«Lasciami!» abbaiò Teresa, tirò via il braccio e si liberò dalla presa.

Elena indietreggiò. «Ma che cazzo ti prende?»

«Mi prende che sei una *puttana*.» Le parole erano venute fuori da sole, ma non si pentì. «Mi prende che sei una puttana e che ti odio. Mi fai schifo!»

L'altra, il petto che si alzava e si abbassava frenetico, la fissava senza parlare. La mano con cui l'aveva tirata ancora a mezz'aria, in faccia un misto di confusione e sorpresa. «Sei ubriaca?»

«Sì, sono ubriaca. E allora? Che vuoi?»

«E allora credimi che stai dicendo cose che domani...»

«Sto dicendo le cose che penso.»

«Pensi che sono una puttana? È così?» gridò Elena, e le si avvicinò.

Teresa le diede uno spintone, forte. «Come la chiami una che lascia da sola la sua amica per andare a...»

«La chiamo adulta, cazzo.» Fece qualche passo verso di lei. «Ma tu che cazzo ne devi sapere? Sei una bimba che c'ha paura di tutto.»

«Vaffanculo!»

«Sei gelosa?» fece Elena.

Teresa aprì la bocca, ma la richiuse subito.

«È così, cazzo. Sei gelosa!» urlò, e rise.

Nel buio, nel silenzio del litorale, loro le sole a puntellarlo, la sua voce le sembrò potentissima. Come avesse urlato in un microfono.

«Vaffanculo vaffanculo vaffanculo!» strillò Teresa, pestando i piedi e calciando la sabbia; le mani a pugno, gli occhi serrati.

«T'ho lasciata sola per manco due ore, cazzo! Eppoi tu eri con...»

«Non c'entra niente!» gridò. «Dovevi stare con me. Dovevi...» Non lo sapeva; della rabbia che le esplodeva nel petto era certa, ma delle ragioni no.

Teresa studiò l'amica. E pensò che la rabbia che le si dimenava dentro, che dava vita alle formichine e che lei non conosceva, era cosa buona e giusta.

Pensò che se solo fosse riuscita a tenerle sempre unite, le sue formiche. A raggrupparle, fissarle in un unico, grande insieme compatto che si muoveva e spingeva in una sola direzione. Se ci fosse riuscita, ad adunare i suoi pezzi, avrebbe picchiato ogni Elena del mondo. Non capiva da dove venisse quella rabbia mai sentita prima, ma non importava. Solo adesso capiva che per sentirsi in pace doveva prima fare la guerra. Solo adesso capiva che alla guerra lei era pronta. Solo adesso capiva che lei la guerra la voleva.

«Lo vedi?» urlò Elena portando le braccia al cielo. «Sei isterica, cazzo. Isterica!» La fissava con schifo. «Sei una frustrata. Una che non è mai felice e che pensa che non è colpa sua ma del mondo, ch'è cattivo e la tratta male.»

«Ed è così. È così. È...»

«Stronzate! Il mondo tratta dimmerda tutti, ma più te la butti addosso, lammerda, più stai male. E tu lammerda te la tiri sempre addosso. Checcazzo, svegliati! Cresci!»

«Almeno io non faccio finta di essere chi non sono.»

«Ma perché, Teresa, tu chi cazzo sei?»

Passarono istanti lunghissimi, il buio e il silenzio le divoravano.

«Domani mattina te ne vai da casa mia, poi non ti voglio più vedere» disse Teresa. «Forse hai ragione, la merda me la sono buttata addosso. Ma ora che l'ho capito, decido io come devono andare le mie cose.»

Si girò. E s'inoltrò nella notte.

Paloma, inverno 2019

Niccolò strascicava i piedi nudi sul bagnasciuga.

L'acqua del mare, fredda, gli intirizziva le dita. Il sole, timido e pallido, sembrava incapace di riscaldare la terra.

Andava verso la villa dove aveva dormito la notte prima, dove avrebbe rincontrato il padre, lasciandosi alle spalle il ristorante di Mario. Occhi bassi a setacciare la sabbia in cerca di qualcosa che non c'era, braccia molli lungo i fianchi e scarpe allacciate dietro la nuca, le gambe facevano da sole.

Che cazzo ne deve sapere, quello? È già morto e manco se n'accorge.

Ne sei sicuro? Sicuro sicuro sicuro?

TU. STAI. ZITTA.

La vocina stronza, che gli tarlava il cervello da giorni, dopo il pranzo con Mario si era irrobustita. Acida, ora gli diceva che Mario aveva ragione. Su di lui, sui fedelissimi e, pure se non ne aveva parlato, persino su suo padre. Aveva ragione su tante cose. Ma soprattutto sul fatto che rimbalzando come facevano loro, lui e i fedelissimi e suo padre, facevano del male a chi avevano intorno. Era tutto vero, sì: il loro *lasciarsi accadere* aveva un prezzo, e a pagarlo erano gli altri, quelli che gli stavano vicini.

«Pezzo dimmerda!» gridò al mare, calciando un cumulo di sabbia.

È inutile che te la prendi con Mario. Non guardare il dito e concentrati sulla luna, piuttosto.

Vai a cagare, tu.

Si fermò, si appollaiò sulle collinette che delimitavano la battigia e si fece un cannone. Il mare, calmo, sembrava volergli spiattellare la sua serenità. Allora lui gli bestemmiò in faccia, aspirò il fumo e prese il cellulare. Dacché era partito con il padre non lo aveva controllato e scoppiava di notifiche. Tutte stronzate. Instagram: solo in quel momento si rese conto di non esserci entrato neanche una volta in quei giorni, ma non ce l'avrebbe fatta, a postare una foto, era troppo scombussolato. Trovò parecchi messaggi di Mirko e Luca, gli chiedevano che fine avesse fatto, dove fosse, perché non rispondesse, e molti della madre, Teresa: "Tutto bene?" "Rispondi. Ti prego. Ho provato a chiamarti." "Scusami, ho esagerato. Ti aspetto a casa, torna." "Rispondi. Sono preoccupata." "Niccolò?" Ti scongiuro, CHIAMAMI". "Niccolò!" Seguivano una trentina di telefonate perse.

Forse, pensò, avrebbe dovuto chiamarla, ma qualcosa lo bloccava.

Teresa era una stronza. Eppure ora la vocina gli sussurrava che lei era una vittima. Vittima di Niccolò, del suo rimbalzare selvaggio e, si diceva adesso, forse pure del padre, che un tempo, magari proprio quando si erano conosciuti, diciannove anni prima, rimbalzava come lui, come il figlio.

Sì, ne era sempre più convinto. Per quello che gli aveva appena detto Mario, per quello che gli suggeriva la vocina stronza da giorni, per quel modo di comportarsi allucinato di suo padre. Teresa era vittima del loro rimbalzare, e se oggi era una tale stronza, era solo per legittima difesa.

"I cattivi al mondo devono pur esserci."

Più quella frase gli sbatacchiava tra le pareti del cervello, più nella sua testa si faceva chiara l'idea che il padre fosse uno di loro: uno dei cattivi, uno di quelli che portano dolore nella vita degli altri. La ragione non la conosceva, il motivo per cui ne fosse tanto sicuro gli sfuggiva. Ma l'istinto gli diceva che era così. Ne era talmente sicuro che gli parve folle non averlo visto con la stessa nitidezza nei giorni trascorsi assieme. A cosa aveva pensato? Cosa cazzo gli era passato per la testa quando aveva deciso d'imbarcarsi con lui per quel viaggio?

Ma io non devo essere com'a lui. Io posso essere altro.

Quel pensiero lo colpì come un pugno in faccia.

Fece un tiro di canna e si sdraiò sulla sabbia, occhi al cielo.

Il litorale era desolato. Un gabbiano volava in tondo, poco lontano, il mare applaudiva piano, a scena vuota, il sole era alto ma freddo.

Chiuse gli occhi e, sorpreso lui stesso, vide il viso di sua madre.

Aveva sbagliato a dirle quelle cose? A urlarle al telefono, pochi giorni prima? A decidere di partire con suo padre, nonostante lei lo avesse supplicato di non farlo?

E in quel momento, steso sulla spiaggia deserta, da solo e con gli occhi chiusi, ripensò a qualcosa che non gli tornava in mente da tanti anni. Qualcosa che era rimasto nelle profondità della memoria, seppellito da migliaia di altri ricordi, che oggi aveva trovato la strada di risalita verso la luce. Come se quei giorni con il padre e la discussione con Mario e i pianti della madre avessero causato un terremoto che aveva aperto una faglia, una crepa larga e profonda da cui quei ricordi stavano venendo a galla.

Risalivano al periodo in cui lui e la madre vivevano ancora nell'appartamentino vicino all'aeroporto, a Paloma. Quand'erano loro due, da soli. Pochi mesi dopo la morte dei nonni materni, Fabrizio aveva cominciato a far visita a casa loro con una certa regolarità. Teresa nelle prime settimane lo chiamava "il mio amico", ma Niccolò lo sentiva, che tra i due c'era un rapporto strano. Un anno, e la madre gli aveva detto di avere un *fidanzato*. Due, e si erano sposati; Niccolò, elegante nel suo completino, aveva traversato la navata della chiesa portando le fedi e un bouquet di roselline bianche. Aveva solo nove anni, non era che un bimbo, ma che qualcosa in Teresa fosse cambiato ai suoi occhi era stato subito chiaro. Aveva preso a ridere più spesso, proponeva ogni fine settimana di andare al ristorante, in pizzeria, e aveva pure cominciato a prendere lezioni di tango con Fabrizio. Niccolò ricordava quel periodo come il più felice e spensierato della loro vita. Tutto, però, ha una fine. E ciò che più ci ha resi felici è, al tempo stesso, quel che ha la capacità, proprio con la sua fine, di distruggerci. Quel periodo era finito una domenica mattina di ottobre dell'anno successivo, quando Niccolò aveva dieci anni. I tre, una famiglia strana ma funzionante, si erano trasferiti da poco nell'appartamento dove vivevano oggi. Lui stava dormendo in camera sua, ed era stato svegliato da una mitragliata di urla così selvagge che per qualche istante aveva pensato fossero entrati i ladri. Dapprincipio, spaventato, confuso, non si era alzato, tirandosi fin sopra il mento il piumone con su stampate le moto da cross. Le urla però non erano cessate e così aveva deciso di alzarsi. Una mano a strizzarsi il pisellino, dettaglio che non si sarebbe dimenticato, perché pochi minuti dopo si sarebbe pisciato addosso insozzandosi pure le dita, era uscito dalla stanza. Percorso il corridoio, si era fermato sull'uscio della cucina. Lì le urla erano forti: la madre piangeva, Fabrizio gridava. Entrambi paonazzi, con i capelli scompigliati, in pigiama e a piedi scalzi. L'uno di fronte all'altra: lui strepitava, mentre lei non faceva che singhiozzare. Fabrizio le urlava che *non era normale, che era un suo diritto saperlo e che così lui non ci stava*; Niccolò non aveva idea di cosa stesse parlando. Sua madre, invece, si limitava a tirare su con il naso e a scuotere la testa e a piagnucolargli che *non voleva parlarne*, pregando il marito di *smetterla*, di *lasciarla stare* e di non farglielo *dire*; pure di quello Niccolò non capiva niente. Il bambino, ancora fermo sull'uscio della cucina, non osava muovere un muscolo. Sarebbe dovuto entrare, farsi vedere, correre dalla madre e abbracciarla?

Nel mondo di ciascuno, nel corso degli anni, avvengono tante piccole calamità. Cataclismi capaci di far estinguere ogni forma di vita che lo abitava. Nei casi più fortunati, quando la catastrofe ha lasciato un terreno fertile, e non solo polvere, il mondo si ripopola. Di quel che è stato rimangono solo tracce, fossili interrati difficili da trovare. E i nuovi organismi, inconsapevoli, possono fiorire, vivendo sulle macerie di quella civiltà perduta e destinata a rimanere sepolta per sempre. Nei casi meno fortunati, il mondo ha per sorte quello di diventare nient'altro che un cumulo di detriti.

Ciò che era successo nel mondo di Niccolò, la domenica di quasi dieci anni prima, era un cataclisma in piena regola. Catastrofe giunta senza alcuna avvisaglia. La sua primissima apocalisse personale, avvenuta quando non era che un bambino, era stata tanto rapida quanto inaspettata. E per nome, quel primo cataclisma, portava le parole che aveva urlato Teresa al termine della lite con Fabrizio. Il suono dell'apocalisse di Niccolò era la voce della madre che gridava nella cucina di casa.

Teresa aveva urlato quelle parole. Fabrizio si era ammutolito, come se anche il suo di mondo avesse appena subito una catastrofe. E Niccolò se l'era fatta addosso, immobile dietro la porta della cucina. Lo avevano trovato pochi secondi dopo. Aveva cominciato a piangere, mutandine e pigiama dei Power Rangers zuppi di pipì e, come per magia, la madre e Fabrizio si erano calmati.

Nessuno aveva mai fatto parola di quel che era successo, e il coraggio di chiedere spiegazioni Niccolò non l'aveva mai avuto: era un mostro troppo grande e spaventoso da affrontare.

Il mostro era rimasto in un angolino della sua testa a sonnecchiare, zitto e buono, e Niccolò la sua conoscenza non l'aveva mai fatta, non davvero. Per anni, soprattutto quelli subito dopo la domenica mattina in cui era nato il mostro, la sua presenza l'aveva avvertita forte, come un peso sulle spalle. Ma pian piano era andata alleggerendosi, e del mostro era rimasto solo un sentore. In fondo, le volte in cui Niccolò aveva cercato di ricordare cosa avesse detto sua madre, quale suono avesse prodotto l'apocalisse e di che pasta fosse fatto il mostro, non era stato capace di farlo. Nella sua memoria, le urla, e il panico che avevano generato dentro di lui, erano forti e chiare; come se gli anni non ne avessero intaccato i contorni. Ma le parole, le parole esatte pronunciate da sua madre, erano state cancellate in modo netto, definitivo.

La sua testa di bimbo aveva deciso d'ignorarlo, il mostro. E affanculo.

Allora c'era riuscito. Ma in quei giorni il padre pareva volerlo destare, stuzzicare e farlo incazzare, il mostro. E il mondo, con Teresa che al telefono frignava e lo pregava, con Mario che gli raccontava del padre e con tutto quello che stava succedendo, sembrava tramare con suo padre.

Ma perché? Che cazzo c'entro? Che vuole da me? Che dovrei fare?

I figli sono coacervi di rimorsi e rimpianti, dolori e piccole felicità mai dimenticate o vissute che i genitori, poveri diavoli che lottano per preservarsi dall'annientamento, costruiscono nel tentativo di ricostruirsi. Mescolandoli a quell'amore che sono convinti, e felici, di riversare nei propri figli, infilano nel risultato della loro unione pure tutti i materiali di scarto accumulati fino a quel momento. Per alleggerirsi, discolparsi e, infine, amarsi.

Ed era questo ciò che stava facendo suo padre, Niccolò l'aveva capito. Voleva portarlo lì, a Sud, a Camporotondo, per infarcirlo, il figlio, delle colpe di cui si era macchiato. Per sgravarsi di quel peso nel vano tentativo di tornare al grado zero di sé. Ma Niccolò non gliel'avrebbe permesso.

Guardò il messaggio della madre e spense il cellulare: non era pronto.

Quindi si mise a sedere, prese dalla tasca del giubbotto la scatola delle meraviglie e ne tirò fuori la coca. Si fece una striscia. E un'altra. E un'altra ancora. Poi la posò, si alzò e si incamminò verso la villa.

Trovò suo padre spaparanzato sul divano.

Piedi sulla carcassa del tavolinetto rotto la notte prima, occhi incollati alla tivù, guardava un documentario sui leoni marini e mangiava orecchiette al pomodoro da una zuppiera strapiena.

«Ah, bentornato» lo accolse senza guardarlo.

Niccolò non rispose. Prese una Heineken dal frigo e si sedette con lui.

«Cominciavo a preoccuparmi» gli disse il padre.

«Il mio numero ce l'hai, mi pare. Potevi chiamarmi, no?»

«...»

«...»

«Va tutto bene?»

«Alla grande» rispose Niccolò dopo un po'. «Dobbiamo rimetterci in strada, però. È già tardi, ma se ci spicciamo riusciamo ad arrivare stanotte stessa in quel cesso di posto dove vuoi andare.»

«Perché tutta questa fretta?» domandò lui. «Potremmo fermarci qui per davvero, no? Chessò, magari per una o due notti, no?»

Nessuna risposta.

«Oh, sto parlando con te» disse il padre, fermo.

Niccolò si fece un sorso di birra, poi: «Vedi di stare calmo».

«Sono calmo. Sei tu che non parli.»

Lui si girò e gli servì un'occhiata in cagnesco.

Avrebbe voluto sputargli addosso, spaccargli la faccia. Pugni, ceffoni, calci. Sentire la cartilagine del naso frantumarsi sotto le sue nocche, i denti rompersi sotto le suole delle sue scarpe. Avrebbe voluto vederlo ai suoi piedi, a singhiozzare e a sanguinare e a implorare per la sua vita.

Sei una bestia del cazzo.

Vicinissimi, uno con la birra, l'altro con la pasta, sul divano di quella casa non loro, al posto di un padre e di un figlio, Ettore e Attilio, che non avrebbero mai potuto essere, si misuravano.

«Perché mi vuoi portare in questo paese dimmerda?» chiese Niccolò.

Silenzio.

«Rispondimi, cazzo. Parla! Tira fuori i coglioni.»

Qualche istante di silenzio, poi il padre, pianissimo: «Sei tornato uno stronzetto, vedo». Distolse lo sguardo e lo riportò alla tivù, riprendendo a farsi la sua pappa al pomodoro. «La passeggiata in spiaggia ti ha dato alla testa?»

«SMETTILA!» tuonò, fuori di sé; la voce rimbalzò per tutta la casa.

Il padre continuava a guardare i leoni marini. «Sei troppo rigido, sai?»

Niccolò scattò all'impiedi e, con un gesto ampio e rapido, scagliò la Heineken contro la tivù. Lo schermo si ruppe, la bottiglia andò in mille pezzi. E il padre, lanciando la zuppiera in aria, orecchiette e pomodoro che svolazzavano come coriandoli festosi, si alzò e gli si avvicinò.

«Che cazzo hai!» strillò il padre.

Erano a un palmo di distanza.

Lo ammazzo. Ora lo ammazzo. Porcatroia, lo ammazzo lo ammazzo.

I pugni formicolavano. L'adrenalina lo inondava. Sangue al cervello, vista offuscata, fiato mozzo. Voleva fargli male. Massacrarlo di botte. Ridurlo a una poltiglia fetente e irriconoscibile di sangue e merda.

"Qualcosa che esiste e che però non c'è."

La nausea e la rabbia montavano a ondate, sommergendolo.

Nel silenzio violento della villa, i loro fiati facevano un gran fracasso.

«Dimmi perché mi stai portando in 'sto paese» riuscì a ripetere.

Avrebbe voluto dire altro. Insultarlo, mettere a parole l'odio, la rabbia che lo maceravano perché potesse farsene carico pure lui, che ne era la causa. Ma non ne fu capace. Era troppo stanco, troppo lontano dal vuoto rassicurante che lo aveva abitato fino a pochi giorni prima. In quel vuoto Niccolò aveva sempre trovato un posto in cui abitare. Ma ora, con il padre che cercava d'ingozzarlo di nomi e definizioni, avvertiva un affollamento incontrollabile.

Sentì di voler piangere. Poi di nuovo di volerlo picchiare. E infine di volerlo abbracciare, stringerlo a sé per non farlo fuggire mai più.

Il padre aprì la bocca per parlare, ma non ebbe tempo di fare altro.

Un rumore metallico li raggiunse dall'ingresso.

Uno schianto, la porta che si apriva.

E dei passi in corridoio.

Padre e figlio presero a correre per il soggiorno, falene intrappolate in un neon. Il primo, senza fiatare, corse dietro una cassapanca piena di statuine dorate e sparì. Il secondo, da solo al centro della stanza, si nascose in scivolata dietro al bancone del bar, si rannicchiò e s'immobilizzò.

Niccolò respirava a stento. Il cuore martellava. La testa girava furiosa.

Cazzo, finisce a cesso, qui. Finisce a cesso pesante.

Appallottolato dietro il bancone, cercava di farsi piccolo, nascondersi. E intanto spiava il soggiorno attraverso la fessura tra mobile e parete.

«Merda!» urlò una voce maschile in soggiorno. «Merdamerdamerda!»

Passi per la stanza, altre imprecazioni.

«Severino, usciamo!» disse una femminile; forse lei era in corridoio.

Altri passi. Uno scricchiolio di vetri, i cocci del tavolino rotto. Poi la voce maschile bestemmiò e quella femminile: «Severino, ti prego, ho paura!».

Altri passi.

Niccolò attraverso la fessura vide due paia di gambe aggirarsi per il soggiorno. Lui indossava jeans stinti e anfibi beige, lei un vestitino e un paio di Superga con su stampigliati Topolino e Paperino e dei cuoricini.

«Severino! C'è la macchina fuori, saranno ancora in casa, ti...»

«Sta' zitta, cazzo. Zitta!» abbaiò lui. «E chiama la polizia, t'ho detto!» Poi, urlando a pieni polmoni: «Chi c'è? Figli di troia, venite fuori!».

La ragazza aveva cominciato a piagnucolare. Ferma tra il corridoio e il soggiorno, le tremavano le gambe, le sole parti che Niccolò potesse scorgere di lei. Il ragazzo, pestando con gli anfibi come a voler schiacciare ogni singola mattonella della stanza, continuava a zigzagare lento per il soggiorno.

Niccolò, avvertendo una vampata di calore salirgli dallo stomaco alla testa, distolse lo sguardo e con gli occhi cercò qualcosa con cui

Cosa vuoi fare, eh? Cosa?

difendersi. Bottiglie ancora piene, vodka e gin e Martini. Uno shaker. Dei bicchieri. Un punteruolo da ghiaccio: lo prese e lo strinse. E si preparò.

«Clelia, la polizia! Muoviti, cazzo!» le ordinò lui, di nuovo.

La ragazza sembrava in stato confusionale. «Io...» articolò, pianissimo.

«Cazzo, chiama la polizia!» ululò lui.

Qualche istante di silenzio, e la ragazza iniziò a parlare, concitata: «C'è qualcuno in casa!» urlò. Disse l'indirizzo della villa, poi implorò di far presto e prese a singhiozzare. «Sono con il mio ragazzo e non...»

Ma s'interruppe. E subito prese a strillare, porco al mattatoio.

Ne seguì un macello devastante.

Grida inarticolate, dolorose, terrorizzate. Un tonfo, un altro e un altro. Un botto. Qualcosa che andava in pezzi, vetri che esplodevano ovunque. Urla. La voce maschile latrava. Il fracasso era continuo, pareva ci fosse una bestia enorme che si dimenava per terra, in soggiorno, spaccando ogni cosa.

Niccolò, punteruolo in mano, si alzò.

E davanti agli occhi gli si parò uno spettacolo grottesco.

Una ragazzina, doveva avere sedici anni, era semisdraiata per terra, in corridoio. Sangue le colava sugli occhi, sul naso, sulla bocca, trasformando il viso delicato in una maschera rossa. Aveva una ferita sulla fronte, la schiena alla parete. Piangeva, urlava, scalciava, le Superga con Topolino e Paperino strisciavano sul pavimento. Batteva le mani per terra, si dimenava, strillava.

Al centro, suo padre lottava con un ragazzo della sua età.

Attorcigliati in un corpo a corpo si massacravano di cazzotti e calci. Il ragazzo, in maglia rosa e jeans, menava i pugni colpendo alla cieca. Suo padre rispondeva con fendenti più precisi. E intanto si rotolavano per terra, stretti. Il padre gli piantò un pugno sulla fronte. Il ragazzo gli tirò i capelli e lo colpì sul petto. Si alzarono, si spinsero, ricaddero. Si tirarono su, si lanciarono l'uno sull'altro, finirono di nuovo a terra.

E giù con altri pugni, manate e calci.

D'un tratto la ragazza, alzandosi di scatto, malferma, corse incontro ai due che lottavano, urlando. Ma inciampò su chissà cosa e cadde. Batté la testa, schianto allucinante, e stramazzò al suolo, braccia e gambe spalancate.

«Clelia!» ululò il ragazzo, ancora ingarbugliato nella lotta.

Il padre, approfittando della distrazione, lo colpì in faccia. La testa del ragazzo fece su e giù, molle, inerte. E suo padre, rapido, gli saltò sopra, gli si mise cavalcioni sull'addome e gli diede un pugno. Uno spruzzo di sangue schizzò fuori dal naso del ragazzo. Il rumore, uno schiocco secco, rimbombò forte. E il ragazzo perse i sensi.

Per un istante il silenzio fu totale.

Riempiva tutta la villa, pressava sui muri e sui mobili e sulle persone.

La ragazza svenuta. Ricoperta di sangue e stesa in una posa innaturale tra i vetri rotti. Capelli sparsi attorno alla testa, vestito alzato a lasciar scorgere le mutandine. Il ragazzo aveva il capo reclinato, il viso porpora. A cavalcioni su di lui, il padre di Niccolò lo fissava. Zitto e immobile. Occhi sbarrati. Viso pieno di graffi. La maglia dei Simpson mezzo stracciata.

Tutt'attorno, la devastazione. Il divano capovolto. La vetrinetta a terra rotta. Il tavolo ribaltato. Ovunque cocci di vetro e suppellettili in mille pezzi.

Niccolò, ancora dietro il bancone, li guardava.

Braccia penzoloni lungo il corpo, bocca appena schiusa. Il punteruolo gli cadde di mano, tintinnando leggero. E una vertigine cercò di atterrarlo.

«Papà...» disse senza sapere come continuare.

La testa girava, di aria non riusciva a prenderne, il cuore galoppava.

Il padre, immobile, fissava il povero figlio di puttana che aveva preso a legnate, gli occhi accesi di una luce selvaggia. D'un tratto ebbe un fremito. Capo e petto tremolarono. Poi respirò forte, sorrise alla sua preda e la colpì.

La testa del ragazzo si scosse e rimase piegata in una posa assurda. Le ossa della faccia gli si ruppero in un *crack*, come quando si spezza un ramo. Ma il poveraccio, privo di sensi, non si mosse, non si oppose. Il padre lo colpì ancora. E ancora. E ancora. E ancora. Rise roco. Si sistemò sul corpo. E ricominciò. Mano chiusa, nocche di sangue, infieriva sul viso del ragazzo.

Crack. Crack. Crack, facevano le ossa che si rompevano.

Un pugno. Poi un altro. E un altro.

Crack. Crack. Crack.

Lo centrava sugli zigomi e sulle tempie e sul naso.

Crack.

Quello, bambolotto scemo, si buscava i colpi senza muoversi.

Crack.

Lo massacrava di cazzotti, concentrato.

Crack.

Una chiazza scura e fetente dilagò dal cavallo dei jeans del disgraziato.

Crack.

Un puzzo di piscio e merda si mischiò a quello di sangue e sudore.

Crack.

E Niccolò capì che lo stava ammazzando davvero.

"Eravamo quelli che nella vita degli altri portano dolore."

Corse verso il padre, lo prese per i capelli e lo tirò indietro.

Quello cadde di schiena. E subito, tra i detriti e il sangue e il piscio e la merda, cominciò a urlare e a ridere.

Niccolò si chinò sul ragazzo e gli posò due dita sul collo.

Era vivo.

Si girò. Il padre, per terra, sanguinante e stracciato, rideva e urlava.

E rideva. E urlava. E rideva. E urlava.

Cos'ha fatto. Cazzo, cos'ha fatto.

«Ce ne dobbiamo andare. Adesso» ordinò Niccolò. «Forza, alzati.»

Ma il padre sembrava non sentirlo. Per terra, tra gli schizzi di porpora, il piscio e i rottami del soggiorno, si rotolava e si sganasciava e singhiozzava.

Niccolò gli andò incontro, soppresse la voglia di piazzargli una sberla in faccia e, prendendolo sotto le ascelle, lo tirò su. Ma quello, rigido, sembrava non volersi alzare. Ci riprovò, gli strinse le mani e provò a issarlo, poi tentò prendendolo per la maglia, infine ancora per le mani. Ma niente. Suo padre, fuori dal mondo, non la smetteva di ridere e urlare; astratto dalla realtà in un modo che sembrava definitivo.

Le lacrime, con la voglia di arrendersi, spingevano.

Niccolò si chinò di nuovo su di lui, lo prese per i polsi e lo issò.

Stavolta ci riuscì.

Il padre si fece mettere su due zampe e gli si abbandonò addosso in un abbraccio. Lo stringeva forte, tastandolo frenetico, come per capire se il figlio fosse lì per davvero. Lo stringeva, lo accarezzava, lo strizzava. Gli premeva le mani sulla schiena, circondandolo con le braccia, lo teneva fitto a sé, la testa affondata nell'incavo tra il collo e la spalla. E intanto singhiozzava, respirando forte, sbuffando e inspirando in rantoli bagnati e tremanti.

Niccolò rispose all'abbraccio, mani sulla nuca di lui, e lo strinse forte.

Due metà della stessa cosa.

«Ho perso il... ho perso il co... il controllo. Ho perso il controllo. Ho perso...» piagnucolò il padre; muso nascosto nell'incavo tra il collo e la spalla del figlio. «Io non... non ce la... aiutami... aiutami, ti... ti prego.»

Niccolò, facendo una piccola pressione, lo allontanò da sé e lo guardò negli occhi; erano pieni di lacrime, e luccicavano: gli occhi di suo padre erano puntellati di stelle. «Ci penso io, papà» sussurrò infine, carezzandogli il viso.

Il padre andò in cucina, zoppicando e piangendo. Prese il suo zaino e, dopo aver scrutato il soggiorno, e i corpi dei due ragazzi, fece per uscire dalla villa, barcollando.

«Lascialo, lo zaino» gli disse Niccolò, ancora sul posto. «Lo so, che c'hai una pistola, lì dentro. E la debbo tenere io.»

Il padre, senza voltarsi, si fece scivolare lo zaino giù dalle spalle e lo mollò in veranda. Poi, gobbo sotto il peso del suo mondo in apocalisse, scomparve.

Niccolò si guardò attorno, solo nell'inferno che aveva costruito con il padre. E sentì di volersi rannicchiare e piangere fino a svuotarsi di tutte le sue lacrime, di tutti i suoi sé. Fissò i corpi dei ragazzi. Persone a cui loro, i cattivi, quelli che nella vita degli altri portano dolore, avevano cambiato per sempre l'esistenza. E avvertì qualcosa piantarsi nel petto.

La polizia sarebbe arrivata a breve. Li avrebbero salvati loro.

Niccolò si voltò, dando le spalle alla devastazione. E seguì le orme del padre, uscendo dalla villa e dirigendosi verso la macchina; in veranda, lento, si chinò, raccolse lo zaino e se lo gettò sulle spalle.

Fuori, nel giardino dietro la spiaggia, vide uno stormo di gabbiani che volava sul mare. Decine, centinaia, migliaia. Erano tantissimi, erano ovunque.

Si libravano nell'aria, zigzagando senza uno schema preciso, in un ammasso disordinato. Ognuno per conto proprio, schizzavano da una parte all'altra volando in tondo, calando in picchiata, librandosi in verticale nel cielo. Finché d'un tratto due, tre, quattro, forse cinque di loro si scontrarono in un frontale violento. E uno precipitò nell'acqua come fosse morto.

I gabbiani allora si schierarono in formazione compatta, divenendo un solo grande essere le cui parti, i singoli, si muovevano in armonia con gli altri. Lo stormo volò per pochi istanti in cerchio, attorno al punto in cui l'altro era precipitato, inghiottito dal mare. Volavano, viravano all'unisono, tutti muovendosi in modo perfetto. Infine l'entità si allontanò, puntando l'orizzonte. Un unico ammasso fitto e denso che rimpiccioliva.

Niccolò, occhi fissi dove l'essere era svanito in cielo, sentì una lacrima scendergli sulla guancia. E seppe cosa fare.

Camporotondo, estate 2000

Era pomeriggio, l'afa non lasciava respirare.

Teresa, sudaticcia e sfiancata dal caldo, era spalmata sul letto a leggere uno dei romanzi presi all'Autogrill. Non aveva fatto altro tutto il giorno. Si era limitata a cambiare posizione, ingarbugliata al lenzuolo sudato, e a zampettare in cucina per il pranzo; si era spazzolata un piattone di maccheroni alla norma, godendoselo tantissimo.

In testa, intanto, le svolazzavano sprazzi della notte precedente. Della festa in casa di Riccardo, della chiacchierata con lui e della lite con Elena. Era come se nel cranio avesse avuto un temporale. I lampi rischiaravano pezzetti della notte precedente e, tutte le volte che una scheggia di quel che era capitato veniva illuminata, Teresa avvertiva un senso di vergogna che le faceva male.

Eppure il senso di colpa, quello stronzo, non la stava stritolando come pensava che sarebbe successo. La stizza per Elena e per Riccardo e per ogni ragazzo e ragazza che aveva popolato la festa era più forte.

Sono cattivi. Ed egoisti. E finti. E...

E tu pensi di essere meglio?

Sì, lo sono.

Le piaceva, quella rabbia. Le pareva che addosso le stesse bene. Assecondarla un po' non avrebbe guastato.

Elena era andata via quella mattina. Non si erano rivolte la parola, sia la notte, tornate nella villetta buia, silenziosa, sia la mattina, durante la colazione e mentre l'amica ricompattava i vestiti nel trolley. Per andare in paese, dove avrebbe preso l'autobus per casa degli zii, aveva insistito per usare la navetta. E le due, Teresa ed Elena, si erano salutate appena; un bacio asciutto per guancia.

Era già capitato che litigassero e tutte le volte era stata Teresa a fare il primo passo per la rappacificazione. Stavolta, però, non aveva detto niente. E così, alla fine, si erano separate avvoltolate in una nube nera.

Ora, leggendo il suo libriccino, pur se ancora a disagio per aver perso il controllo la notte prima, si sentiva più forte. Adulta, dura. Non lo aveva mai sperimentato, l'orgoglio; abituata com'era a piegarsi a tutti. Mentre adesso, e durante la lite con Elena, se ne rendeva conto, era stato lui a comandare.

Dev'essere una cosa buona, no?

Ci sto perdendo le speranze, credimi.

Si mise seduta, bevve un sorso di Lete e mandò giù un paio di Macine; aveva nascosto il pacco sotto al cuscino, cosicché se sua madre fosse entrata non lo avrebbe visto. Poi tornò al romanzetto.

La storia era quella di Karen. Venticinquenne biondissima, bellissima che, ficcatasi in testa di voler diventare una ricca *businesswoman*, si trasferiva nella Grande Mela, mollando il paesello della campagna americana in cui era nata. Unico obiettivo: fare soldi; a Karen del resto non importava; al massimo della tinta ai capelli, sempre ben ossigenati, e dell'iscrizione in palestra, dove andava a buttare pomeriggi interi. Utilizzava chi conosceva, o incontrava, per i suoi scopi. Per una nuova posizione nel mondo del *business*, per un nuovo contatto in un ufficio di *business*, per una cena in un ristorante sciccoso con un nuovo capitano di *business*. Le cose dapprincipio le erano andate bene. Karen riusciva a infilarsi tra le maglie fitte del *business* newyorkese come un verme nella terra fresca. Finché un giorno aveva incontrato Ryan e ogni cosa era andata in vacca. Ryan era il segretario di uno dei più ricchi e sexy capitani di *business* della città. Un ragazzetto bruttino dell'età di Karen, un impiegatuccio senza infamia e senza lode che indossava soltanto camicie del centro commerciale e per pranzo si faceva sempre tramezzini con le uova sode e il prosciutto cotto al miele. Nonostante fosse uno sfigato, alla fine Karen se ne innamorava e, messo da parte il desiderio di diventare una *businesswoman*, decideva di stare con lui; ma solo per scoprire, poi, che l'impiegatuccio aveva un putiferio di soldi in un conto svizzero che i genitori gli avevano lasciato quando si erano schiantati in auto contro un guardrail e su cui Karen, famelica, rapidissima, metteva le mani per aprire il suo centro estetico extralusso.

Teresa cambiò posizione nel letto mettendosi sul fianco, cosicché il sole dalla finestra non la sfiorasse. Si asciugò fronte e petto, madidi di sudore acre. E, mandando giù dell'altra Lete, si ritrovò a pensare che la trama di quel libro avesse voluto dirle, comunicarle qualcosa. Come se Karen avesse voluto mettersi in contatto con lei, raccontarle una storia per lei importante.

Alzò gli occhi dalle pagine e vide la madre ritta sull'uscio della stanza. Tra le braccia, una cesta di panni. Tra le labbra, una sigaretta. Tra il panettone di capelli e gli occhi da serpe, la fronte era aggrottata in modo preoccupante.

La conosceva bene, quell'espressione: non presagiva niente di buono.

«Cosa?» fece Teresa.

«Che significa *cosa*?» disse sua madre. «Ti chiamo da due ore.»

«Non ti ho sentita, stavo...» *leggendo, potrò pur farlo, no?* «Che c'è?»

Lei si limitò a fissarla con uno sguardo duro.

«Ok, scusa, ero distratta» disse precipitosa. «Dimmi. Che c'è?»

«C'è che se ti chiamo, tu mi rispondi» sibilò sua madre, poi, dopo una pausa troppo lunga: «Sistemati 'ste cose nell'armadio» e indicò i panni.

Teresa annuì e si rituffò nel romanzo. «Dopo lo faccio.»

«Lo fai ora, Terri. Ora.»

«Per forza?»

«Hai deciso che oggi sul cesso ti ci siedi piangendo per il dolore?»

Teresa sbuffò, schiaffò il libro sul materasso e si alzò. Andò incontro alla madre, prese il cesto della biancheria e, con una violenza che non avrebbe voluto usare, lo mise davanti all'armadio; la bacinella, schiantandosi per terra, fece un rumoraccio, schiocco secco.

A quel punto la madre parlò di nuovo: «Terri, vieni qui un attimo».

Ci siamo.

Aveva una lucina nera negli occhi che non le piaceva per niente.

Teresa mosse qualche passo nella stanza, andò verso sua madre e le si piazzò di fronte. L'una davanti all'altra, a pochi centimetri di distanza, le due si misurarono per qualche secondo. Poi partì il ceffone. Preciso, pulito.

Teresa sentì la guancia andare a fuoco, la testa girare. E barcollò forte.

«Se ti rivolgi un'altra volta a questa maniera ti penti pure di respirare.»

Ma lei tirò su il viso, le si mise di nuovo davanti e sostenne lo sguardo.

Silenzio. Silenzio che pressava.

E partì il secondo ceffone. E il terzo.

L'aveva colpita sulla guancia, ma con più violenza e meno precisione, prendendole mascella e collo. Teresa sentì la pelle e i muscoli strillare di dolore, gli occhi bruciare di lacrime.

Ma non si lasciò andare come faceva ogni volta. Cacciò il pianto, inghiottì sofferenza e paura e tirò su il viso. Di nuovo. Puntò gli occhi su quelli della madre e, mascella serrata, narici dilatate, cuore pazzo, rimase a fissarla, immobile. Un istante lungo un'eternità, poi il putiferio.

La madre, veloce, la prese per i capelli, le fece roteare il capo e la buttò per terra. Teresa cadde, sacco di patate, sbattendo la testa sul comodino. Non ebbe che il tempo di girarsi, pancia all'aria, poi la madre le andò incontro e le lanciò addosso la sigaretta ancora accesa. La brace le s'infilò nei capelli e lei, impanicata, prese a rastrellarseli con le dita. Sua madre intanto aveva iniziato a schiaffeggiarle le cosce.

Teresa si lasciò sfuggire un guaito da animale ferito. Poi, rannicchiata per terra, agitandosi, braccia e gambe a schizzare ovunque, mollò una pedata alla madre. Quella abbaiò di dolore, vacillò e finì con la schiena alla parete.

Si riprese, ruggì, le si lanciò addosso. Si chinò sulla figlia, la colpì una, due, tre volte, prendendola a calci come fosse stata un pallone. Lei cercava di proteggersi, ma gli zoccoli di sua madre erano dappertutto. Poi provò a sferrarle un altro calcio, ma trovò il vuoto. Infine tentò di afferrarle la gonna per buttarla a terra, ma il lembo di tessuto le sfuggiva dalle dita.

Basta.

Vista annebbiata, fiato corto, cuore al galoppo. Sentì qualcosa di dolce inondare la bocca e il sangue iniettare il cervello e un formicolio scuotere le braccia e le gambe e tutto il corpo. Si tolse le mani dalla faccia, strillò e diede un pugno alla gamba sinistra della madre. Quindi, senza pensare, si tirò su, le andò addosso e, caricando come un ariete, la spinse. Sua madre, incespicando, finì a terra. E la figlia, rapida, cominciò a colpirla. Mani chiuse a pugno, si abbatteva su di lei con tutta la forza di cui era capace. Pugni, manate, calci.

Occhi sbarrati, capelli scarmigliati, canotta stracciata.

Era cieca.

Poi la madre l'accalappiò per una caviglia e la fece ruzzolare sul pavimento. Finirono sdraiate vicine sulle mattonelle. E presero subito a picchiarsi.

Urlavano, si lamentavano, gorgogliavano.

E intanto si dimenavano, si spingevano.

Teresa la colpì sulla pancia, la madre le tirò i capelli. Teresa le morse un braccio, la madre le diede un pugno sul sedere. Teresa le spedì uno schiaffo in faccia, la madre le prese una tetta e gliela torse, strizzando forte.

Un muro si frappose tra loro.

E le due rotolarono verso parti opposte della stanza.

Teresa alzò gli occhi e vide suo padre.

All'impiedi, dove moglie e figlia stavano lottando, aveva il fiato corto e gli occhi spalancati e le labbra che tremavano.

Lunghi istanti di silenzio, poi si soffermò sulla moglie, che lo fissava sconvolta e adirata e confusa, e scosse il capo. Quindi scoppiò a singhiozzare, si coprì il volto e uscì dalla stanza.

Madre e figlia, capelli scompigliati e vestiti stracciati, non si mossero. Ancora a terra, facce graffiate, rimasero a fissare il corridoio vuoto. Mentre dell'intera villetta s'impadroniva una quiete liquida e molto densa, interrotta solo dai singhiozzi del padre che, sempre più distanti, cadenzavano i secondi in cui il mondo dei Vasta procedeva verso la sua fine.

Teresa, accasciata sul pavimento, prese aria, poi sbuffò e sorrise.

Ha reagito. Ha fatto qualcosa. Mi ha difesa. Lui mi ha difesa!

Il sorriso si allargò, e sentì le lacrime salate entrarle in bocca; solo ora si rese conto di sorridere e piangere assieme. Pigiò sulle tempie con forza, poi sulla fronte e sugli occhi. Lasciò che il sorriso le stirasse la pelle arrossata dagli schiaffi. E si abbandonò a un piantino felice e triste e sorpreso e sconcertato.

Non la capiva, la ragione per cui dopo tutti quegli anni il padre si fosse deciso a fermare quella furia cieca che era sua moglie. La confusione era troppo grande. Ma di una cosa era certa: voleva abbracciarlo.

Senza guardare la madre, si alzò e andò a cercare suo padre.

Lo trovò nel portico, seduto sul dondolo mezzo scassato a fumare una delle sigarette della moglie. Rigido, fermo, fissava qualcosa nel mare di fronte a sé che doveva essere molto piccolo e molto lontano.

Teresa uscì e stette a guardarlo a lungo, poi: «Posso sedermi con te?».

Lui rispose allo sguardo, guance rigate di lacrime, occhi rossi, e annuì.

Accoccolati l'uno di fianco all'altro, con gli occhi che puntavano nella stessa direzione, vedendo cose parecchio diverse, non si sfioravano nemmeno, ma non erano mai stati tanto vicini.

«Papà...» iniziò Teresa, senza sapere come continuare.

«Scusami... scusami, Terri, io non sono...» la interruppe il padre, ma anche lui non finì la frase, e ricominciò a singhiozzare.

Si accasciò su di lei, gli infilò la testa sotto l'ascella e pianse più forte.

Teresa gli passò un braccio dietro la nuca, lo strinse a sé e gli premette la testa contro la sua; carezzandogli una guancia, sussurrandogli che era tutto ok. Spinse piano con le gambe e fece oscillare il dondolo, avanti e indietro. Adesso, stringendolo sempre di più, cullava suo padre che piangeva.

Quando lui riuscì a calmarsi, il petto che sussultava ancora forte ma a ritmo sempre più lento, si tirò su, si mise ritto contro la spalliera e, asciugandosi le lacrime e tirando su con il naso, le sorrise; un sorriso amaro, tristissimo.

«Va meglio?» gli chiese.

Il padre cacciò una risatina a metà e guardò il mare. «Dovrebbe essere il contrario» disse; si asciugò le lacrime superstiti, si accese un'altra sigaretta. «Dovrei essere io a consolarti, non tu.» Scosse il capo, sbuffò.

«Non ti avevo mai visto fumare.»

Lui lanciò un'occhiata schifo alla sigaretta, come se gli si fosse infilata in bocca da sola, e buttò fuori una nuvoletta grigia. «Ho smesso perché a tua madre dava fastidio quand'era incinta di te.»

«Ma lei fuma.»

Il padre ridacchiò, gli occhi erano ancora seri e tristi, e scosse il capo.

Rimasero a fissare il mare per un po', senza guardarsi, senza parlarsi, e, quando la sigaretta finì, lui, bisbigliando, le chiese se stesse bene.

Teresa non ne era sicura. «Papà, ma mamma è cattiva?» le venne fuori, e si rese conto che quella domanda le era rimasta incagliata in gola per anni.

«Sì, temo di sì.»

Si stava materializzando tra loro un'intimità quasi corporea. Qualcosa che prima d'ora non si era mai manifestata e che adesso, solida, pareva capace di spogliarli degli orpelli delle verità costruite negli anni. Teresa, pur sentendo di volersi abbandonare al padre, aveva la sensazione che in realtà fosse lui ad aver bisogno di un appiglio, di qualcosa a cui aggrapparsi.

Quindi ricacciò la paura e si preparò a crescere e morire un altro po'.

«Ci odia?» chiese lei.

«Non ci odia.» Sospirò. «Odia sé stessa. E punisce noi.»

«Perché? Voglio dire, siamo la sua famiglia.»

Il padre non rispose, ma la guardò e ricominciò a piangere. Le mani a stropicciarsi il volto, singhiozzava con il mento che poggiava sul petto.

«Papà...» balbettò; iniziava a preoccuparsi. «Papà, volete divorziare?»

Teresa da quella parola, "divorzio", era sempre stata terrorizzata.

Era un peccato, la madre non faceva che ripeterlo, ed era

sinonimo di distruzione. I genitori di Clara, una sua compagna di classe, avevano divorziato l'anno prima e lei, che aveva perso i capelli, era finita dallo *psicologo*, altra parolina che a Teresa faceva cacare sotto.

Lui, incapace di parlare, si limitò a fare no con la testa, singhiozzando.

Lo guardò, quell'uomo piccolo, accartocciato su sé stesso e in lacrime. E si scoprì a non provare pena per lui, ma rabbia. Ancora lei.

Avrebbe voluto correre lontano, tuffarsi in mare, infilare la testa nell'acqua. Ma forse quel momento, come altri di quell'estate, era importante. Un giorno di sole in cui sarebbe cresciuta assottigliando la distanza dagli altri.

«So di non esserci mai stato...» disse lui, «non ci sono mai riuscito.» La voce gli si ruppe; Teresa pensò che stesse per piangere di nuovo e pregò Iddio che non lo facesse. «Non ci riesco, Terri, mi dispiace, io... io non ne sono capace.»

«Cosa devo fare, papà?»

«Questo non lo so, Terri. Io non lo so e...» Sospirò. «E mi dispiace.»

Padre e figlia si guardarono negli occhi, cercando di dirsi tutto l'amore mancato, e si strinsero. Fu un abbraccio manchevole, però, pieno solo a metà. Poi lui si alzò ed entrò in casa chiamando il nome della moglie. E Teresa, sola nel portico, rimase a lungo a guardare i bagnanti.

Bimbi a costruire castelli di sabbia che presto sarebbero crollati. Gente a sfilare sulla battigia imprimendo orme che il mare eliminava subito. Ragazzi a fotografarsi davanti quel tramonto che entro pochi minuti sarebbe morto.

Stette a fissarli per un po', e sentì una morsa allo stomaco.

Ogni cosa era precostituita per la sua fine, ma Teresa non voleva vivere così. Non voleva vivere nell'attesa che le illusioni a cui si aggrappavano tutti, la madre e il padre e i bagnanti, si consumassero. Nella perenne ricostruzione di quel susseguirsi insulso di miraggi vuoti e inadempienti che tutti ergevano per sobbarcarsi del dolore della realtà. Eppure, crescere, diventare adulti forse non era che questo: attaccarsi tanto forte alle proprie illusioni da renderle un mondo in cui abitare.

Ma io non sono così. Per le cose mie decido io. Non gli altri.

Si alzò, si pettinò i capelli con le dita e si sistemò il vestitino. Scese le scale della veranda, atterrò in spiaggia e prese a camminare. A destinazione, spinse il cancelletto rosso e percorse il giardino, veloce e decisa.

Riccardo uscì dalla villa, assieme al suo solito sorriso pericoloso.

Teresa gli andò incontro a grandi falcate e quando furono vicini parlò.

«Stasera io e te stiamo assieme.»

Camporotondo, inverno 2019

Il buio li inghiottiva, famelico.

Padre e figlio, nella Fiesta silenziosa, percorrevano una strada deserta. L'auto un meteorite che attraversava lo spazio profondo alla ricerca di un nuovo pianeta da distruggere. Cielo terso, niente stelle. Di quello che sarebbe venuto non vedevano che il breve tratto illuminato dai fari della macchina.

Partiti dalla villa sul mare undici ore prima, non si erano scambiati una parola. Occhi sulla strada, neanche si guardavano. Il padre, dita sul volante, pareva catatonico; schiena dritta, bocca schiusa. Niccolò, sguardo piantato nel buio vivo oltre il finestrino, fumava una sigaretta dietro l'altra.

Alla destinazione mancava poco. Ma più si avvicinavano, più Niccolò sentiva di voler fuggire, tornare indietro nello spazio e nel tempo. Riavvolgere il nastro, far andare le lancette a ritroso. E più realizzava che era impossibile, più si disperava, trincerato nel suo mutismo.

Per Niccolò c'era qualcosa di soverchiante nella solidità di ciò che era passato e che non poteva più essere modificato. E adesso si sentiva in catene.

Mario. I ragazzi nella villa. Mamma. Papà.

Le immagini di quello che era successo in quei giorni, eventi che nella loro geometria sembravano aver avuto inizio molti anni prima, non gli davano tregua. Gli si alternavano in testa come fotogrammi di un vecchio film, una storia che conosceva non per esperienza diretta, ma perché gli era stata raccontata. A distorcerli, il senso d'irreversibilità che lo mandava ai pazzi.

Era qualcosa che non aveva mai provato e che ora invadeva ogni cosa. La sua testa, il mondo intero. Per Niccolò il tempo era sempre stato uno spazio fisico, un luogo materiale, un posto in cui muoversi libero di fare quel cazzo che voleva. Andava indietro, con la memoria che riscriveva a suo piacimento. In avanti, con l'immaginazione che usava come un'arma. Non poteva cambiarlo, il passato. Banale a dirsi, difficile da accettare, e lo capiva solo ora. Ma poteva comunque scriverla lui, la fine di quella storia. Iniziata con i suoi genitori, si sarebbe conclusa quella notte, si sarebbe conclusa a modo suo. E alla fine, ormai, erano quasi arrivati. Mancava poco. Pochissimo.

Suo padre guidò altri venti minuti per una strada male asfaltata. Infine, seguendo la cartina sulle gambe, svoltò per una via piccola e accidentata. La percorsero tutta. La Fiesta traballava. Shuttle che di rientro sulla terra incontra l'atmosfera e trema e brucia. Ed eccolo, erano arrivati.

"Butterfly Village" recitava l'insegna sull'inferriata arrugginita.

Muri scrostati, qui e lì s'intravedeva il ferro che sosteneva le colonnine ai lati dell'ingresso. Il cancello, tutto smangiato dalle intemperie e dagli anni di abbandono, era chiuso da un catenaccio altrettanto malandato.

Il padre accostò, scese dalla macchina e andò all'entrata. Niccolò, solo nella Fiesta, sentiva il cuore che accelerava e la testa che s'inondava di sangue e le gambe che formicolavano impazzite.

Calmo. Devi stare calmo.

Il padre armeggiò sul catenaccio, Niccolò non vedeva cosa stesse facendo, gli dava le spalle, e lo aprì. Spalancò il cancello, tornò in auto e mise in moto.

Niccolò si accorse di essere sudato, testa e ascelle e schiena.

Le vie del Villaggio piccole, invase di erbacce. Le ville basse, magre e morenti. Altalene, scivoli incastrati sotto edere spinose. Luci spente, lampioni dai vetri rotti, alcuni giacevano riversi sulle viuzze.

L'apocalisse in quel posto era già avvenuta.

Il padre, lento, guidò per il reticolato di strade e, pochi istanti dopo, parcheggiò nel vialetto di una villa. Tre piani. Finestre opache, chiazzate, incrinate. Muri scrostati, crepati. Uno dei gradini che conducevano all'entrata era collassato. Erbacce a straripare nel portico, una macchia di muffa ricopriva il lato destro.

La Fiesta si spense. Il padre smontò. Niccolò lo seguì.

Puzzo di mare e abbandono, freddo pungente, un assiolo si lamentava non troppo distante, pungolando il silenzio e rendendolo manifesto.

Padre e figlio, ai lati della macchina, si scambiarono un'occhiata breve e intrisa di buio. Percorsero il vialetto a passi piccoli. Poi il padre tirò fuori una chiave da una tasca dei jeans e aprì la porta d'ingresso. E furono dentro.

In casa la tenebra era fitta, ma nelle sue maglie la luce lattiginosa della luna riusciva comunque a farsi spazio. Entrava dalla portafinestra alla fine del corridoio, dalla parte opposta della villetta. E rischiarava tutto di un biancore anche più insidioso del buio traversato fino a quel momento.

Divani sgualciti, pavimenti impolverati, pareti muffite.

Era come se mobili, quadri e suppellettili fossero stati parte della casa. Il tempo, incrostato negli interstizi, incatenava ogni cosa. Quella villa era una grotta in cui gli anni si ammassavano, intrappolati come i detriti di un disastro. E i dolori e le gioie, mostri putrefatti, infelici, si aggiravano per le stanze come in un limbo. Il buio lì dentro era eterno.

Ritti sull'ingresso, padre e figlio stettero fermi per lunghi istanti. E su di loro calò la consapevolezza che tutto stava volgendo al termine. Una fine ovvia fin dal principio, ma che ora faticavano a guardare in faccia.

Niccolò era pietrificato. Si fosse mosso, avesse fatto un passo e poi un altro, avrebbe dato forma a quella realtà, campata finora in un angolino della sua testa, che spingeva per divorare ogni cosa. E aveva paura.

È così che deve andare. Inutile che stai qui a piangerti addosso.

Tirò su una gamba e avanzò, lento, quasi teatrale. Poi si voltò e guardò suo padre, appena dietro di lui. E insieme s'inoltrarono nella villa.

Raggiunsero il centro del soggiorno. Una vecchia tivù, grossa, di quelle con il tubo catodico, si era arresa: il gancio che l'assicurava alla parete l'aveva mollata e ora giaceva china sullo schermo. Accanto, la carcassa di un gatto. Un tavolino rotto, un quadro sbrindellato al centro, tende tarlate e ingiallite.

Il padre lo superò. Aprì la portafinestra che dava sul retro e, zuppo del biancore della luna, camminò per quello che doveva essere stato un giardino.

Una piscina piena di acqua verdognola, densa, fetida. Erba alta. Sdraio di vimini intrappolate sotto una buganvillea senza fiori. Un putto decapitato e riverso su un fianco, sembrava il cadavere di un bambino morto ammazzato.

Passata quella discarica di ricordi, il padre svanì oltre il cancello rosso.

Niccolò dapprincipio non si mosse. Tremava. Le lacrime spingevano.

Stava per compiere un massacro. Uccidere, cancellare la moltitudine di sé che lo abitava. Dal deserto che sarebbe derivato, sarebbe nato chi sarebbe stato per il resto dei suoi giorni. E non si credeva pronto.

Non voglio farlo.

Devi. Punto e basta.

Per il mondo diventare adulti significava questo, ormai gli era chiaro.

Scegliere una definizione, identità conforme all'idea che tutti avevano di lui, e indossarla sempre e nonostante tutto. Niccolò i vestiti in cui cercavano d'infilarlo li aveva sempre rigettati, come aveva fatto il padre; era stato lui stesso a dirglielo, il primo giorno in macchina. Ma suo padre era un adulto e alla sua età non poteva più viverci, in quel modo. Niccolò ora si apprestava a crescere, a diventare una cosa sola, ad abbandonare chi non era più per non compiere l'errore di suo padre.

"Ti lasci accadere?"

Non più. Non da stanotte.

Quindi attraversò il giardino e raggiunse la spiaggia.

Lo trovò seduto al centro del litorale. Puntino nel nulla.

La luna piena lo illuminava come il faretto di un teatro che si concentra sul protagonista del dramma. Il mare, di fronte, calmo. Il cielo buio e imperscrutabile. La spiaggia, vuota. A sinistra, lontano, un faro che, flebile, si sforzava di tirare avanti segnalando che lì sulla costa c'era vita; ma mentiva, era un bugiardo: sulla terra gli uomini erano tutti morti.

Affondò i piedi nella sabbia e andò incontro al padre. Si sedette vicino a lui, si sfilò lo zaino e immerse gli occhi nel mare. Accucciati uno di fianco all'altro, spalle a sfiorarsi. I fiati, scontrandosi con il freddo della spiaggia, si tramutavano in nuvole d'argento. Attorno, il silenzio incrinato dalla risacca.

Sta per succedere, non è vero?

Temo di sì.

Non credo di farcela. Non credo di poter...

Devi. Non hai scelta, a questo punto.

Scendendo dall'auto di suo padre, poco prima, e traversando la villetta buia, marcescente, Niccolò aveva realizzato di sapere con esattezza cosa stava per accadere e per quale ragione il padre lo avesse voluto portare con sé, fare quel viaggio. Lo sapeva dall'inizio, realizzò: fin dal momento, che adesso gli sembrava distante anni, in cui suo padre gli aveva chiesto cosa gli avesse detto la madre di loro due e della loro storia. Lo aveva sempre saputo, sì. E ora, su quella spiaggia, stava per consumarsi la ragione del loro viaggio. E sebbene qualcosa dentro di lui lo implorasse di correre via, Niccolò non si muoveva.

I due rimasero seduti sulla spiaggia a lungo, vicini ma zitti.

Sapeva che suo padre stava raccogliendo il coraggio per parlare, e non osava aprire bocca. Spettava a lui, adesso, dare inizio alla fine di quella storia. E Niccolò non avrebbe dovuto fare altro che aspettare. Intanto, il suo cuore batteva rapido. I polmoni faticavano. Le gambe erano deboli. E nel frattempo, attorno a loro, il tempo e il buio e il silenzio continuavano a dilatarsi sempre di più. Non c'era altro, adesso. Solo tempo, buio, silenzio.

Tempo, buio, silenzio.

Buio, silenzio.

Silenzio.

Silenzio, silenzio, silenzio.

Il padre iniziò a parlare.

Tono monocorde, basso. Non disse molto, in realtà, gli servirono solo pochi secondi, ma alle orecchie di Niccolò il suo discorso durò una vita intera. Non si guardarono neanche per un istante, nel frattempo. Tenevano entrambi gli occhi affondati nel mare, lì davanti a loro. E per Niccolò ascoltare il padre raccontare cosa fosse successo diciannove anni prima, cosa avesse fatto a sua madre, quale male avesse procurato alla sua anima e come avesse mortificato il suo corpo proprio lì, vicino a dove si trovavano ora loro, su quella spiaggia, fu come sentirlo dire al buio. E fu come tornare alla terra desolata del proprio cataclisma; per lunghi secondi Niccolò ebbe di nuovo dieci anni, il pigiama dei Power Rangers addosso, il cavallo dei pantaloni di pile zuppo di pipì.

Niccolò non parlò. Non si mosse. Non respirò neanche.

E quando il padre ebbe finito, e il silenzio riprese a dilatarsi tra loro in un modo che pareva volesse divorarli, scoprì di non riuscire a muoversi.

Era pietrificato.

Nonostante tutto, però, quel che gli aveva appena raccontato Riccardo non lo colse impreparato. Fu come se lo avesse già saputo. Come se il padre gli avesse detto qualcosa che in cuor suo aveva *sempre* saputo. Una storia antica, che gli era stata raccontata in una vita passata e di cui dentro gli era rimasto incagliato un pezzetto, una scheggia piantata nel cuore. Una storia che aveva a che fare con ciò che aveva urlato sua madre a Fabrizio, in cucina, molti anni prima.

Ma questo non lenì la sofferenza.

Il dolore era dappertutto. E Niccolò, in quel momento, ebbe la certezza che non lo avrebbe mai abbandonato, che lo avrebbe portato sotto i vestiti che da quella notte in avanti avrebbe avuto indosso per sempre. Sotto i vestiti che, come fossero stati la sua divisa, lo avrebbero identificato fino alla fine del suo tempo; gli altri, la gente attorno, forse non avrebbero mai visto il dolore di quella notte, tutto coperto dalla sua divisa, ma Niccolò il dolore di quella notte lo avrebbe avuto indosso per sempre e lo avrebbe per sempre avvertito sul corpo.

Altro silenzio. Altro buio. Altro tempo.

Niccolò aprì la bocca, forse stava per parlare. Non lo sapeva neanche lui, se fosse ancora capace di farlo. Ma suo padre lo anticipò e ricominciò con lo stesso tono basso e uniforme.

«Ogni tanto tutto ciò che serve è solo un po' di tempo per lasciare che le ferite diventino cicatrici, sai?» disse. «E io ci ho provato, a lasciare che il tempo facesse il suo lavoro. Ma le cicatrici quando ti restano addosso... non riesci a vedere altro, poi.» Rise piano. «Alla fine è come ha detto qualcuno tanto tempo fa, non riesci a dimenticare ma non ricordi cosa.»

«Pensi che le cicatrici addosso ce l'hai tu?» gli chiese Niccolò.

Lui si girò e lo guardò negli occhi, i suoi erano carichi di lacrime. «Tua madre, Teresa, ha scelto di dimenticare, e per questo è una privilegiata. Sono io che mi sono fatto carico del ricordo di quello che è successo. Sono io...»

«*Quello che è successo*» ripeté Niccolò, scuotendo il capo. «Ne parli come s'è una cosa ch'è capitata e basta. Ma non è così. Se vent'anni fa...» Si fermò, si ravanò la faccia. «C'è stato quello che c'è stato, è perché tu hai voluto che succedesse.» Inspirò, sbuffò; sentiva le lacrime premere, ma non voleva piangere davanti a lui. «E se credi che mamma l'ha dimenticato... be', sei un figlio di troia più grosso di quello che pensavo. Non ha dimenticato niente. C'ha tutto dentro, ma l'ha seppellito. E quando mi guarda rivede ogni cosa. Rivede quello che le hai fatto e... e mi odia. Io... lo sento. Lo so.»

Il silenzio prese il posto delle parole per lunghi istanti.

Il padre sbuffò. «È rimasta vodka?»

Niccolò aprì lo zaino e tirò fuori la bottiglia. Svitò il tappo, fece un sorso e la passò al padre, poi si accese una sigaretta e tornò al mare.

Padre e figlio, seduti vicini sulla battigia, bevvero fino a ubriacarsi.

«Devo farti una domanda» disse Niccolò; doveva essere passato molto tempo, ma non avrebbe saputo dire quanto, «ed è l'ultima che ti faccio.» Bevve ancora. «Come te la sei fatta, la cicatrice sulla tempia?»

Il padre gli prese la vodka dalle mani e ingollò a occhi chiusi. «Non ce la faccio, a dirlo. Non di nuovo. Ti prego, io...» Si fermò e scosse il capo.

Niccolò sbuffò.

Fu in quell'istante, quando il padre gli diede quella risposta, che ebbe la certezza che quella notte sarebbe potuta finire in un modo soltanto. «Cazzo, hai costruito così tanti livelli di te stesso ch'hai dimenticato chi sei davvero.»

«Non funziona così per tutti? Non ti lasci accadere, tu?»

«Sì, mi lascio accadere, papà, ma io le scorie non me le

porto appresso come dici tu. Di ognuno deve rimanere uno spazio vuoto. E basta.»

«No, non è vuoto. È pieno di gente che urla e si azzuffa e singhiozza.»

«...»

«...»

«Perché m'hai portato qui?» chiese Niccolò. «Non pensi ch'è stata una bastardata, questa ch'hai fatto?» Prese la vodka e bevve ancora.

«Cosa credi che ho fatto, perché credi ti abbia portato qui?»

«Per scaricarmi addosso le tue colpe.»

«Ti sbagli.»

«Spiegami, allora.»

«Non è così semplice.»

«Papà, è la tua ultima occasione, questa. Lo sai.»

Il padre non rispose subito. «Ti ho portato qui perché volevo chiedere perdono. A te, a tutti. E questo era il solo posto dove potessi farlo.»

«E 'sto perdono a che ti serve, se non a lavarti la coscienza?»

Nessuna risposta.

«Per questo hai voluto fare 'sto viaggio, allora?» riprovò Niccolò.

«E per capire se tu fossi come me. Per capire se...» La voce gli si ruppe, e scoppiò a piangere; borbottava, guaiva, singhiozzava. «Se ti avessi trasmesso un po' di quello che sono, capisci? Non voglio che tu sia come me. Non voglio che tu...» Annaspò, singhiozzò più forte. «Non ce la faccio, a pensare che ti ho rovinato. Io non ce la faccio. Capisci?»

Sì, Niccolò capiva.

«Avevo paura che ti avessi... non lo so, lasciato un pezzo di me come una malattia ereditaria del cazzo e volevo... guarirti. Volevo che vedessi tutto ora, che... capissi che quello che sei stato, in qualche modo, lo sarai sempre. Che te lo porti sempre dentro. Ora che puoi ancora salvarti e...»

«Tu non sei malato, papà. Tu sei solo cattivo.»

«La cattiveria è un sintomo.» Si portò le mani alla faccia e, convulso, se la stropicciò forte. «Nessuno nasce cattivo.»

«No, però alcuni lo diventano. E nella vita degli altri portano dolore.» Le parole vennero fuori in modo naturale, e Niccolò capì di pensarlo davvero.

«Ma tu...» balbettò il padre. «Tu non sei così... non sei come me, tu...»

«Non lo so, com'è che sono, papà. All'inizio pensavo che noi eravamo uguali, come credevi pure tu, ma ora ho capito che non lo so. E va bene così.»

Silenzio.

«Epperò tutti possono essere salvati, no?» implorò di sapere suo padre, la voce striata di pianto. «Tutti possono fare ammenda, no?»

«No, non tutti» rispose lui.

Quando quelle parole deflagrarono nel silenzio della notte, il padre si girò, rapido, e lo avvolse in un abbraccio. Niccolò lo strinse a sua volta, forte.

Teste che s'incastravano, braccia dell'uno avvoltolate all'altro, cuori tanto vicini che pareva battessero all'unisono. Il padre piangeva, si lamentava, emetteva suoni rochi e umidi e tristi. E intanto il figlio lo teneva stretto a sé.

«Sei stato un bravo papà» gli mentì all'orecchio; la loro ultima verità.

Suo padre singhiozzò più forte, e Niccolò sentì di volerlo stringere a sé per sempre e, allo stesso tempo, di non volerlo vedere mai più.

Lo odiava. Ma riusciamo a odiare solo chi avremmo potuto amare, o chi abbiamo amato e perduto.

Si staccarono e, l'uno di fronte all'altro, ancora vicinissimi, le mani di Niccolò a incorniciare il volto del padre, si guardarono negli occhi; nel punto più distante dal mondo, quello esterno attorno a loro, e più vicino a loro stessi.

Il faro brillò, il mare scrosciò, il buio s'infittì.

Niccolò infilò una mano nello zaino. Tirò fuori la pistola. E la diede a suo padre, posandogliela in grembo. Attese che lui la prendesse, fissandolo in silenzio. Gli chiuse le mani attorno all'arma, pressando un po'. E annuì.

Lui guardò suo figlio, negli occhi un terrore rude. E strinse la pistola tra le mani che tremavano. La sollevò appena, la soppesò e, lento, ne carezzò la canna. Poi, guardando il mare: «Sì, è giusto così».

Buio denso. Silenzio opprimente. Il nulla riempiva il litorale.

Niccolò si alzò, spingendo sulle gambe malferme. Baciò il padre sulla fronte, fermandosi a lungo, strizzando gli occhi, premendogli la nuca con dita incerte. E si girò con tutto il corpo.

Con le spalle ricurve e le gambe appena piegate e le braccia penzoloni, dava la schiena al padre, pronto per andar via, ma non riusciva a muoversi.

Combattendo con una forza invisibile che cercava di tenerlo lì con lui. Che gli urlava di togliergli la pistola dalle mani e di lanciarla nel mare. Che lo pregava di cambiare idea, di agire in un altro modo. Combattendo con ogni fibra del suo essere, per un lungo istante non si mosse.

Finché d'un tratto, come dal nulla, non si ritrovò a camminare.

Andava verso la villa, un passo dopo l'altro.

Prima lento, lentissimo. Poi sempre più veloce.

Adesso correva.

Alzava sbuffi di sabbia con i talloni, piangeva, si tappava la bocca con le mani per non fare rumore. E intanto correva e correva e correva. Con tutt'e due le mani spinse il cancello rosso. E fu in giardino. Allora si fermò, si mise in ginocchio e si lasciò andare a un pianto disperato.

Pianse e pianse e pianse. Poi si tirò su e si voltò.

Il faro, lontano, non brillava più. Ma il buio non era riuscito a impadronirsi del mondo. Una luce soffusa, calda lo rischiarava per intero. Niccolò alzò gli occhi al cielo, in cerca della fonte di quel lume, e fu allora che, per la prima volta dacché potesse ricordare, vide le stelle.

Adesso erano loro a illuminare il suo mondo.

Una distesa sterminata di corpi celesti che brillavano e che riempivano la volta su di lui. Milioni di luci che galleggiavano nella notte offrendogli una protezione dal dolore della realtà.

Niccolò, allora, capì d'aver attraversato la sua lunga notte. E capì che a quei corpi celesti avrebbe potuto abbandonarsi per sempre.

Si asciugò le lacrime, e un sorriso gli stese i lineamenti.

Quel cielo, quelle stelle, quella luce.

Lì, sotto il suo tropico di illusioni, ogni cosa era vera, e tutto era reale.

Camporotondo, estate 2000

Teresa, chiusa in bagno, si modificò ancora una volta.

Sulle labbra mise il rossetto che le aveva regalato suo padre.

Si truccò come le aveva insegnato a fare Elena. Un velo di fondotinta. Mascara appena accennato per evitare i grumi. Lucidalabbra alla fragola. Una spruzzata di brillantini su petto e spalle. Tornata in stanza, rovistò ancora una volta nell'armadio. Mise una maglia bianca, arrotolandola sopra l'ombelico, e una gonna leggera, calando l'elastico sotto i fianchi. Si guardò allo specchio, sistemandosi i capelli, traversò il corridoio e in soggiorno trovò suo padre.

In penombra, l'abat-jour era debole, fissava la parete vuota e buia.

«Papà, io sto uscendo.»

«Vai con gli amici?»

Ma che domanda è? Quali amici?

Lei annuì, certa che non le avrebbe chiesto altro. «Mamma?»

«A letto.»

«Tutto... tutto bene?»

Il padre scrollò le spalle. «Tieni» le disse allungandole trentamila lire, «non so se per una birra o un gelato, ma comunque...»

Prese i soldi, li piegò e se li infilò nell'elastico della gonna, poi gli andò incontro, gli stampò un bacetto sulla guancia e uscì nella veranda buia.

Il mare era calmo, forse troppo. Il cielo deserto, aria pesante, spiaggia inanimata. Era tutto sospeso, la forza di gravità annullata da qualcosa di più potente che aveva alleggerito pure il corpo grasso di Teresa.

Scese i gradini, alzò gli occhi e vide la luna. Galleggiava solitaria nel nero di quella notte senza stelle. A sinistra, in fondo al litorale, il faro brillava. Teresa rimase a studiarlo per un po', ipnotizzata, poi si girò e fece per andare verso casa di Riccardo, ma dopo pochi passi si fermò.

Lui era lì. Ritto al centro della spiaggia, immobile.

La luna lo innaffiava di luce gelida, la brace della sigaretta galleggiava nel buio, il biancore dei denti, scoperti nel suo perenne sorriso ferino, brillava. Il silenzio era di marmo. Il mare, anche lui, stava zitto a osservarli. E intanto Teresa e Riccardo si guardavano senza vedersi.

Poi, come fossero d'accordo, si mossero e s'incontrarono a metà strada.

«Che ti va di fare?» fece lui, immediato. «Andiamo al bar?»

Teresa acconsentì.

Il tragitto fino al chiosco lo fecero in silenzio. Vicini e insieme lontani, lontanissimi. Lui fumava la seconda sigaretta e lei, ascoltando il cuore che le martellava nelle orecchie, guardava un po' i suoi piedi infilati nelle ballerine e un po' il brillio del faro. Ad abitare il bar una pace diversa dal macello che Teresa aveva visto in quei giorni. Nell'aria una canzoncina sassofono e pianoforte.

«Che vuoi?» le domandò Riccardo.

«No, che vuoi *tu*?»

Lui la guardò confuso. «Un Mojito, direi.»

Entrò, mise le trentamila lire del padre sul banco e ordinò due Mojiti. Quando il barista glieli allungò, lei pagò e consegnò uno dei due bicchieroni a Riccardo. Insieme, poi, tornarono in spiaggia.

«Che dici, ce lo scoliamo lì?» propose lui, indicando il faro. «È figo.»

«Ci si può andare?»

«Come no. C'è tipo una passerella di scogli. Porta proprio all'isola.»

Per la strada Teresa fece un sorso, uno solo, al Mojito e poi, veloce, lo versò sul bagnasciuga. Camminarono in spiaggia per qualche minuto, e dove finiva il litorale salirono su un corridoio di scogli frastagliati e mezzi scassati. Malmesso, qui e lì invaso dall'acqua del mare. Lungo poche decine di metri, collegava la costa all'ammasso roccioso in cui era incastrato il faro. Lo percorsero per intero, la luce della luna la loro unica guida, e giunsero sull'isola.

Sterpaglie, ciuffi di erbacce a puntellare argilla e rocce: era uno sputo grumoso di terriccio sul mare, quel posto. Brullo, vuoto, secco. In fondo c'era il faro; tutt'attorno, quella che parecchi anni prima doveva essere stata la casa del custode; diroccata, scrostata, zozza di graffiti. Le finestre, vetri rotti, erano buchi neri, i muri scalcinati sembravano la pelle rugosa e chiazzata e avvizzita di un povero vecchio. Al centro, tra le ali dell'edificio, una gradinata, anche quella messa male, che sembrava ascendere al cielo.

I due, fianco a fianco, stettero per qualche secondo lì, fermi, al centro dell'isolotto, davanti alla costruzione in rovina, a scrutare il nulla.

Teresa tirò su la testa verso il faro e, quando quello si girò a guardarla, la luce le ferì gli occhi. Li chiuse, se li stropicciò e, tornata al mondo, lo vide invaso da una luce dolente, che non esisteva e che però c'era. Riccardo, senza parlare, salì i gradini al centro e sparì nel buio. Lei, dita a torturarsi, dondolando sul posto, cosce appiccicate tra loro, dopo un po' lo seguì. Fatti i gradini, si ritrovò su una terrazza, a metà strada tra l'isola e la cima del faro.

Erano sul tetto della vecchia casa del custode.

La ringhiera non c'era più, tra loro e l'acqua uno strapiombo irto, buio. Molte delle mattonelle che lo foderavano erano state sradicate, s'intravedeva il cemento frastagliato, in più punti. Dove finiva la gradinata, bottiglie vuote di birra e cartacce, sul lato opposto, un cratere che dava sull'interno della casa.

Ovunque si girasse, Teresa vedeva solo il mare.

«Pare che puoi prendere il mondo con una mano» disse Riccardo.

«A me pare così grande da far paura» rispose, in uno slancio che non conosceva. «Punti di vista. Ma è sempre così, no? Questione di punti di vista.»

«Assì?» domandò lui, pareva spazientito. «Sempre sempre sempre?»

Teresa fece qualche passo nella terrazza deserta. «Ogni tanto penso che non esiste niente» disse. «Che tutto ha un senso solo agli occhi degli altri. E quindi sì, è sempre questione di punti di vista, magari. Però... non so, ecco.»

Silenzio, la luce del faro passò sopra le loro teste, illuminandoli.

«Le vedi, le barche lì sotto?» domandò lui.

Teresa disse di no.

«Sembrano tipo dei puntini bianchi in un quadro tutto nero.»

«Non le vedo.»

«Epperò stavolta mica può essere uno dei tuoi punti di vista» rise lui.

Confusa, si chiuse nelle spalle.

Il Mojito Teresa non l'aveva bevuto perché, se n'era resa conto quando lui le aveva proposto di andare al bar, tutte le volte che si erano visti lei era ubriaca. Quella sera, però, voleva averlo lei, il controllo di sé stessa. E di alcol in corpo non poteva averne. Eppure si sentiva lo stesso in balìa di Riccardo.

«Dài, stanno lì. In fondo in fondo» disse lui. Le si mise dietro, le prese il volto tra le mani e cercò d'indirizzarle lo sguardo. «*Devi* vederle.»

Teresa, le dita bollenti di lui sulla faccia, si scostò e arretrò.

«Ehi, checcazzo, rilassati!» esclamò lui, con un sorriso privo di allegria.

«Non le vedo, le barche. Te l'ho detto.»

Riccardo annuì lento, arricciando le labbra. «Ok. Scusa, allora.» Rise, bevve un po' del cocktail, si fece serio. «C'è qualcosa di cui vuoi parlarmi?»

Teresa da quelle parole fu colpita come da un pugno sul naso. «In... in che senso se c'è qualcosa...» balbettò, ma non fu capace di finire la frase.

«Sei stata tu a cercarmi oggi, no?»

Teresa si costrinse ad annuire.

«M'hai detto tu di volermi vedere stasera, no?»

Teresa si costrinse ad annuire per la seconda volta.

«Quindi sei tu che c'hai qualcosa da dirmi, no?»

Teresa si trovò ad annuire per la terza volta, poi, precipitosa: «No. Io... cioè, nel senso, non c'è niente che ti devo dire».

Riccardo le scollò gli occhi di dosso e li rinfilò in mare. «Allora perché m'hai voluto vedere? Hai detto che non c'hai niente da dirmi. Epperò m'hai cercato.» Annuì come rispondendo a qualcuno che non c'era. «Quindi qualcosa da me la vuoi, è chiaro.»

Teresa, con il cuore in accelerazione, non parlò.

«Niente? Non c'hai da dire niente?» ritentò lui; sorrideva serissimo.

Lei, come se una forza invisibile le avesse stretto la nuca facendogliela roteare, si girò e lo guardò. Poi, come se la stessa forza le avesse artigliato le guance e gliele avesse stirate, gli sorrise. «Perché se una cosa mi piace, io la faccio.»

Un silenzio lungo, poi Riccardo esplose in una risata stentorea.

Rideva e rideva e rideva.

Tornò serio, si tuffò di nuovo nel Mojito e, tenendo gli occhi su di lei, lo finì. «Tu mi sfidi. Perché cazzo mi sfidi?»

«Ma... no, io... non ti sfido per niente.»

«Sì, invece. Lo fai di continuo.» Le si avvicinò un po', allungò la mano oltre il bordo della terrazza e lasciò cadere il bicchiere nel vuoto. «Anche ora, 'sta risposta che m'hai dato... mi sfidi, cazzo. Perché lo fai?»

«Era...» *Cosa? Cos'era?* «Era una battuta. Nient'altro.»

Il silenzio era pesante. Denso. Insidioso.

«Una battuta, dici.»

Teresa si chiuse di nuovo nelle spalle.

Riccardo avanzò ancora. «Tu mi cerchi. Anzi, tu te la cerchi.»

«Ma che mi cerco?» fece lei, confusa ma ancora capace di essere dura.

Le sorrise. «T'agghindi per attirarmi e mi respingi. Mi dai qualcosa per poi togliermela. Scappi e mi chiami per venirti dietro.»

Era vero. Era tutto vero. Eppure allo stesso tempo era tutto sbagliato.

«Non è così, io cercavo solo di...»

Cosa, Terri? Cosa, eh?

Non lo so. Non lo so non lo so non lo so.

Teresa quell'estate era andata a tentoni, zigzagando tra paure viscerali e desideri estranei. Questa era la realtà. E tutto nella vana speranza che gli eventi le indicassero la strada giusta. Quella che non aveva mai preso, ma di cui aveva sempre sentito parlare, quella di tutte, quella normale. Quel pomeriggio, però, dopo essersi battuta con la madre e aver parlato con il padre, aveva capito, e si era convinta, che

se il mondo la bellezza non me la dà io me la prendo.

le cose non potevano prendere la strada giusta da sole, come per magia. Spettava a lei adoperarsi perché la sua vita migliorasse e, in mancanza di una via precisa, di una direzione da imboccare, si era fatta guidare dall'istinto e dal desiderio. E quelle pulsioni, rincretinite, ingenue, finora inutilizzate, quel pomeriggio le avevano mosso le gambe verso casa di Riccardo.

Adesso, con il cuore a martellarle nelle orecchie come fosse il battito del mondo. Con Riccardo che la fissava con i suoi occhi azzurri e pericolosi. Sola su quella terrazza, su quella terra, in quell'universo. Adesso temeva di aver sbagliato tutto.

Che faccio?

Stai calma. Non ti agitare.

Ho paura.

Dal niente le si materializzò nella testa una scena dei Looney Tunes.

Taddeo, il cacciatore dalla testa a uovo, riusciva a stanare Bugs Bunny dal suo buco. Piazzata una trappola nel bosco, lo metteva all'angolo e, fucile alla mano, si preparava a fargli la pelle.

Teresa, guardando il cartone, aveva riso, certa che Bugs se la sarebbe cavata, che avrebbe avuto la meglio. Ma ora, da sola con il suo, di cacciatore, di ridere non aveva più voglia.

Sta per succedere qualcosa di brutto?

Forse sì, Terri.

«Davvero, non è come pensi» riprese lei. «Non è così che...»

«Col cazzo che non è così.» Le si fece più vicino, adesso erano a pochi centimetri. «Tu vuoi che ti prendo, ma non me lo puoi dire perché sennò ci fai la figura della troia.»

Teresa arretrò di un passo, strizzandosi l'orlo della gonna con le dita.

«No, non è così, ti ho detto.»

«È così, invece.»

«No» ripeté lei, ma con un filo di voce, «non è questo che voglio.»

«Ah, no?» sibilò lui, avvicinandosi di più. «E allora che cazzo vuoi?»

Non lo so. Io non lo so.

Teresa arretrò ancora, poi d'istinto si guardò indietro: vide il nulla. Ai suoi piedi, proprio a qualche centimetro dai talloni, lo strapiombo. Non aveva più dove andare, le strade da prendere erano finite.

Un terrore cieco s'impadronì di lei.

Le veniva da piangere.

«Io... io non...» mormorò con la voce rotta, e non disse altro.

Silenzio. Silenzio. Silenzio.

Il mondo si rabbuiò. Il mare si zittì. Riccardo sorrise.

Scappa.

Teresa si buttò di lato e cominciò a correre verso la scalinata.

Bocca aperta in urla mute. Braccia a sbatacchiare, ali di un passerotto.

C'era quasi. Ai gradini mancava poco, pochissimo.

Ma d'un tratto sentì la nuca e la testa bruciare, e si ritrovò ad arretrare barcollando, tirata da una forza invincibile che la strattonava dai capelli. Portò le dita dove sentiva dolore, capo rivolto al cielo, e cercò di liberarsi dalla presa di Riccardo. Ma lui la strattonò con più forza, reclinandole il capo e facendole inarcare la schiena. Poi, deciso, la spinse in avanti. E Teresa cadde. Dapprima finì carponi, poi stesa a pelle di leone, sulla pancia.

Le ginocchia e i polsi e il mento, nell'impatto con le mattonelle rotte, strisciando per terra, strillarono di dolore.

Teresa si girò, mettendosi di schiena. E se lo ritrovò addosso.

Riccardo, pesantissimo, era a cavalcioni su di lei.

Appollaiato sul suo ventre, le diede un ceffone. Poi un altro. E un altro. La guancia di Teresa andò a fuoco, e lei per un lungo istante non vide niente. Solo milioni di lucciole che brillavano e si schiantavano tra loro. Intanto, fuori controllo, sentiva le sue stesse mani che si agitavano.

«Ferma!» latrò Riccardo. «Sta' ferma, cazzo. Ferma!»

Teresa continuava a dimenarsi, impazzita. Ce l'aveva addosso, però. Seduto sopra di lei. Ed era troppo pesante.

D'un tratto Riccardo riuscì ad afferrarle una mano. Gliela bloccò per terra, stringendole il polso. E lei convulsa, senza pensare, con l'altra cominciò a tastare il terreno attorno a sé. Fu allora che la sentì.

Una mezza mattonella. Grossa, pesante, acuminata.

La prese. La fece vorticare nell'aria. Colpì.

Riccardo urlò in modo disumano, poi cadde all'indietro.

Teresa, libera, si alzò e corse verso le scale.

Singhiozzava, come una bestia ferita. Tremava. Vedeva sfocato. Respirava a stento. E intanto scendeva i gradini.

Prese a strillare con tutto il fiato che aveva in corpo. Dapprima grida inarticolate. Poi, voce impastata, il muco le riempiva il naso colando giù fino al mento, iniziò a chiamare aiuto. Invocava Dio, la mamma, il papà. E correva e correva e correva. Arrivò all'isola. Scorgeva la terraferma, buia e silenziosa e indifferente al suo dolore. Doveva raggiungerla.

Corri corri corri.

Sgambettava tra ciuffi di erbacce e rocce e montagnole di argilla. Non vide un sasso e ruzzolò, cadendo sulle ginocchia, che esplosero in una fitta di dolore. Si tirò su, rapida, si tolse i capelli dal viso e riprese a correre.

Mani a pugno, fiato corto, occhi sbarrati.

Correva e correva e correva. E piangeva e gridava e rantolava e vedeva il corridoietto di scogli e c'era quasi, era lì, vicino, vicinissimo, e andava più veloce che poteva e strillava e le mancò la terra da sotto i piedi e cadde male.

Finì con la faccia su un cespo di erbacce dure e secche.

Qualcosa di bollente prese a colarle dal naso, inondandole la bocca di un sapore metallico. Le lacrime iniziarono a uscire, copiose. E la fronte scoppiò come se le avessero piantato una martellata in testa. Per qualche secondo non capì niente. Si sentiva incapace di vedere, sentire, pensare. Incapace di

Non respiro. Dio, non respiro! NON RESPIRO!

respirare.

Sdraiata di pancia sulla terra dura, la faccia compressa contro il ciuffo di erbacce su cui si era schiantata, sentiva un peso, un masso gigante, sul petto e sull'addome che non le permetteva d'incamerare aria.

Respira. Devi respirare, Teresa, devi respirare o muori.

Bocca spalancata, i fili d'erba che gliela riempivano, si dimenava, con le mani a battere per terra e i piedi a scalciare nel vuoto. Cercava di girarsi, di tirarsi su, ma il peso su di lei era troppo e non la faceva muovere.

Respira, dannazione, respira, respira, RESPIRA!

Sto per morire.

RESPIRA!

Sto per morire.

RESPIRA!

Il peso scomparve.

Convulsa, rapida, alzò il capo, puntellando i gomiti per terra. Spalancò la bocca, piena di erba e muco e sangue. E prese una boccata d'aria disperata. Non ebbe tempo di fare altro, però, che venne subito rivoltata da mani forti e cattive. E si ritrovò sulla schiena.

Su di lei, con un ginocchio a spingerle sulla pancia, c'era Riccardo.

Viso coperto di porpora, il sangue usciva da una ferita larga, lunga, su una tempia. Doveva essere stata lei quando lo aveva colpito con la mattonella. Nel buio, il volto di sangue, si scorgeva solo la sclera degli occhi.

«Troiadimmerda!»

E giù con un ceffone. E un altro. E un altro.

Teresa, la faccia e le gambe e la pancia e le mani e la testa che urlavano di dolore, d'un tratto si sentì prigioniera del suo stesso corpo.

Cosciente di ciò che stava succedendo, non riusciva a muoversi.

Vedeva Riccardo torreggiare sopra di lei. Un gigante. Camicia mezzo sbottonata zozza di sangue e terra. Un ginocchio piantato sul suo addome. Le mani che le s'infrangevano sulle guance. Ma non era capace di fare niente. Muoversi, dibattersi.

Era come se tutte le forze l'avessero abbandonata.

Teresa esisteva, ma non c'era.

Sono morta?

«Hai fatto tutto tu. È colpa tua, cazzo!» abbaiò lui. «Lo capisci?» Smise di prenderla a schiaffi, reclinò il capo e sbuffò, si passò una mano tra i capelli, sulla tempia ferita, sugli occhi, sul naso, sulle labbra e sul mento impastandosi il viso di sangue e terra. «Lo capisci? Eh?»

No, Teresa non capiva. E avrebbe voluto dirglielo, ma non ci riusciva.

«Volevi a me. Tu volevi a me, stronzabastardatroia!» urlò, e le sorrise; un sorriso largo, troppo largo. «E allora adesso... cazzo, adesso t'accontento.»

Teresa vide la mano di lui, lieve, scendere su di lei e carezzarle il viso. Si fermò sulla guancia, poi scese sulle labbra e sul collo e sul petto e sul seno. Lento, l'accarezzava. Le calò la maglia, poi il reggiseno, le agguantò una tetta, gliela massaggiò a piene mani, le strizzò prima un capezzolo, poi entrambi.

«Sì, cazzo...» rantolò; aveva una voce strana. «Adesso t'accontento.»

Si sbottonò i bermuda, se li abbassò, se li tolse. Si sfilò anche i boxer, ne fece una pallina e gliela strofinò sul volto, ficcandogliela tra le labbra molli e riempendole il naso di un puzzo orripilante. Glieli tolse dalla faccia, li lanciò via, le carezzò ancora le guance. Poi con le dita insanguinate le aprì a forza la bocca, le ficcò indice e medio tra la lingua e il palato e prese a rovistarla.

Aveva un sapore strano. Salato e dolciastro e amaro.

Fu allora che, dal niente, su di lei si materializzò la cosa dura. Grossa, minacciosa. Riccardo la toccò, la sua cosa dura. L'aprì e la richiuse e l'aprì e la richiuse e l'aprì e la richiuse. Tirò su l'altra mano, la mise a coppa, ci sputò dentro. Cosparse di saliva la cosa dura, massaggiandola. E sorrise a Teresa.

Devo vomitare.

Ancora incapace di muoversi, le sembrava di vedere la scena dall'alto.

Una ragazza grassa, zozza di sangue e terra e con i capelli scompigliati e mezza nuda e sdraiata per terra, sopra cui incombeva una bestia famelica e feroce ed enorme e invincibile.

Riccardo sollevò il ginocchio dal ventre di lei. Le tirò giù la gonnellina e le mutandine, muovendosi con tanta violenza da farle male alle cosce e alla vita. E la toccò lì sotto.

Dapprima a mano aperta. Massaggiando, premendo. Movimenti lenti, forti, decisi. Faceva su e giù, carezzandola. Poi, ancora piano, le infilò dentro due dita dure, lunghe, irrefrenabili. E prese a esplorarla. Torcendola, tirandole qualcosa che aveva dentro, come a volerla sventrare.

Quel che aveva tra le gambe esplose in un formicolio doloroso.

Teresa allora chiuse gli occhi. E da quel momento *sentì* e basta.

Lui che tirava fuori le dita. Che gliele infilava di nuovo. Che le tirava fuori un'altra volta. Che le apriva le cosce. Che le dava dei colpetti sui fianchi. Che le carezzava il ventre. Che le entrava ancora dentro con le dita, una, due, tre. Che andava più in fondo. Che la solleticava dall'interno. Che la premeva. Che la tirava. Che la spingeva. Che la sollevava. Che la manovrava come se lei fosse stata la sua bambola di pezza.

Per qualche istante, poi, Teresa non sentì più niente.

E infine arrivò il dolore.

Lancinante. Schifoso. Ottenebrante.

Un dolore che, lo capì subito, non avrebbe mai dimenticato.

Una fitta, lì in mezzo alle gambe. Le sembrò che qualcuno le avesse infilato dentro un uncino arroventato. Un dolore che salì verso il ventre e lo stomaco e il petto. E che le esplose in testa.

Sofferenza dura, rude, ancestrale.

Riccardo era tutto dentro di lei.

Teresa strillò. Urla disarticolate che caddero nel vuoto.

Ora passa, Terri. Ora va via.

Iniziò a piangere. Le lacrime venivano fuori da sole, lei non emetteva alcun suono. Artigliò la terra, dita a scavare nell'isola; nelle mani le rimaneva solo polvere. Inarcò la schiena, la testa che strusciava sul ciuffetto d'erba sotto di lei. E spalancò la bocca.

Ora finisce tutto, Terri. Ora finisce tutto. Ora finisce tutto. Ora...

Sentì lacrime bollenti colarle sul viso.

Mi fa male. Mi fa troppo male. Mi fa...

Sentì il dolore lì sotto che aumentava.

Non ce la faccio non ce la faccio non ce la faccio non...

Sentì il puzzo di lui appestarle le narici.

Basta ti prego basta ti prego ti prego ti prego...

Sentì che lui le leccava un orecchio, le mordeva il collo, le schiaffeggiava i seni.

Voglio morire.

E non sentì più niente.

Riccardo, steso sopra di lei, la usava come una bambola.

Grugniva, si agitava sul suo corpo, la insultava. Le bisbigliava che era una puttana, che le piaceva, che era questo che voleva, che era sua, sua e basta, sua e di nessun altro. E intanto le torceva le mani strizzando le dita. Le tirava i capelli inclinandole il capo. Le premeva la testa per terra tappandole la bocca e il naso quando lei urlava.

Ma Teresa, lì con lui, su quell'isola, nel mondo, non c'era più.

Sentiva tutto, il dolore e il puzzo, ma come a distanza.

Stesa a terra, sussultando per i colpi di lui, si era svuotata di sé stessa.

Aprì gli occhi. Lui le si dimenava ancora addosso. Così, lenta, si girò, portando lo sguardo altrove. E vide che il faro non lampeggiava più. Si voltò ancora un po', dando il profilo alla bestia che aveva sopra. Immerse gli occhi nella notte, socchiudendoli appena. E le sembrò che il cielo fosse vicinissimo.

Era pieno di stelle. Puntini luminosi che la fissavano e le sussurravano che loro, tutti loro, erano lì per lei. Che l'avrebbero accolta, e protetta. E lei a quel cielo si lasciò andare.

Lontana dal mondo che l'aveva sempre rifiutata, che le aveva riservato solo sofferenza, che non le aveva mai dato tregua, solcava il cielo sopra di lei.

Lieve, Teresa galleggiava tra le stelle.

And the devil may cry
The devil may cry at the end of the night.
THE WEEKND, *Devil May Cry*

Nessun organismo vivente
può mantenersi a lungo sano di mente
in condizioni di assoluta realtà.
SHIRLEY JACKSON, *L'incubo di Hill House*

Camporotondo, inverno 2019

Il rumore delle onde. Il puzzo delle alghe. Il sapore dell'alcol.

Seduto rigido sulla sabbia fredda, Riccardo Giordano scrutava il buio.

Schiena ricurva, sguardo basso, gambe stese. Lasciava che le tenebre e il silenzio del litorale lo sbranassero, e intanto singhiozzava sommesso. Era lì da troppo tempo ormai. Aspettava che il coraggio gli muovesse le mani, ma niente. Non ci riusciva, a puntarsi la pistola alla testa e a farsela saltare in aria.

A tenerlo ancorato al mondo non erano i corpi di chi era stato, non più. Ai fantasmi di sé stesso, chiedendo perdono al figlio, aveva detto addio. Ora era tutto quel che non avrebbe mai potuto essere, chi non avrebbe mai potuto abitare, indossare, ad aggrapparlo alla terra che si preparava a lasciare.

Riccardo avrebbe voluto leggere tutto *Alla ricerca del tempo perduto*. Imparare a fischiare con due dita in bocca. Visitare Miami. Saltare giù da un aereo con il paracadute. Vedere l'aurora boreale. Seguire un corso di cucina. Nuotare con i delfini. Ubriacarsi all'Oktoberfest. Guidare un'auto di Formula 1. Fare un safari. Rompersi un osso per vedere l'effetto che fa. Salvare una vita. Pilotare un aereo. Scrivere un romanzo. Imparare a suonare il pianoforte. Andare allo stadio per la finale dei mondiali. Conoscere altre lingue. Farsi un cannone tra i canali di Amsterdam. Guardare tutti i film di Monicelli, De Sica, Fellini. Andare alla Scala. Stringere la mano a Saul Bellow. Surfare in Australia. Scalare una montagna. Imparare a giocare a scacchi. Visitare i campi di concentramento. Urlare da un grattacielo fino a esaurire tutta l'aria. Avere una casetta in periferia con un Labrador simpatico, due marmocchi che giocano in giardino, una moglie che beve tè freddo nella veranda. Vivere una vita come tante. Condurre un'esistenza che non fosse cadenzata dalla colpa.

Riccardo Giordano stava per uccidersi, e piangeva per chi non sarebbe mai stato. Piangeva per quel che senza coscienza si era precluso lui stesso. Al mondo, però, di spazio per i mostri non ce n'era. E ormai questo lo sapeva.

Le bestie, "quelli che nella vita degli altri portano dolore" gli aveva detto suo figlio, dovevano essere tutte relegate all'inferno. Al posto che loro stesse avevano creato. Ma lui non era un mostro. Lo era stato, sì, ma quella persona, quella che aveva stuprato una ragazzina, non c'era più. Era morta. Sostituita più e più volte. Agli occhi di tutti, però, lui non avrebbe mai più potuto essere altro. Sarebbe stato sempre e solo il mostro, il cattivo. E nel mondo un posto non l'avrebbe mai avuto.

Quindi si alzò, le gambe tremavano. Chiuse gli occhi, buio pesante. E si mise ritto sulla battigia. Tirò su la pistola. L'armò. E se la puntò alla testa.

Riaprì gli occhi. Di fronte a Riccardo, sé stesso.

Il sopravvissuto. Quello che si era sacrificato per gli altri. L'abominio. Il peccatore. Lo schifoso. L'ultima versione di sé. La sola che gli era rimasta.

Si sorrisero a vicenda, piangendo lacrime silenziose.

E il boato di uno sparo sconquassò il litorale.

Fu il nulla.

Il faro, indifferente alla sofferenza del mondo, brillava ancora.

Ringraziamenti

Questi ringraziamenti sono per chi mi ha aiutato, consapevolmente o no, a portare a termine la storia che avete letto – per quanto la scrittura sia in effetti un'operazione solitaria, la forza per arrivare alla fine la trovo sempre negli altri, mi rendo conto. Se non ci siete, in questa breve lista, è solo perché abbiamo condiviso altre strade, perché ci siamo aiutati per altre vie e in altri modi. Per favore, quindi, non offendetevi.

Grazie a Livio, mi hai accolto quando non avevo un posto dove andare, quando non riuscivo a trovarne uno che mi appartenesse e in cui non mi sentissi estraneo, e mi hai offerto una casa in cui stare. Grazie alle tre M, Monica, Maddalena e Marilena, mi avete insegnato molte cose e dato degli abiti comodi da indossare, ma soprattutto mi avete regalato la meravigliosa possibilità d'immaginare un bel futuro, pieno di luce. Grazie a Teresa, Niccolò, Riccardo, siete stati i miei pupazzi e lo so, vi ho maltrattati, ma, com'era già capitato con altri, in passato, abitando voi i dolori di questa storia mi avete sgravato del peso delle mie, di sofferenze.

Ecco, grazie a voi tutti: siete la mia fortuna.

Mondadori usa carta certificata PEFC
che garantisce la gestione sostenibile delle risorse forestali

Mondadori Libri S.p.A.

Questo volume è stato stampato
presso ELCOGRAF S.p.A.
Stabilimento - Cles (TN)

Stampato in Italia - Printed in Italy